魅丽文化

我的私人劳家卓

MY PRIVATE HUSBAND

乔维安 著

江苏凤凰文艺出版社
JIANGSU PHOENIX LITERATURE AND ART PUBLISHING

图书在版编目（CIP）数据

我的私人劳家卓 / 乔维安著. — 南京 : 江苏凤凰文艺出版社, 2020.12
ISBN 978-7-5594-4768-5

Ⅰ. ①我… Ⅱ. ①乔… Ⅲ. ①长篇小说 – 中国 – 当代
Ⅳ. ①I247.5

中国版本图书馆CIP数据核字(2020)第057120号

我的私人劳家卓

乔维安 著

责任编辑　李龙姣　张　倩

特约编辑　喻　戎　苏　婷

封面设计　ABOOK STUDIO 山七 Design QQ|2869874953

出版发行　江苏凤凰文艺出版社

南京市中央路165号，邮编：210009

网　　址　http://www.jswenyi.com

印　　刷　湖南雅嘉彩色印刷有限公司

开　　本　880mm × 1230mm 1/32

印　　张　9

字　　数　270千字

版　　次　2020年12月第1版

印　　次　2020年12月第1次印刷

书　　号　ISBN 978-7-5594-4768-5

定　　价　39.80元

C O N T E N T S · 目录

CONTENTS · 目录

第一章 东门的半里长街

东门的半里长街，人群从校门鱼贯而出，漫天的柏树下顿时喧闹一片。

我慢吞吞地将手上的书一本一本塞进背包，抬脚缓慢地朝校门走去。

开阔的大门前巍然耸立的花岗岩石已经近在眼前，我蹲下来，漫不经心地系好球鞋上的白色鞋带。

道路旁有同学走过，见到我微笑着说："江意映，出去啊？"

"啊，嗯。"我含糊地答着，露出一个虚浅的笑容。

走出校门，我张望了一眼，朝侧边的报刊亭走去。

"请我给一本娱乐周刊。"我至死爱看八卦杂志，各路光鲜亮丽的明星齐齐聚集，前一日尚与艳女夜店湿吻，下一日就公然同纯情女友挽手试婚菜，光怪陆离的镁光灯下，甜美的职业笑容好似扭曲的日式人偶，代代均有风流俊赏，日日都有内幕踢爆，一直提醒着我这世界有多荒谬。

"大小姐。"身后传来恭谨的声音，我掏钱的手势顿了顿，仿佛置若罔闻，低着头接过卖报刊的阿姨找的零钱，盯着地面朝外走。

"意映小姐，车子在那边。"男人的声音不依不饶。

我低低地叹了一口气，捏紧手上花花绿绿的杂志，转身朝街道旁走去。

一辆黑色的豪华轿车赫然泊在路边，男人走到车前，神态恭敬，一丝不苟地拉开后车门，左手扶住车门，右手放在了上方。

我面目鬼祟，将手上的杂志半掩着脸，如同过街的老鼠一般窜了进去。

开车的张叔在江家颇有威信，可追溯到父辈交情，他的父亲跟着我曾祖父在战乱中从上海逃到南方，名为主仆情谊，实为患难之交。他自小在江宅出世，从我祖父那辈开始，一直为江家做事，可谓三朝元老，忠心耿耿。

他性情敦厚，从不多嘴多舌，对我倒是一直不偏不倚。我虽然嘴上不说，但还是甚为尊重这位长辈。

或许这也是祖父派他来接我回家的原因。

因为之前来的几位，都被我直接扔在了校门外，而后扬长而去。

我不喜欢回家。

我将头倚在车窗上，垂眼看着自己的手指，食指上还有一抹淡淡的水彩，呈透明的冰蓝色，我将手指在白色衣服上擦了擦，一抹蓝色如泪水般氤氲开来。

我不喜欢他们谈论我母亲，虽然他们极少谈起她，但一个抛夫弃女远走异国的率性女子，在这样严肃庄重的老派大家庭里，本身就是一个耻辱。

我也不喜欢我父亲，为了迎娶埠内名媛，他在我十二岁时就将我送入寄宿学校，从那之后，他只在周末敷衍地接我回家。

他将我扔到外边多年，殊不知所谓的江家大女儿，早已在年岁中被磨成了谨言慎行的乖孩子，一心只愿做寻常学生，早已失去了任何没落名门阔绰舒雅的风韵，所以即使是十八岁之后，我在这个家里，仍然感到局促万分。我只盼快些大学毕业，早日自食其力，离开这个家。

豪华轿车平稳地开了近一个小时，转出市区，进入了一方郁郁葱葱的乡间别墅区。

开阔的平原绿地一望无际，车子在浓密的树荫间穿行。远处错落有致的秀致山陵中，散落着一栋一栋的私人住宅，江家老宅的长长红色屋顶已近在眼前。

车子驶过宽阔的道路，两边高大苍翠的桦树被风吹得沙沙作响，远处的大门悄然敞开。

车子在庭院前停稳，张叔过来拉开车门："意映小姐，到家了。"

我扯了扯书包的背带，跨出车门。傍晚的大宅，夕阳映照下的庭院，梧桐树下一片阴凉。

厚实的暗红杉木大门敞开着，张嫂迎面而来，接过我的书包，朝着屋里喊："江先生，大小姐回来了。"

我穿过宽敞的玄关，走进古雅的厅堂，父亲正坐在沙发上泡茶，他对面的扶手椅上坐着一位神色威严的老人。

我站在一旁，垂手礼貌地喊："爷爷，爸爸，我回来了。"

一位身段丰满却不失婀娜的妇人正好端着精致瓷碟走了进来，看见我就露出笑容："映映回来了啊。"

"芸姨。"这么多年来，我一直不愿意改口叫她妈，全家似乎也已习惯我的拗气，我奶奶就说过我硬邦邦的，不会讨好人，一股脑儿犟脾气。

芸姨招呼我坐沙发上喝茶吃点心，我坐在一旁，拿了一块豆酥糖。江家祖籍浙江嘉兴，故家里人一直喜好甜糯的江浙口味。

我僵硬着身体坐了一会儿，听他们聊今日市价与股市起落，渐渐心不在焉。

"你小姑姑也在家里，现在在后院里。"爸爸忽然对我开口。

我知道父亲对我并非没有歉疚，但为人子孙，亦需仰仗祖业庇荫，他也有自己的为难之处。

这几年来我对他的疏冷态度，他在暗地里或许有些伤心，但事已至此，已是无可奈何，如今金口一言遣我离开，我万分感激。

我站起来朝长辈一一打了声招呼，奔去后院找小姑姑。

小姑姑是爷爷最小的女儿，只比我大六岁，我从小跟着她屁股后头转悠，后来小姑姑去美国读大学，她每年圣诞节都给我邮寄巧克力，我们一向亲近。

转过了一道长长的葡萄花架，我抬头看到小姑姑站在二楼的花园修剪茉莉花苞。

我跑上楼梯，她听到声音回头，笑着大声唤我："映映！"

我扑过去搂住了她的腰："小姑姑，姑父对你好不好？"

小姑姑今年年初结了婚，姑父是大学教授，是一个风度翩翩又儒雅的男子，她当时没有如爷爷的期望嫁给名门二世祖，还在家里狠狠地闹了一番天地。

但她是爷爷老来得女，又是洋派作风，最后全家也只得妥协。

"唉——唉——"她连忙把手上的剪刀放到了花盆边，"当心点……"

她拉着我在顶楼花园喝茶，笑着道："过来，跟小姑姑说说，功课可好，一个女孩子，却偏要学男孩子学的东西，怪不得你爸爸气得跳脚。"

"他才不理会我学何种专业，他一向认为女儿只需穿衣打扮然后嫁做人妇学做羹汤，"我撇撇嘴，故意认真地道，"还有，请勿对本专业持有性别歧视。"

"哈哈！"小姑姑笑，"上了大学伶牙俐齿的丫头，建筑不是男孩子的东西？"

"小姑姑，那是艺术设计，不是建筑设计。"我瞪她，鼓起腮帮子来。

"好好，我们江家未来的设计师，可要喝茶？"小姑姑笑着给我斟茶，我们依然像小时候一样，躲在角落里，怡然自得地享受属于我们自由自在的时光。

夕阳西下，平整苍郁的草原覆盖了一层金色的光芒，我倚靠在椅子上，享受着微风吹在脸上的感觉，远远地看到几里外蜿蜒而来的车流。

“小姑姑，是哪家的车？”我捧着红茶，望着那排在夕阳下闪闪发亮的车子。

这一带是城中老宅区，随便一家都是本市悠久名门，但随着城市发展，这一区渐渐式微，许多住户已在城中的新兴商业区购入新宅，仅留着老宅偶尔入住。

小姑姑大致望了望车流的走向：“是住我们上边的，劳家。”

我轻声喟叹：“怪不得。”

如今城内富比王侯的劳家，祖宅是一栋巨大的洋房，小时候母亲偶有兴致时，会带着我和小姑姑去参加劳家的宴会。

小姑姑那时已初成落落少女，最渴盼被母亲精心打扮成淑女样式出席这种衣香鬓影的场合。而那时我尚年幼，对此类筵席的唯一牵挂，不过是有心爱可口的蛋糕和冰激凌。

幼时记忆早已飘散风中，小姑姑多年后长成了一个明爽伶俐的女子，成日穿着职业套裙在庭上与人唇枪舌剑，早已不爱蕾丝娃娃洋装。而我，终究不似母亲的明艳照人、长袖善舞，不过是一个在人多场合便显得沉闷的寻凡女子。

劳家也早已在多年前举家迁出祖宅，在新城内黄金地段另建了更为奢豪富丽的宅邸。

我和小姑姑拉着手站在顶楼花园，饶有兴致地望着远方的那一大片绿茵围绕的宽敞庭院，看见数辆车在屋前停了下来。

司机走到后座拉开车门，陆续有人走出，我看到最后离得稍远的一辆车子走出几人，手上都提着一个白色箱子。

我略有诧异，轻声问：“怎么会有医生？”

小姑姑想了想：“家庭医生吧。不过祭个祖住个三五日，连私人医生都要带来，劳家这排场可真大，不过近来听说劳家卓身体不甚健康，也不知是不是因为他。”

我心跳漏了一拍，脱口而出：“那个俊俏又冰冷的二公子？”

小姑姑看了我一眼，有些打趣地笑道：“映映还记得他？”

我摇头失笑：“那么小，怎么记得。”

我那时个头小，被母亲打扮得像个洋娃娃穿着白纱裙挤在一群女人雪白的大腿间，怎会留有多美好的记忆。

“一转眼，十多年都过去了。”小姑姑竟然难得地轻叹了一声。

我瞪大眼睛盯着远处宽阔的别墅庭院，许多人影影影绰绰来回走动着，可太远了，我根本看不清楚。

我一向不喜屋子太大，长大之后一心只盼望一套百坪温馨公寓。夜晚一家人对着桌子低头喝一碗热汤，丈夫孩子聚在一起，大家吵吵嚷嚷，已是莫大幸福。

三千尺大宅，奢华大厅，美景庭院，又有何用，橱柜里装着打破了一只汤匙便束之高阁的整套珍珠瓷餐具，祖父母房间里的上好红木梳妆柜台，镶嵌银丝的绸缎椅子已经有些发暗，精美华贵的烛台和瓷器，纵然用人日日打扫，看起来美轮美奂，却透着一股子陈旧的味道；整座屋子白日里保姆带小弟只按时泡奶粉哄他安静，祖父祖母自有一票牌友，大屋常常清冷得缺乏人气，就好比现时，静谧的夜晚，我躺在二楼的房间内，怔怔地望着厚重的丝绒窗帘，珍珠串坠在夜风中轻轻摇曳。

这宅子吃穿用度，样样考究，外表看来光鲜亮丽，但在静深之处，却闻得到腐朽的气息。

我翻了个身，脖子上的玉坠摩擦着身体往下落，带着微凉的寒意。

晚间饭桌上，我意外地成为长辈关注的对象，简直受宠若惊。

祖母抱着弟弟坐在我身旁，忽然要求看一看我脖子上的玉石，我略有诧异，但还是顺从地扯出衣领处的石头，仅是一块样式寻常的弥勒佛玉佩，相比如今首饰店里的花哨多姿，款式倒显得有些古旧，看起来有些硬实大方，有些男孩气。不过戴久了，却散发着异常温润的光泽。

我从未问过这块玉石的来历，从我记事起，它就在我的脖子上了。

江家家业虽然这几年缓滞不前，但底子还算殷实，我两个弟弟出世时，祖父甚为高兴，在城中老字号的店铺打了厚实的长命金锁作出生礼，还从千宝楼订了一尊生肖花青翡翠送予芸姨。

我曾经暗暗猜想，或许这块玉石是我出生时，江家太上皇发恩御赐的，纵然是女孩儿，但终究是长孙女。

但下午时，我分明在奶奶的眼神里，看到了一种久违的欣喜。

我胡思乱想了一番，躺在床上翻来覆去许久，后果是失眠到凌晨两点才睡着。

早晨十点我仍睡得迷糊，张妈来敲我房门："大小姐，老爷让你速速起身下去见一位长辈。"

我起身梳洗时仍有些迷茫，江家多年来的交际应酬早已忘记有此大女儿的戏份，今日忽受此恩宠，我简直要三呼万岁。

我换了粉色棉衫外套、灰色针织罩衫和百褶格子裙，走下楼梯时，就看到祖父祖母坐在客厅的沙发上陪着客人喝茶聊天。

走至沙发前，一位穿着考究中式绸衫的年长夫人，看着我的笑容很慈祥："你是映映？"

我微笑着略略地低下头，只看到她胸前一颗颗圆润的锦缎扣子："嗯，您好。"

奶奶在一旁说："映映，这是劳家老太太，小时候还抱过你呢。"

每一位长辈叙起旧情，都会说到这般桥段，但无论多么老套，都让人觉得多了一份亲切，我抬起头来对着她笑了笑。

劳夫人甚为随和，拉了我的手，坐在沙发上，无非是问多大年纪、可有念书、平日有何爱好，我只好一一据实以答。

祖母起身离开了一会儿又过来："张太太王太太过来了，美如，上桌吧，以后映映有的是时间陪你。"

劳太太站起来，对着奶奶笑笑："这孩子真是乖巧，看得招人疼。"

祖母笑着答："平日里是乖，只是脾气硬得很。你以后怕是要多包容。"

"女孩嘛，特别是年轻女孩，有主见一点好。"劳太太笑着起身招呼，"映映，我先打牌。"

我忙陪着起身："好。"

她笑容温柔，往我手上塞了一个沉甸甸的红包。

我又被一堆用人和七大姑八大姨推出了客厅。

回到房间，我摊开掌心中的硬质纸袋，上面画着华贵的四个字“福禄康寿”，绛红的字体还烫着金。我打开，抽出了里边沉沉的钞票。

长辈见到世交亲戚小孩会给红包，从小到大这么多年，我也算见过些人情世面，但出手这般阔绰，还是令我咋舌。

我缓缓地摸着手中的纸张，心中一圈又一圈的涟漪在逐渐扩大。

晚上我躲在房间里对着课本练习素描，看我喜欢的那位西班牙女设计师“屋古拉”的户外家具设计系列，独自沉浸在光影变幻的色彩中。

小姑姑忽然在楼下唤我，她这段时间有案子在忙，为了取证连日外出，晚饭都没有回来吃，不知何事找我。

我起身跑到浴室洗手，水冲到指缝间将手指洗得一丝油彩也无，只因为江家对子孙辈的仪表要求甚严。

大厅上水晶灯散发着柔和光芒，祖父祖母坐在檀木雕花屏风前的丝绒沙发上，父亲与芸姨陪坐在一旁，小姑姑窝在角落，几个人朝我齐刷刷地望来，好大阵仗。

我强自镇定，坐下喝了一杯茶，边听他们闲聊，边看小姑姑。

小姑姑对我使眼色，示意她也不知何事。

“咳咳——”父亲将视线从手中的马报上转过来，看了看身旁的芸姨，终于开口，“映映，你在学校，可有男友？”

“没有。”我一头雾水，我大学已经读到第三年，现在才来问是否有点迟了。

芸姨笑道：“你这当爸爸的说的是什么话，映映还小，又这么乖，怎会随便交朋友。”

祖母插话进来：“也是，切莫学如今洋女，穿得暴露当街同男仔（男生）亲热，真是败坏世风。”

小姑姑低低讪笑一声，对着我悄悄翻了个白眼。

我觉得大事不妙，无暇理会她，只得正襟危坐。

“那你可曾考虑过婚姻大事？”父亲开口。

“什么？”我开始疑惑。

“映映，”奶奶开口，带着考究的斟酌，“你出生时，我们家与劳家定过一门亲事。”

“定、定亲？”我瞪大了眼，简直瞠目结舌。

“你爷爷那时在上海做生意，劳家老爷子在上海洋行做事出了点差错，你爷爷投了一笔大款助他脱困，老爷子一直念着这份情，两人也算旧交。后来我们一家得以顺利逃到了广州，也是得了劳家的帮助，劳家老太太跟我也投缘，你出生时，劳家老爷子托人带来了祖传的和祥玉，这门亲事也算是定了。”

我尚存一丝理智，语调有些发颤：“是昨天那位奶奶，还有我身上带着那块玉……”

“嗯。”爷爷磕了磕手上的楠木烟斗，点了点头。

小姑姑的声音插了进来：“男方是谁？”

我心底又惊又疑，只想起我那开明大方的母亲，一直待我如友，怎会允许如此事情发生，而竟不曾让我知晓。

父亲缓缓接话：“如今老爷子手下做事的是两个孙子，长孙劳家骏已经成婚，单身的是二孙劳家卓，今年二十六岁，是如今劳通银行亚洲区大宗投资顾问主管。”

我心底忽然一静。

奶奶带了一丝笑容：“今日老太太来家里见过你，说很喜欢你。映映，你可愿嫁入劳家？”

“什么！”小姑姑惊跳起来，脱口而出，“拜托！这都什么年代了！”

父亲瞪了她一眼，没有说话，目光望着我。

芸姨笑着道：“哎呀，女孩子念再多的书，最终也得有个归宿，劳家是何等家世，映映你嫁过去，必定不会亏待了你。”

小姑姑声音高了几分：“老爹！这不是民国十二年！怎还会有这般荒诞之事！”

爷爷眉头一皱，语气多了几分威严：“不管什么时候都是一样！我们江家受过劳家的恩！既然许下了承诺，就得对人家有个交代！”

“要报恩也不能这样！”小姑姑据理力争，“爸，这是映映一辈子的幸福！”

奶奶不理会身旁唇枪舌剑，烁烁的目光只看着我：“映映，你怎么说？”

我低眉顺眼，定定地看着祖母手中一串檀香木珠子。

“我愿意。”我听见自己的声音，安静得仿佛马路大道上落下的一片叶子。

客厅内一片寂静。

我声音轻得近乎飘忽，却一字一顿清晰如刻印："承蒙劳二公子看得起，我愿意嫁给他。"

小姑姑腾地站了起来，朝我怒吼："江意映！"

我悄悄抬头望她，小姑姑的双眼简直要喷出火来，恨不得揪我起来打一顿。

我只沉默不语。

小姑姑抛下了一句："疯狂的世界！"便朝楼上跑去。

我眼角余光看到了祖母的微笑，安详宁静，如佛拈花一笑。

周一，我如常返校上课。

课业忙碌，下课时同学各自收拾好绘图稿纸嬉笑散去，无人知晓我内心的波荡。

惠惠给我发信息说她还有课，让我在图书馆等她一起吃午饭。

韦惠惠是我最好的朋友，我们自中学就认识，她是个活泼爽朗、讨人喜欢的姑娘。

我们一起考上南大，我虽然没有说，但心里很是高兴，反倒是韦惠惠，放榜的时候搂着我大叫："映映，哈哈哈——我们还能在一起啊……"

韦惠惠有着敏锐的观察力，从高中开始，我那一点点花花肠子从来都瞒不过她的法眼，更可怕的是，她对于八卦有着令人难以置信的亢奋和热情，所以她大学报了新闻系。

我一手按着手机，一手拎着书包慢慢走出教室。

早春四月，空气中仍拢着一层薄寒，有穿着蓝色套头衫的高大男生，牵着身畔女孩的手，两人低头间满是温柔的笑容。

呵，杂志上写，相爱的时光就是最美的时光。

我只觉惆怅。

"江意映！"我穿过文思楼前的小广场时，不知谁在喊我，明明扬起的是清冽悦耳的嗓音，听起来却带着隐隐沉郁的韵味。

我转头，看到一个高挑的男子，穿褐色粗布裤子及白衬衣，外面套一件藏蓝色针织衫，立在婆娑的扶桑花叶下，目光专注地望着我。

他神态沉静，甚至有些冷漠，暮春的阳光映照在他皎如象牙一般瓷白的皮肤上，闪闪发光。

我只觉脑袋发晕，怀疑自己眼花了。

我深深呼吸，努力平定心神望去，直至认清来人，有一瞬间，无法动弹。

他走近，脸上终于浮现一抹浅淡笑意，那笑容在阳光之下一闪而逝，他开口，声音低沉了几分：“映映，我是劳家老二，我是家卓。”

我不知自己发怔了多久，方回过神来：“劳先生您好。”

他唤我映映，如同任何一个世伯表兄，亲切温和，断绝了一切迂回曲折的暧昧。

“可否借一步说话？”他温和有礼，口气和态度都恰到好处，有着大家族从容妥帖又良好的教养。

我这时才发现几乎整整一条校道的女孩子都在悄悄打量他。

我慌忙点头：“好。”

劳家卓轻轻颔首示意我跟他走，路旁的车道上泊着一辆黑色的车。

他拉开副驾驶的车门，我坐了上去，俯身的一刹间，我闻到他身上淡淡的香气，是富贵之家的那种蓊蔚洇润、钟鸣鼎食的味道。

“刚下课？”他专心开车，淡淡地开口问。

“嗯。”

“学校附近可有安静的地方可以坐坐？”

“嗯，东门那里有一家咖啡店。”

“你说的是南爵？”

我心底掠过一丝诧异，但还是点了点头。

“我以前在南大读过书。”他转头，笑了笑说，“所以我知道也不奇怪。”

我轻声地道：“原来是校友。”

劳家卓把车停在了车位上，同我走进店里，因为没到下课时间，店里只有寥寥数人。

今日早上一直在上课，我早已饿了，不客气地点了大杯的卡布奇诺和奶酪蛋糕。

劳家卓只要了一杯咖啡。

穿着蓝色蕾丝花边围裙的女招待在劳家卓身旁流连，殷勤地问：“先生，还需要点别的什么吗？”

声音甜得能拧出蜜来。

我略略低头，听到他客气地拒绝了女侍应。

四周安静下来。

我将双手放在桌下，交叉握着深深地吸了口气，才抬头望他。

他望着窗外，一瞬间正在出神，似乎感觉到了我的视线，转过头来。

我在心底暗暗赞叹，真是异常好看的男子，那般清晰俊朗的眉目，侧脸的线条清峭瘦削，极其动人。

他似乎并不介意我这般唐突的直视，又或许是早已习惯于女性惊艳的眼光，他开口说话：“没有事先打声招呼，我这般冒昧找你，希望你不会觉得困扰。”

我色迷心窍，一时还回不过神来，说话都有些结结巴巴：“啊，不、不会。”

“那就好。”他坐姿笔直端正，双手在桌面交叠，手腕上戴着一块干净的表，浑身散发着坚定的气质。

我渐渐定下心来。

我喝了一口咖啡，心下已经知道他要谈什么，竟有些不好意思：“可能我们也是需要见一下面。”

他轻轻笑了一下，似乎也有些放松下来。

“映映，我可否问你怎会答应……”劳家卓斟酌了一下字句，“同我的婚事？”

我脑中转得飞快，像他这般的公子哥儿，想必是不愿早早被婚姻束缚，又或许是有一个深交多年的女友，但无奈被家族逼婚，今日要来跟我谈判叫我别痴心妄想。

“我之前倾慕你万贯家财，今日一见，更加贪恋你绝世美色。”我面无表情望着他，语气严肃得如在海德堡辩证的先哲。

他玩味地看了看我，似乎觉得有趣，浅浅地笑了笑。

“不，你不是这样的女孩子。”他望着我，笃定自若。

“我想要离开江家，我渴望自由。”我忽然低声道。

“即使是以婚姻这样的方式？”他略微挑眉。

“即使是以婚姻这样的方式。”我重复，抬起头来冲他一笑，“形式而已，不是吗？”

他不动声色：“是的，但愿我们合作愉快。”

“劳先生，”我忽然轻声开口，“我父亲最近生意可好？”

他似乎没有预料到我会突然问到这个，表情一怔。

“令尊有意向劳通银行贷款八千六百万元。”看来他不打算隐瞒。

我心底其实早猜出了一个大概，从他口中证实，竟不觉难过。

我江意映价钱竟还不低。

“没有别的办法了吗？”我挣扎着问。

“江家近年已式微，本市似乎没有哪间银行打算冒这样的风险。”

“我可否问你一个问题？”

他眉梢轻扬望着我，征询的意味。

“这是你的意思，还是你家里的意思？”

劳家卓淡淡开口：“我祖母笃信中国传统文化，她找命理大师看过你面相也批过生辰八字，大小姐面圆鼻正，宜室宜家，是旺夫面相，且很不幸，我们的生辰非常相配，是夫荣妻贵之命。”

我将口中含着的一口咖啡喷回了杯中。

劳家卓抽了一张餐巾纸递给我，我挺高兴地说道：“原来我命这么好啊。”

“那你怎会同意？”我擦着手上洒出来的褐色咖啡渍。

“这个并不重要，对吗？”他答，“或许等到我们结束的那一天，我会告诉你。”

他三言两语掀了我的底牌，只留给我客气的微笑。

此人无疑是谈判桌上绝顶高手，对付我这般菜鸟，连剑都不用出鞘。

“映映，三年。”他一手撑了桌沿站起，“三年之后，我给你自由。在此期间你可以交男朋友，我不会干涉。”

同劳家卓见面回来，我回到寝室倒头就睡，连与韦惠惠的午餐都忘记了。

次日下午在综合楼教室上课，突然一只爪子伸过来揪住了我的头发，然后是阴声怪气的声音：“江意映，上课不专心，你在做什么？”

我慢条斯理地收起手中的言情小说，眼皮微抬：“韦同学，你跑来上设计系的课做什么？”

韦惠惠一屁股坐到了我身旁的位置，眼神哀怨：“手机也不接，昨天害我在食堂等了一个中午。说，你死哪儿去鬼混了？”

我耸肩："晚上请你吃饭谢罪。"

韦惠惠顿时笑容满满："成交。"

我笑，她真是一个爽快明朗的女子。

好不容易到了下课，我和韦惠惠懒懒地坐在位置上等诸人散去，突然，包里的电话响起。

是家里，奶奶问："映映，放学没有？"

"嗯，怎么了？"

"老太太方才打电话来，想约你喝茶。"

我莫名有些紧张，劳家就这么中意我这个孙媳？这么快就要联络感情。

"映映，长辈约见，莫要失了礼数。"奶奶不放心地叮嘱。

我只能答应着。

我大约神色有异，韦惠惠一直望着我，但我已无暇应付她。

未几，又有电话进来，这次是慈祥但有些陌生的中年妇人的声音："映映？"

"嗯，您好。"

"你奶奶跟你说过没有，你可有空？"

"有的，我刚刚下课。"

"我在皇都酒店定了位子，可要派司机去接你？"

"不用，我搭地铁很方便。"

"好吧。我让小郭在门口等你。"

我飞速地收拾课本和画具塞进书包，一把拉起了韦惠惠："我今天没有办法和你吃饭了，改天补上。"

"喂！"韦惠惠气得跳脚，不甘心地跟在我背后吼叫，"江意映，你是不是瞒着我偷偷找男人了？"

我朝背后挥了挥手，往校门走去。

午后四点的皇都，红茶的香气在空中氤氲缠绕，我坐在柔软舒适的沙发里，对着远处玻璃外的温暖阳光简直要打盹了。

"映映？"老太太唤我。

"嗯？"我略微坐直身体。

我这才看见一个衣着优雅的女士不知何时已站在我们的桌前，劳太太介绍："这位是林宝荣女士。"

林女士对我笑笑，坐下递给我几本精美的烫金画册："这些是几大品牌珠宝的今年新款，也有一些传统的老式商铺的目录，江小姐您看一下。"

我翻开一看，满目生辉的金银珠宝，难道我真要一夜之间飞上枝头了吗？

"要配几套礼服，珠宝自然要挑些好的。"劳太太笑着说，"看看喜欢哪个款式。"

"这个看起来蛮好的。"我指了指图片，款式看起来有些古旧，但周正大气，最重要的是，上面镶嵌的石头可真大，劳家卓要是看到他婚礼上的新娘戴着像暴发户一样的糖球钻戒，他皱眉不耐的样子，想必会很好笑吧。

老太太亲切地笑："不错，我看着也挺好，首饰就是要端正大方，喜气安稳。"

我讪讪笑笑，吃饱喝足，看得出劳家老太太是真心喜欢我，这可比跟劳家卓打交道开心多了。

晚上在校园里闲着无事看广场的表演，我接到母亲大人电话。

"映映，"她劈头就问，"你父亲秘书知会我说你答应嫁入劳家？"

"嗯。"我应了一声。

"即刻取消。"母亲声音竟有一丝严厉。

"我已答应。"我低声地应。

"这是你自己的意思还是江家的意思？"

"两者都有。"

"这么说你不反对嫁给劳家卓？"

"是的。"

她明媚好听的嗓音怒叱道："傻瓜！"

我唯唯诺诺不敢出声。

"告诉我？你是不是心意不可改变？"

我没出声。

母亲在那端低叹一声："是我没有把你照顾好。映映，你取消婚事，我送你去国外念书好不好？"

"妈妈，我不愿意。"

“因为劳家卓？”她言辞犀利。

“不，我觉得国内读书挺好，没有必要去国外。”

母亲声音无奈：“女儿大了，心思越来越难懂。”

“妈妈，当时你可曾同意？”

“你指婚约？我后来反悔，但已于事无补。”

“你怎么没和我提过。”

“我希望你永远不知道。”

“映映，”母亲口气异常慎重，“你可曾想清楚了？”

“是的。”

她轻声叹了一口气：“但愿你永远似今日这般勇敢。”

我听得疑惑：“妈妈，可有什么事情是我所不知的？”

“没有，”她轻快地答，“我明日致电纽约王薇薇，我乖女要做最漂亮的新娘。”

“妈妈，”我笑了，“你现在仍在意大利？”

“嗯，我搬到威尼斯了，放暑假你可来做客。”

呵，母亲，即使相隔万里，她仍然是我最后的底线，我渐渐安心下来。

我站在台阶上，仰望那一幕漆黑的天际。

如果这是命运朝我伸出的手，我除了握住，别无选择。

乍暖还寒的四月，薄薄春光开始蔓延。

我开始连续不断地往家里跑，平日里即使是周末我也宁愿留在学校。现在一通电话随传随到，虽然事情是长辈在操办，但仍有诸多细节不得不参与。

这段时间江家上下忙得人仰马翻，祖父母喜上眉梢，父亲更是在上个周末的夜马场中了三重彩，芸姨都对我笑言家里真是喜事连连。

劳家老爷子只在双亲正式拜帖下聘时来过家里一次，劳太太倒是经常来喝茶聊天，其他的秘书、助理和各式人等在家里进进出出，虽然异常忙碌，但行为举止都非常有礼低调。

四月中旬的某个周末，国内一位著名的国学教授来学校演讲，韦惠惠兴奋地抢到了两张票邀请我一起去，只得到了我失望地拒绝。

我径自去搭地铁返屋。

离开人潮鼎沸的校园，我独自一个人慢慢走，真是有点孤军奋勇的滋味了。

有什么办法，林宝荣一早知会我本周末要去香港。

林宝荣女士，现任劳通公关部经理，年约三十岁，是个干练时髦的女子。她似乎全权代理了劳家在婚事上的各种繁缛仪式和细节要求，不知为何劳家老太太对她异常宽容客气，林宝荣有时言辞锋利，老太太也并无任何不快。

我后来才知她是过世的大房太太膝下女儿的独生女，算是劳家卓的表姐，据说老爷子甚为看重这个唯一的外孙女。林宝荣进退大方得体，对我不见热络，也不见冷落，只是维持着一股带点距离感的亲切。

有点难搞的女人。

芸姨和她，还有一个造型师，陪着我去订了几套礼服，末了又去连卡佛选了几双鞋子，三位女士饶有兴致地讨论在春天就开始的某大品牌的秋季新款发布会，我无聊得四处闲逛，在电梯看到了穿着球鞋宽衫戴着墨镜的某女明星，她的气势气质竟然不比上镜时逊色，我如同无聊路人一般围观了几分钟，这一趟总算值回票价。

因为考虑到我尚未毕业，劳家提出先低调成婚，待我大学毕业，再在本城正式宴请宾客。

江家长辈虽然略有微词，但考虑到劳家家门一向注重名声，也只好同意。

我听到这说辞，简直要笑出声，劳家卓明显是想要遮掩这么一个不入流的妻子角色嘛，真是让他费心，还得编出这么冠冕堂皇的理由。

不过这也正好满足了我的愿望。

我可不想太张扬，我还想着老老实实读到大学毕业，要不然三年后我要是被净身出户，至少还有学历。

五月份要期中考试，这段时间我已经耽误了许多功课，只好拼命找时间补习。

婚期很快定了下来，四月二十八日。

地点在鹿特丹。

听说是劳家卓的意思，选一个风光优美的欧洲小国，顺便让长辈度假。

至于他本人，自从上次会面以后，我并不曾见过，我甚至怀疑他是否还记得有个即将成婚的妻子。

四月二十五日是出发的日子。

我的心情无一丝紧张或喜悦，只觉得一切如此的戏剧，充斥着一种梦境般的不真实感。

由于欧盟部长会议，没买到直航机票，经过十几个小时的长途飞行，在巴黎戴高乐机场转机的时候，我已经有些神志不清，偏偏在飞机上又睡过了，现在再也睡不着，我只好掏出包里的单词本，权当催眠。

“江意映，”身旁的小姑姑臭着一张脸问，“你要不要吃点东西？”

我摇摇头。

江瑾瑜姑奶奶瞪了我一眼，径自去候机厅里的商店翻杂志去了。

我暗自吐了吐舌头，因为我硬着头皮一意孤行要结婚，小姑姑气得快一个星期不跟我讲话，现在愿意放下工作陪我飞来欧洲，我已经感激得要痛哭流涕。

两家的长辈已在一周前抵达荷兰，因为给我们上室内设计课的田教授下个月要出国，所以上半学期的设计图要提前交，我便拖延了出行时间。

我身边的婚宴助理、化妆师、司机、厨师、私人摄影师，浩浩荡荡数十人，几乎占据了大半个候机厅，有几位正在入口处徘徊，似乎正在等人。

埋首背单词，我果然很快便要昏昏欲睡。

我拉紧了围在脖子上的围巾，将头靠在身旁大堆的行李中，闭上眼睛。

睡得有些模糊的时候，我听到身旁有些喧哗，我睁开眼，朦朦胧胧之中看到一个高挑的身影直直地走来，然后他干燥却温暖的手掌伸出，准确地握住我的手，略略使力，将我从巨大行李堆中拎起来。

劳家卓低哑的声音带了一丝疲惫：“映映。”

我摇晃着站起，头脑清醒了几分，这才看到他身后站着几位正装男子，手上都提着黑色公文包。

劳家卓西装革履，黑色的衬衣衬得他脸色略显苍白，但精神还好，他朝我略微颔首。

我不知我们站在一起是否登对，但我从他身后几位精英的眼神中捕捉到了他们一刹那掩饰不及的惊讶。

劳家卓丝毫不以为意，握着我的手将我扶稳，又不着痕迹地放开，他平稳的声音不带任何感情："我和你一起过去。"

Nieuwe Maas（新马斯河）河畔微风吹拂，虽然还带着些许的寒意，我已无暇顾及其他，全因眼前景色已美得令人屏息。

红瓦白墙的房子精致可爱，风车在一望无际的花田中缓慢地随风摇动，水汽氤氲之间满是绚丽的色彩多姿，如同雷诺阿笔下一幅美丽的水彩画。

四月底，我生日季节。

我如愿以偿嫁给了劳家卓。

我当然没有穿上"薇薇王"的婚纱，且不提礼服所需的天价，一件婚纱更需提前半年预订，早不知多少名媛淑女在排队等候，像我这种心怀不轨的新娘，穿上也成不了公主。

母亲送给我她戴了很多年的一对精致钻石耳钉，她还随邮寄了一件礼服，出自一位意大利独立设计师之手，洁白纱裙的线条简洁流畅，胸口有一束大方优雅的锦缎褶皱，非常漂亮。

我喜欢得不得了。

每一个女子都渴望看到自己穿上婚纱的那一刻。我看着梳妆镜中那个女子，年轻的肌肤抹着薄薄粉黛，脸颊嫣然泛着亮光，娇艳得好似洋娃娃。我在心底轻声地道：江意映，这不是你，清醒一点，方可全身而退。

蓝天碧云之下的翠绿草地上，洁白的玫瑰铺满了整个婚宴现场，牧师宣布礼成的那一刻，劳家卓俯下身，微凉的唇，轻轻地吻在我的脸颊上。

我看到父亲眼中有薄薄泪光。母亲之前一直抱怨婚事仓促，来不及好好准备，怎知婚礼前日她突然生病，没能来参加婚礼。

祖父祖母和劳家的长辈坐在首席，大家喜笑开颜，真是一派祥和喜气的景象。

在宴会上，一个美丽的女子朝我们走来，穿着一袭粉色礼服，身姿绰约，明艳动人。

女子笑意盈盈，亲切拥抱我身边的男人："家卓，我很高兴。"

我转过头，看到劳家卓的脸微然变色。我还来不及细想他的神色变化，女子已经转过来抱我："映映，欢迎你成为我的家人，我是绮璇。"

哦，原来是嫂子，我早已听说劳家长孙媳是一位美丽女郎，今日一见，果然不负盛名。

不知今日劳家骏又在何处。

绮璇又笑着说："家骏人还在美国，托我问好弟妹，等他回家再好好和你们聚一聚。"

劳家卓只笑着点点头："嗯。"

我只是微笑地看着他们寒暄，绮璇热情地夸赞婚礼很是温馨美好，又谈起在美国的假期，说劳家骏很期待见见映映。她的笑容感染力十足，真是热忱明丽的美人儿，劳家卓对她的话题明显冷淡，但表情又无丝毫不耐烦，只静静地站着听，偶尔答一两句。

真是奇怪的一对叔嫂。

我面上挂着微笑，心底暗暗琢磨这是什么情况，但对话并未持续很久，很快有其他的宾客过来，劳家卓只好挽着我含笑应酬。

下午的仪式过后，宾客回酒店稍事休息，又换装出席晚间的舞会。劳家在酒店的一间典雅的宴会厅举办了一个小型的晚宴，烛光摇曳之中，我和劳家卓跳了第一支舞，满堂喝彩之后，众人举杯，宾客开始纵情享受音乐和美酒。

晚宴舞会比较随意，长辈也是坐了一会儿就离席，我看着人群中的劳家卓，谈笑自若频频举杯畅饮，那张英俊的脸上带了点不羁笑意，袖口略略挽起露出修长的手腕，真是赏心悦目得让人咬牙切齿。

直到一点多我才回到房内，整整一日下来，我站得两腿发软，回到套房内泡了澡，原本还想坚持着等等劳家卓，谁知道往床上一躺，头发都没干透，我竟睡着了。

醒来已经是第二日的中午，酒店一片安静，我梳洗后换了衣服走出房门，一位男子立即走了过来："午安，映映小姐。"

我捏着睡得有些酸痛的脖子："郭叔，大家都去哪儿了？"

“老爷子老太太和亲家在楼下喝茶，小字辈的亲戚由绮璇小姐领着去城区逛街了。”

“劳家卓呢？”我张口问。

劳家的资深管家谦恭有礼，他微鞠身体，语气波澜不惊：“二少爷已搭今早九点的飞机飞往苏黎世。”

传媒学院前来来往往的年轻人朝气蓬勃，不时有扛着摄影器材的男生阔步走过。

不过是离开学校一个星期，我只感觉天上一日，人间已百年。

韦惠惠从教学楼的楼梯飞奔而来，一脚恶狠狠地踩在我崭新洁白的帆布鞋上。

“喂！”我猛地跳起，朝着她尖叫，“你这女人也太狠了吧！”

“我买的鞋子我踩一下有什么关系？”韦惠惠咬牙，“莫名其妙逼着我给你送东西，拿了好处之后就消失得无影无踪……”

“喂，我不过是请了几天假而已嘛……”

韦惠惠搂着我上下打量，甚至还凑到我脖子四处嗅了一番，才狐疑地说：“江意映，我怎么觉得你哪里不一样了？”

我翻白眼：“我交男朋友了。”

韦惠惠得意扬扬：“不可能，我可没有闻到你身上有别人的气息。”

我简直想掐死她，一把扯过她的挎包：“走了，去吃饭。”

和韦惠惠吃了晚餐，我搭地铁从城东的大学城回到城北的鑫泽区，从地铁口出来，本市最繁华的新兴商业区的璀璨夜色尽收眼底。这一带集中了顶级的商业餐饮娱乐场所，远远望去，霓虹闪烁，劳通银行总部大楼伫立在繁华商业区中心，在夜色中闪着幽光，早已是鑫泽区的地标性建筑。

我穿过车水马龙的十字路口，从仕径大道右侧转入一片住宅区，绿树成荫的安静道路顿时将外边的繁华盛世隔开，小区的保安已认得我，对着我笑了笑。

走了不长不远的一段路，身侧不断有私家名车驶过，带起一道道亮光。

我走进大楼，从书包里掏出门卡刷开电梯，电梯开始平稳寂静地上升，停在十二楼。

我打开门，摁亮灯，脱了鞋子，扔掉书包，躺在沙发上。

大厅的水晶灯焕发着柔和光芒，我朝二楼看了一眼，一片安静。

从荷兰回来已经一个星期，房子的主人依旧不见踪影。

除去第一天司机将我送到了澜韵一品小区，带着我到这一层的房子，将一串钥匙放在我手中："江小姐，这是劳先生的家，我是劳先生的司机，姓徐。"

我疑惑："您是爷爷派来的？"

眼前的男子有张平凡朴实的脸庞，语气却是不卑不亢："不，我仅仅受雇于劳家卓先生。"

我点点头："徐哥，谢谢。"

"卧房已经为您准备好，除了他的卧室和书房，您可以随意取用房子里的东西。"徐氏大哥不带一点感情，公事公办地递给我一张名片，"劳先生说让江小姐不用拘束，有事情需要用车请给我电话。"

我接过那张纸片，礼貌笑了笑："好的。"

徐哥朝我点点头，转身欲往电梯走。

"徐哥，"我开口问，"请问劳家卓何时会回来？"

他回头，似乎对我的问题有些意外，但还是答："江小姐，我不清楚。"

我顿时觉得有些赧然，讪讪地道："好的，谢谢您。"

新婚妻子需要同司机打探丈夫的行踪，真是颜面无存，我决定不再理会劳某人，开始乐得逍遥地享受生活。

劳家卓应该是买了这一层楼的两个单元，复合两层式的房子非常宽敞，楼下是大厅和厨房，附加一个小房间，楼上是主卧和三间客房，外加一个小型会议室。阳台有一个小花园，我搬了几张椅子出来，俯身趴在栏杆旁边，大风呼啸而过，吹起我凌乱的发。

哪怕是站在悬崖边，我也宁愿选择这临风一瞬的快意和自由。

除了韦惠惠，我在大学里并无深交好友，同班同学都是点头之交，寝室里同学的交情倒还不错，只是她们各自有男友，下课后各自忙着打扮约会。

所以她们对我宣称的回家住，也并不觉得奇怪。

如果那可以算"家"的话。

周末，我蹲在家里看韩剧。

捧了大袋零食，关了灯，独自沉浸在黑暗之中，宽敞的大厅只有电视屏幕发出幽暗的光线。

一切爱恨纠缠落下帷幕之后。

她梦到他来同她告别。

楼下的花园小径，紫色的花朵在草木中盛放，她赤着脚，袖口挽起，身上白色睡衣的薄棉蕾丝已经被雾气打湿，他穿着那件浅色格子衬衣，提着棕色行李袋，干净的短发，熟悉的双眸，单眼皮有微微红肿的水光，却并无言语，只锁眉深深望她，低声叹气，然后转身离开。

她就是这样手足无措地望着他离去，痛到心底的哭泣，连声音都发不出来。

明明这么相爱，这么相爱，却没有任何办法开口说一句挽留。

心里仿佛有一股被紧紧揪着无法呼吸的痛楚。

真煽情。

我咬着牙伸手去旁边摸纸巾盒。

抬头的余光之间，我突然看到在昏暗的电视灯光的映照下，客厅的玄关处伫立着一个黑色的影子，无声无息，仿若幽灵一般，冷森森地注视着这一切。

我心头突地一跳，匆忙跳起来去摸墙上的大灯开关，慌乱之间腿撞到了沙发扶手，身体失去了重心，我尖叫一声，结结实实地摔到了地板上。

就在那一瞬间，大灯的开关啪的一声轻响。

整个大厅顿时一片明亮，身形颀长的男子倚在墙上，面无表情地望着我。

我只恨不得摔死在地板上。

劳家卓低沉嗓音，口气有些嘲讽："你给自己搭了一个戏台？"

我快速地从地上爬起来，不敢揉痛得要死的膝盖，只顾着微笑："对啊，我已为学校戏剧社效力三年，职业习惯。"

他玩味地看着我眼底和脸颊上的泪痕，居然笑了笑："演技不错。"

我恨恨地道："劳先生，这么久不见，你就非得冷嘲热讽？"

他走进客厅，伸手松开了衬衣上的领带，淡淡地问："住得可习惯？"

我看到他手上戴着婚戒，有一瞬间的惊讶。

婚礼上我们交换的是一对从法国手工定做的戒指，我的那枚镶嵌了一颗六卡拉的钻石，颜色纯白干净，内侧镌刻着我和他名字的缩写，劳家卓手上戴着的则是一个简洁大方的铂金指环，衬着他手指的皮肤非常好看。

只是我的那枚糖球钻戒在婚礼过后第二天就被取下来丢在了首饰盒中。

“江意映？”他有些纳闷地看着我发呆。

“托你的福，还好。”我回过神来回答他的问题，他缓步走近，明净的脸庞英俊依旧，只是眼睑下有一片淡淡的阴影。

“房子虽然不大，但也勉强足够我们相安无事。”他将手上的钥匙搁在了茶几上，“有什么需要跟我说。”

“一切都好，谢谢你的收留。”

劳家卓眉心轻轻拧起，似乎是有些不满：“映映，不必这样，现在你也是这房子的主人，我们各取所需，你不必说得自己好像在委曲求全。”

我自觉失言，只怏怏地道：“我不是这个意思。”

他点点头，仿佛对着分租一室的房客：“那不打扰了，你继续看。”

他提着行李箱上楼。

我瞪着那挺拔瘦削的背影在楼梯转角处消失，谁还有心情看，我关了电视上楼去。

躺在床上看书，我的卧室之外是走廊，然后隔着一个客厅才是劳家卓的卧室，我隐约听到走廊对面的声音，椅子拖动的声音，略略压低声线打电话的声音，然后是洗澡的水声……想着屋子里还有另外一个人，我竟然开始失眠。

模模糊糊辗转了许久，我不知不觉地睡去。

劳家卓回来之后，我照常上课下课，生活并没有什么不同。

他每日早上大约八点半出门上班，中午不会回家，晚上一般会晚归。

我一周有四天早上没有一二节课，当我出门时他早已离家。不过星期三我早上八点十分有课，劳家卓出门时，如果时间合适会送我一程。

但他那辆车在校门口停了几次后，实在是太过招摇，我提出还是自己去上学，劳家卓也没有再坚持。

晚上在房间里听到他回来的声音，有时他书房的灯一直亮到深夜，但都很安静。

偶尔他回来得早，碰到我在客厅，也仅仅是打个招呼就上楼，我有时熬夜做功课，会看到他独自站在阳台上望那一片璀璨夜色，夜晚的风吹起他身上的白衬衣，那瘦削背影，竟有一丝孤独的寂寥。

可无论什么时候，只要他转过身来，就恢复成了那个表面上彬彬有礼，但淡漠的脸上写着生人勿近的冷峻男子。

我们是住在同一个屋檐下的陌生人。

他的确给了我最舒适的生活，交通便捷的高档花园式住宅区，一应俱全的生活用品，卧房装修得能够满足任何一个少女的情怀，以及十分自如的出入时间和可以自由分配的生活。

我偶尔回家，芸姨都待我亲切几分，祖父祖母自然是高兴，傍上了劳家这棵大树，江家仿佛重新焕发了光彩。

我问过小姑姑，她说江家的生意得到劳通银行的贷款之后，资金周转顺利运作正常，据说今年上半年的盈利额已抵过去一年。

似乎已经是皆大欢喜的结局，我别无所求。

我盖好被子安心睡觉。

半夜觉得口渴醒来，迷迷糊糊地爬下床，朝对面客厅走去。

我走进客厅，听到里边传来低低的声音，这时我才看到与隔壁客厅相连的书房门半掩着，室内灯光明亮，偶尔传出敲打键盘的响声。

桌子上散着文件，劳家卓坐在电脑前，神情专注。

也许是我的脚步声惊动了他，劳家卓回头，眉头轻轻一皱，推开椅子走了出来。

“我吵到你了？”他低声问。

“啊，没有，我口渴，想喝水。”我答。

他将我从头到脚看了一眼，然后视线注视着地面，我随着他的目光，才看到我迷糊之中没有穿鞋就走了出来，赤裸的双脚踩在深棕色的木地板上，有些微微的寒意。

我有些不自然地动了动脚趾。

劳家卓走到饮水机旁替我倒了一杯水：“晚上喝点温水就好了。”

我接过，低声道谢。

劳家卓点点头，转身走进了书房。

我捧着那杯水慢慢地走回房间，不知为何，竟有点失魂落魄。

昨晚睡得不好，偏偏又是课程排得最满的一天，等到下午回到家时，我脑袋已经困得有些昏沉，扔了书包往二楼走，在转上二楼楼梯的那一瞬，我蓦然睁大了眼。

二楼整个楼层的地面上都铺上了地毯，素雅的织锦花纹，赤脚踩下去蓬松柔软，整个人顿时都轻松起来。

我推开卧室的门，房间里面的小客厅放着一台小型冰箱，我打开，里边装满了牛奶和各种饮料，甚至还有一格满满全是冰激凌。

我望着那一盒盒五颜六色的冰激凌，整个人有些发怔。

我呆呆坐在沙发上，时钟指针指向了十二点，大门传来转动的声响，劳家卓的身影出现在玄关处。

他今天穿着休闲西装，手上拿着外套，衬衣的扣子已经解开两颗，一手按着眉心走了进来。

我顿时闻到他身上淡淡的酒气，还来不及开口，劳家卓见到我等在客厅，有些意外，低咳了一声："映映，怎么还不睡？"

我望着他略显倦容的脸，轻轻地说："谢谢。"

他停下脚步："什么？"

我看他一眼，答："冰箱。"

他神情一顿，只淡淡地答："不必，我只是不喜欢工作的时候有人打扰。"

我扔掉怀里的抱枕，从沙发上爬起来："你一向习惯工作到这么晚？"

"有时。"劳家卓似乎无欲交谈。

我望着他笑笑："即使工作是乐趣，二少爷不知熬夜伤身？"

劳家卓竟然没有理会我嘲讽的语气，只略微垂头答："有时各地分行文件紧急，等不及第二天早上。"

"你不是负责亚洲区吗，海外的不是有家骏和其他人？"我听得有些疑惑。

劳家卓低声答："都是一家人，谁做都一样。"

不知为何，我听着他平和到有些诡异的声音，竟觉得心头有点柔软，轻声地说："嗯，但也不要太辛苦了，早点休息吧。"说完我自己都有点恶心，赶忙撒腿往楼上跑。

跑到楼梯的转角处，我低头看了一眼，看到劳家卓仍在客厅那道雅致的花岗岩墙下，一个人怔怔地站着。

周五下午的最后一堂课，老师耐不住整个教室涌动着的难以安分的气氛，提前下了课。

众人欢呼一声速速离去欢度周末。

我收拾桌上的课本，拔掉笔记本电源，桌面上的电话突然响起。我看了一眼号码，是劳家大宅的电话。

“映映小姐。”电话那头是个中年男人温和的声音。

“郭叔，你好。”我一向不敢怠慢这位劳家总管。

“放学了？”

“嗯。”

“今晚学校没事了吧？”

“没有。”

“老太太说让你跟二少爷今天晚上回家吃饭。”

“可我不知道他晚上是否有……”我有些迟疑地答。

“喂——”电话那端忽然传来了老太太的声音，“你这孩子，这是老二不对，结婚一个多月都没一起回家吃过饭。”

“奶奶……”我拖长声音低声道，唯恐惹老佛爷不快，“他工作忙嘛，也不知道有没有时间。”

老太太利利落落：“周末怎么会没时间？自己家的公司，我让小郭打电话给他秘书。映映，你今晚和老二一起回来。”

“我……”我犹豫着没敢答应。

“听不听奶奶的话？”

“听啊。”我低声撒娇，“我先回家等他，等下一起回去。”

劳家大宅我倒是回去了几次，但每次都是一个人，有时是回去吃顿饭，顺手时还上桌陪老太太打几圈麻将，有时是碰到绮璇在家，还一起喝个下午茶。

坐落在金鳛花园中央的劳家宅邸，是一栋欧式别墅，典雅的外观，奢侈的装饰，前院的一个巨大西式花园里种满了丁香，每到夏天的晚上，花香芬芳馥郁。

郭叔和几个用人将家里打理得井井有条，厨子简直是御膳水准，中西菜式做得堪比任何珍馐美味。

不知道为何劳家卓要独自搬出去住。

我从学校返屋，碰到下班高峰期，交通拥堵，比平时晚了半个小时才回到家。

走进玄关，意外地看到劳家卓坐在客厅。

我有些惊讶："下午没上班吗？"

"嗯，没在公司，下午在银监会（中国银行业监督管理委员会）有事。"劳家卓坐在沙发上，脸色有些苍白，眉宇之间隐隐倦色。

我坐到他的对面："晚上还有事情吗？奶奶让我们回家吃饭。"

他原本半倚在沙发上的身体略微坐直了，语气还是淡淡的："你没说我工作很忙没时间？"

"我说了，可是……回家吃个饭也不用很久啊。"

"太累，不愿回去。"

"我已经答应了。"我心一横闭上眼大声地说。

他听到我的话，神情明显意外，瞬间脸色一沉。

我不安地动了动，朝后面缩了缩身体。

他定定地看着我，忽而轻轻叹了一口气，慢慢起身，又恢复了那种喜怒不形于色的淡漠："稍等，我上去洗个澡。"

我和他一起下楼，看到已经很久不见的徐大哥等在楼下。

徐哥恭敬地跟他打了招呼，然后拉开了后车门，劳家卓坐了上去，对着傻站在外面的我，简短地吩咐："上车。"

我有些纳闷："你平时不是自己开车的吗？"

劳家卓脸色阴沉："上来。"

我赶紧闭上嘴巴，钻进车里。

身旁的劳家卓很安静，我偷偷望过去，即使坐在车里，他仍然没有放松身体，挺直的脊背，双手交叠放在膝上。车子行驶得很平稳，穿过城市，进入绿荫环绕的别墅区，劳家大宅的雕花铁门已经近在咫尺。

车子转入花园，郭叔等在屋前的台阶上："二少爷，映映小姐。"

劳家卓对着他冷淡地点了点头，直接穿过前廊走进了屋子。我对着郭叔笑了笑，赶忙跟上了他。

刚一走进大厅，迎面就看到一位男子从楼梯走下，笑着朝我们走来。

男子身量跟劳家卓差不多，只是劳家卓瘦削高挑，男子显然更强健一些，他穿了一件褐色衬衣，鼻梁上的黑框眼镜添了几分斯文。

他的语调有些夸张：“老二，终于舍得携娇妻回来了啊！”

劳家卓脸上露出了笑容，语气却没有半点温度：“大哥，难得见你在国内，怎么有空回来了？”

男子笑着道：“没空出席你婚礼，这顿饭是一定要补上的。”

原来是劳家骏。

劳家骏转向我，给了我一个结结实实的拥抱：“弟妹还真是娇俏可人啊！”

他朝劳家卓眨了眨眼睛：“你喜欢这种型，满足得了你？”

劳家卓不动声色地把我拉到了他身后：“我还好，比不得大哥英勇。”

我暗暗揣摩，这两兄弟之间各怀鬼胎、明嘲暗讽，难道感情深厚到这般肆无忌惮？

现在这气氛很诡异。

这时，劳家骏突然笑了笑，退开了一步，我方才看到老太太笑容满面地走了出来，朝我招手：“映映，回来了啊？”

“奶奶。”我赶忙挽着老太太坐到沙发上。

老太太一边斟茶，一边跟我说话：“映映，趁着老二在，跟奶奶说，你们俩处得可好？”

我不知自己脸上的娇羞是否恰到好处，只好尽量摆出甜美微笑：“家卓很照顾我。”

老太太看了我一眼，又看了一眼劳家卓，似乎很是满意，她笑着说：“学校快放假了吧？”

“还有一个月呢。”

“好，放假了就多回家里来。”

我坐在老太太身旁，替她细心地挑去一片茶末，有一搭没一搭地闲聊。

老太太嘱我吃水果，又特地让郭嫂多拿了几盒红桑子，那一颗颗红得晶莹的小果子，拣一粒放进嘴里，汁液清甜。劳家有专门的司机每天负责采购进口水果，吃得很是精贵。

我在心底暗暗琢磨，劳家卓倒还好，家里装饰和家具虽然都很大方雅致，但也是一般高档住宅略略讲究的品质和价格，并没有多奢华。他对吃的似乎也不挑剔，有天晚上他没应酬，回来得较早，我下楼顺便替他买一份拉面，他似乎饿极了，将面吃得一干二净。

有时我顺手替他泡一杯热茶，他便已满足得轻叹一口气，然后向我致谢，声音是诚挚的。

我经常见他下班时苍白脸庞上藏着隐隐倦色，都觉得有些怅然，人前看似风光无限的金融巨子，却忙得连好好吃一顿饭的时间都没有。

我转头看了一下，劳家卓只安静地坐在沙发上，并不打算参与我们的谈话。

这时，郭叔自内厅走出来，站到了沙发旁："素鳝刚蒸好，是否要开饭？"

奶奶抬头看了看时间，站了起来："去请老爷子下来吧。"

"映映，下次再让你奶奶过来家里吃饭，大家多聚聚，"老太太笑着说。

我应了一声，跟着老太太往餐厅走。

老爷子从楼上下来，看了看劳家卓，不冷不热："回来了？"

劳家卓只"嗯"了一声。

我从餐厅走出，赶忙笑着："爷爷。"

老爷子那威严的脸庞露出了一丝笑容，点了点头："进去陪你奶奶坐着吧。"

老爷子看了一眼餐厅，开口："老大呢？"

郭叔很快地回道："在楼上呢，我去喊。"

劳家骏很快下楼来，跟在他身后的是绮璇。

"嗨，映映，什么时候回来的？"绮璇笑容明艳。

"刚回来一会儿而已。"我笑笑，看到美女心情自然愉悦。

"怎么不上楼去，"绮璇一贯热忱，"我前天从巴黎回来，有带礼物给你。"

"先吃饭吧。"老爷子出声。

绮璇对我笑笑，坐在了椅子上。

老太太在餐桌旁唤我："映映，过来坐这边。"

"好。"我答应了一声，朝她身旁走去。

劳家卓跟在我身旁替我拉开了椅子，老爷子坐在主位，对面是劳家骏和绮璇。

难得的一家团聚。

劳家已迁到南方多年，饮食上也习惯了粤系菜色，但餐桌上仍保留着传统的家门规矩，正餐只吃中式，辈分位置各有讲究，极为在乎礼仪。

好在江家对小字辈的教育从来不忽略，所以我勉强还能凑合着应付。

反倒是绮璇习惯了西式的自由，曾经偷偷跟我抱怨过跟劳家二老吃饭真是麻烦事。

果然饭桌上绮璇只喝了一点点汤，老太太有些不快地看了看她，却没开口说什么。

老爷子坐在主位上慢条斯理地动筷，即使已经年过六旬，他依旧威严，不苟言笑的脸上是一双锐利的眼睛，看谁都带着审视的意味。

外界传闻老爷子两个儿子，一个不理尘事，一个英年早逝，劳通银行多年屹立不倒，全赖老爷子宝刀不老。

他是整个劳氏集团的太上皇。

太上皇开口问："老大，美国消费信贷可有稳定迹象？"

"政府已经采取措施，商务部公布的第三季度消费开支涨幅数据已达百分之二点五。"

"大环境还是不好。"老爷子略微摇了摇头。

劳家骏答："公司已增加十亿美元外汇储备，足以控制可能出现的消费贷款恶化。"

老爷子应了一声："做得不错。"

劳家骏优雅地笑笑，明显松了一口气。

"有没有探望过你父亲？"老爷子又问。

"爸爸最近搬到了新泽西，新房子环境不错。"劳家骏答道。

绮璇跟着补充："我陪家骏去了几次的。"

老爷子点点，似乎还满意，话题暂告一段落。

老爷子喝了汤，取过餐巾擦了擦手，看了看我身旁的劳家卓，不轻不重地开口："老二，纽约投资行将联众的基金案子转到你手上，可有此事？"

"嗯。"劳家卓只应了一个字。

"美洲区的为何是你来处理？"

"我见大哥太忙，没空……"

老爷子手中的筷子不轻不重地搁在了桌上，语气已有些不悦："大哥在内是你兄长，在外是你上司，你何时学会了擅权代决？"

劳家卓眉目未动，只静静地答："我上个星期发往海外的几份新加坡和香港的文件至今没发回总部，更何况联众基金已经冻结了近一个星期，已叫王董生气，我只好接手缓和一下客户的情绪。”

老爷子冷冷地答：“家骏自会安排分行经理处理，你做好你自己分内的事情。”

这已是暗藏锋芒的警告。

我看着身旁的男人瞬间有些苍白的脸色，心头轻轻一颤。

“老头子，”身旁的奶奶忽然开口，“家里吃饭就吃饭，你这是做什么？”

老爷子看了她一眼，面色稍霁，语气还是不轻不重的严肃：“两兄弟事情都不好好做，我管教一下还不成吗？”

奶奶神色不快地瞪了他一眼：“你说这话我听得不高兴，老二都已成家了，成家立业成家立业，你不服老也不行。我看亚洲区这一块，你也该放点权给老二了。”

我看到劳家骏的脸色微变。

劳家卓不动声色。

绮璇忽然拉了拉家骏的手，神态亲昵，语气娇柔：“好了，吃饭还谈公事。”

劳家骏脸色瞬间回转，抬起头对劳家卓笑：“都是自家兄弟，老二，辛苦你了。”

劳家卓抬起头看了对面的女子一眼，眼神微暗。

劳家骏看了一眼劳家卓，忽然伸手搂了搂绮璇的腰，对她微微一笑，真是甜蜜得羡煞旁人。

老爷子点了点头，不再说话，饭桌上的气氛安静且沉闷，只听到碟子轻微碰撞的清脆声响。

一会儿，老爷子推开了椅子站起：“我吃饱了，你们年轻人慢慢吃。”

众人也纷纷跟着站起，我起身陪着奶奶离开餐桌，回头望了劳家卓一眼。

他坐姿笔直端正，略微低着头，手边的碗筷只略微动了动。

他这一顿饭几乎什么也没吃。

吃完饭已是八点多，在沙发上坐了一会，劳家卓站起来对爷爷说：“明天私人银行有一个贵宾理财会议，我先回去准备资料。”

老爷子正仔细泡茶，头也没抬，只点了点头。

他看向我，语气体贴温柔：“映映，你是想在家里玩一会儿，还是晚点我再来接你？”

我何德何能得二少爷如此关爱，赶忙跟着站起：“我也回去了，要看书准备考试。”

奶奶看着我们，笑得开怀：“那就一起回去吧。”

劳家骏双手插着口袋，嘴角带着一抹笑容，玩味地打量着我们。

劳家卓从郭叔手中接过外套，同二老道别，轻轻拉起了我的手：“走吧。”

绮璇从偏厅走出：“这么快就回去了吗？”

劳家卓只简单地点了点头，随即转身，看也未看站在一起的兄嫂。

我笑着一一同大哥和绮璇打招呼。

好不容易上了车，终于松了一口气。

徐哥很快发动了车子，开出别墅区，城里车水马龙，车内气氛安静且沉闷，我悄悄地看了一眼身侧的男子，劳家卓自从上了车，便一言不发。

我朝车窗外看去，盛夏气压低回，仿佛暴雨即将来临的压抑，车里的冷气吹得人皮肤发凉。

我将手撑在车窗，好几次看到徐哥有些心神不宁地看向后视镜。

我随着他的视线看向身边的劳家卓。

他依然坐得笔直，漠然的表情一如往常，只是……我皱眉仔细看他，白皙的额上渗出一层薄薄的汗，脸色在昏暗灯光下，显得有些苍白得异常。

我动动嘴唇，关心的话语在触及他冷若冰霜的面色之后咽了下去。

车子平稳地停在楼下，徐哥过来替我开门，劳家卓自己伸手推开车门。

徐哥匆忙走过去替他拉开，看着他下车，有些担心地问：“劳先生，您还好吧？”

劳家卓紧抿着双唇，摇了摇头。

我跟着他走进电梯，上楼。在二楼的客厅，劳家卓的脸色在明亮灯光的照射下更显得纸一般的白，他眉头微蹙对我略微点头，便走进了对面的房间。

我走进房间，搁下手袋，还是有些不放心，便走到门口望着对面那扇虚掩着的门。

对面房间里一片安静，我站了一会儿，正要转身回房，忽然听到他有些凌乱的脚步声响起，然后是里间浴室门的碰撞声，接着是冲水声，以及其中夹杂着压抑的咳嗽和呕吐声。

我只觉心头慌乱，来不及多想，推开门走了进去。

浴室的门敞开，劳家卓穿一件白衬衣，瘦削的身形一览无遗，他一只手撑在洗漱台上，一只手按着胃部，呕吐得厉害，似乎很难受。

我扶住他的胳膊，他抬手掩住了嘴看了我一眼，英气的眉头紧锁。

看得出他虽极力隐忍，但仍无法控制剧烈的呕吐，仅仅是一瞬间，他又低下头不断地干呕。

我发现他整个身体都在轻微的颤抖，我问："你还好吧？"

劳家卓摇头。

我轻轻拍他的背替他顺气，好一会儿，他身上那种痛楚的痉挛终于慢慢地平缓下来。

劳家卓依然低着头，他用手掬水往脸上扑，洗干净了一头的冷汗。

他伸手取了毛巾擦干手上的水，脸上虽然还残留着一丝痛苦，但语气已经平静无波澜："没事了，谢谢。"

"家卓，"我随着他走到客厅，不死心地问，"要不要去看看医生？"

劳家卓望我，脸上是漠然的平静："不用。"

我实在是担心他："喂，无缘无故的，怎么会吐得这么厉害，你胃痛吗？早说你胃痛我就跟奶奶说我们不回去吃饭了……"

"映映，"他声音虽然没什么力气，但一字一顿异常清晰，"好好过你的日子，我的事，你不必理会。"

我顿时哑然。

"嗯。"我讷讷地道，"我回房间了。"

夜里辗转睡不着。

半夜起来，我站在客厅的玻璃窗边喝水，夜幕低垂，远处的霓虹灯闪烁着微茫的光。

我又看到阳台上那个身影。

劳家卓俯身倚在栏杆上，静静地俯瞰这座彻夜不眠的都会，目光飘忽。

我推开了露台花房的门，劳家卓回头望我，也许是深夜消融了平日里的冷漠隔阂，那一刻，他面容平缓沉静，目光带了几分温和。

我将手中的杯子放到了他手上："常温柠檬蜂蜜水，喝了会舒服一点。"

他接过，低声道："谢谢。"

声音有些沙哑。

我不欲打扰他，只轻声道："我回去睡觉了。"

我站在客厅的窗帘后，看见他喝了那杯水，又站了一会便回了房间。

次日周末，我窝在家中画设计图。

劳家卓按照一贯作风，休息日亦是工作日。

待在电脑前一整天，傍晚时分我起身下楼去厨房觅食。

明亮整洁的厨房一应俱全，但都只是装饰，劳家卓从来不用，我偶尔会煮点粥喝。

打开冰箱，找出鸡蛋番茄，我的厨艺水平仅限于煮一锅香喷喷的面条。

我蹲在客厅对着八点档电视剧开始痛快地吸面条。

九点差一刻，劳家卓下班回来。

我正心满意足地擦嘴巴，看到他："吃了没有？"

他点点头："外面吃过了。"

"应酬吃得饱？"我问。

他正在松领带的手停了一秒，然后摇摇头。

我大手一挥："厨房还有面条，赏你的。"

劳家卓笑笑，转身进了厨房。

我继续看电视，瞟到他盛了一碗，坐在了餐厅椅子上。

他今天穿深蓝衬衣，挽起的袖口露出白皙的手腕，这个优雅的公子哥，从来不在餐桌以外的地方吃东西。

吃完他搁下筷子，伸手抽纸巾对我说："映映，谢谢，很好吃。"

我端起客厅茶几上的碗，走到他身旁。

他抬头望我，略略挑眉，疑问的神情。

"洗碗。"我一把将手中的碗搁到了他跟前，语气简洁。

劳家卓在厨房里待了半天，出来时手上湿淋淋的。

他坐到我身旁："周末不出去玩？"

"功课紧，要先做完。"

"大三老师应该让你们独立做方案设计了吧？"

"嗯，我的平面图还可以，但室内立面展开图和透视图还不够好，造价预算也不是很懂。”

“这个没有关系的，跟着设计师做几次就会了，联系实习单位了吗？”

“还没，下个学期吧。”

“有什么需要帮忙的跟我说。”

“嗯，”我点头，忽然看到，“你衣服这里脏了。”

劳家卓低头，衬衣上溅了一点点油渍。

他倒不以为意：“没关系。”

我大笑：“奶奶要是知道我差遣你洗碗，她铁定指派你休了我。”

劳家卓神色一顿，眉宇之间莫名的眼色一闪而过，然后答：“不会。”

我看见他瞬间有些阴沉莫测的神情，以为失言，只好装作专心看电视。

劳家卓走到客厅的玻璃窗边，开始打电话：“喂，苏见。”

“嗯。”

“没什么急事。”

“没有，不是明天的投资案。”

“嗯，明天去帮我买个电器。”

“不用，不用行政部采购。”

“没有，我的笔记本没什么问题。”

“是这样，”他声音顿了一下，咬了咬牙道，“我需要一个洗碗机。”

我在沙发上憋笑憋得肚子痛。

六月，意大利威尼托地区的创新中心和香港艺术学院有一个艺术交流会议。

我敬爱的母亲大人回国，顺道来探望我。

“映映，不必知会任何人，我就和你吃顿饭。”

即使她再三叮嘱我她在这座城市不欲再见任何故人，我仍心底欣喜，时不时翻看日历。

我坐在客厅，想着劳家卓下班回来，要怎样告诉他。

最近他似乎稍稍空闲一些，一般会在十点之前回家，然后在客厅坐坐，关心我的功课和生活。早上有时我煮早餐，他如果不赶时间会在家里吃，冰箱食品空了我曾顺手添置，次日劳家卓同我致谢，并递给我一个信封。

“是什么？”我问。

“零花钱。”他答得很自然，“之前家里的东西都是请人打理，我怕你不习惯，所以就没继续请，以后要麻烦你费心了。”

我笑笑：“很好很好，我喜欢逛街。”

我打开信封，是一张劳通的银行卡。

我用劳家卓给的钱，添置屋里的生活用品，定期去超市购买食物。他喜欢喝一个牌子的牛奶，只喝纯净水，几乎不喝什么饮料，偶尔用冰块兑酒，我从市场买来新鲜的水果榨汁，家卓如果晚上在家工作会喝一点。卖场的售货小姐笑眯眯对我说：“小姐，购物满八百我们会送礼物哦！”

我左右看看，选了一只冷笑的兔子，拿回家来摆在客厅；下课时经过学校附近的花市，会买一把开得浓郁的山茶，家里渐渐有了人间烟火的气息。

我不知道劳家卓是否喜欢，但至少他并没有表示任何不快。

我们之间的相处，即使不见亲密，至少已算是有着淡淡温情的朋友或是家人。

九点，劳家卓打开了玄关的门。

他将车钥匙搁在茶几上，同我打了声招呼。

“家卓，”我蹦蹦跳跳到他面前，“我妈妈回国，要过来看我。”

劳家卓表情一凝，随即恢复了那种轻描淡写的温和：“嗯，难得见你这么高兴，好好陪陪你妈妈。”

“嗯，她许久未曾回来……”

我还想说什么，他已经往楼上走去。

“家卓……”

“映映，”他脚步未停，不露情绪的语调，“我累了，改日再说。”

我看着他的身影消失在楼梯转角，耸耸肩坐了下来。

我撇撇嘴，这世家公子的脾气真是阴晴难定。

掰着手指数到周四，母亲打来电话：“乖女，这边的工作已经完成，还有一些后续接洽，我搭明天的飞机下午五点到。”

“嗯，妈妈，要我去接你吗？”

“不用，我搭出租车很方便。”

“映映，”她迟疑了一下，还是问，“劳二公子有空否，我这个做母亲的或许应该看看女婿。”

“嗯……”我想了想，觉得劳家卓应该也能体谅她的心，便答应着，“我问问他，妈妈。”

我们的婚礼母亲没有出席，这次她难得回国，劳家卓至少应该见见她。

母亲大人待我娇宠而不溺爱，她同父亲分开后，我一直偷偷保留着她的照片，看到我幼时她推婴儿车带我逛艺术馆，穿着一件素雅改良旗袍，漂亮得不得了；稍大一些，她瞒着奶奶带我去时尚晚宴，她自小培养我香槟淑女的气质，在江家这样的老式家族里，她一直是颜色过分鲜艳的女子。

她离婚之后，我跟她历任男朋友关系都不错，她是早已游离在传统之外的女子。面对她培养出来的这个半成品，她给了我最大程度的包容和宠爱。

跟她相处，劳家卓应该不会觉得太有压力。

这两日劳家卓似乎很忙，我都没见过他人影。

已经是傍晚，我只好给他打电话。电话持续响了很久，但没有人接。

很快他便回拨过来，也许在办公室，语气有些疏离冷静：“映映，你找我？”

“还没下班吗？”我似乎从未在他工作时间打过电话给他，有些忐忑。

“嗯，”他掩住话筒对身旁的人低声一句，复又对我说，“下了，有事吗？”

“你可以回家来吗？我有事想问你。”我问得有些小心。

“好，你等一下。”

城中黄金地段的澜韵一品小区，劳家卓从劳通大厦回来只用了十几分钟车程。

我并没有等太久，但坐在沙发上，冷气都吹不掉我一身燥热。

推门而入的那个男子，颀长身形，眉宇一贯的冷清。

我看着他进屋、换鞋，解下领带，然后坐到了我身旁。

我紧张得有些口干舌燥：“家卓，你今晚有时间吗？”

他略微抬头：“嗯？”

“我妈妈今天晚上到，她想和我们吃顿饭。”

他脸色微变，有一丝讶异，还有一些恼怒，以及我无法看懂的凛冽。

“映映，很抱歉，”他将情绪收得完美，平平开口，“我晚上有应酬，没有时间陪你们吃饭。”

他竟连掩饰都不屑，语气中的敷衍这么明显。

“不能推掉吗？”我低低开口，“我妈妈好不容易回来一趟。”

“抱歉。”他态度没有任何转圜的余地。

“家卓，你是真的没有时间？”我少年心性，并不打算与他拐弯抹角。

“江意映，我应承你的自由生活，并不包括要随时陪同讨好你的亲属。”他失却了一贯的良好风度，语气尖锐起来。

“我母亲只是关心我，你抽点时间出来吃顿饭都不肯？”我终究意难平。

他微微挑起嘴角，那抹嘲讽一闪而逝：“对不起，我工作繁忙，无暇兼职陪你演戏。”

我张了张嘴，当然不是他对手，顿时哑口无言。

他神色从容地站起，衣冠楚楚地推门离去，只留给我一个冷酷背影。

他姿态优雅，离开之前，甚至记得要先整理好挽起来的衬衣袖口的褶子。

我手足无措坐在沙发上，直到电话铃声刺耳地响起。

我仰起头把眼泪逼了回去，上楼穿衣打扮去见母亲。

我来到酒店，穿着金边白色制服的酒店服务生推开酒店的门，坐在大堂沙发上的女士笑意盈盈地站起，朗声唤我：“映映，这边。”

母亲的穿着一贯优雅精致，珍珠白衫配孔雀蓝长裙，看起来气色很好。

她上来拥抱我：“映映，你怎么还长高了一点。”

“妈妈，我晚上都喝牛奶。”我是真心高兴，抱着她笑。

她捏捏我的脸：“嗯，不错，皮肤又嫩又滑。”

“只是，”她瞅瞅我的眼，“怎么眼肿？”

“唉唉唉——”我鼓着嘴抱怨，“我要准备期末考试，天天晚上熬夜看书。”

她笑笑：“我跟你父亲都这般游戏荒唐，你自小读书却用功痴迷，真不知你遗传谁的基因。”

我瞪她一眼：“我不读书，还能做什么。”

她眉头微微一皱，也许是想起我被送至寄宿中学那几年，哑然道：“好了，妈妈这不是回来了吗。”

我心知她亦有不忍和愧疚，悄悄握紧了她的手。

餐厅的侍应生给我们引位。母亲挽着我翩翩而入，众多男士对我们侧目，我母亲微笑，风姿迷人，哪怕她八十岁，恐怕还有男人为她疯狂。

高档的中式餐厅包厢，一桌一椅都古朴雅致。

我给母亲斟茶，她先同我谈她在香港的工作，然后问我学习。我则问她在威尼斯的生活，她说起男伴西蒙尼，似乎已经打算定下来。

“他已同我求婚，”她笑笑，“但我觉得现在这样也挺好。”

还是无法避免说到劳家卓。

“他很好，”我忆起往日的点点滴滴，但那些温情的小细节此时此刻仿佛都蒙上了一层阴影，心仿佛是悬空的，我依然微笑着说，“妈妈，他待我很好，至少我过得比较自由快乐。”

“映映，”她伸手轻轻摸我的头，“这么早结婚，小孩子懂什么是生活和爱。”

我撇嘴：“你又懂。”

她大笑：“人人都说你不像我的女儿，可你真遗传了我骨子里的最没出息的傲气，看似乖顺，真不知你哪天就远走天涯了。”

我琢磨琢磨，有些不甘心地道：“我难道不是遗传了你的美貌？”

妈妈逗我：“江家人都说你像爸爸。”

我想着她刚才远走天涯那句话，料想我后半生的生活，似乎并无此打算：“妈妈，劳家老太太很和善，一大家子热热闹闹，我其实很渴盼幸福的家庭生活。”

她突然伤感：“我就你这么一个女儿，妈妈什么都留给你，教你不必为一个男人委屈自己，可真正的幸福是怎样，我自己都不清楚。”

一个大龄女士的突然忧郁真是有些令我发怵，我赶忙收拾情绪，好好陪她吃饭逛街，末了又去喝咖啡，待到尽兴，才送她回了酒店。

第二日母亲搭飞机离开。

我不知为何觉得心底悲凉，仿佛再无机会见面，坚持要送她去机场。

人来人往的出境登机口，母亲推着行李车，回头朝我挥手微笑。

我定定地望着她的身影，直至消失在转角，忍不住捂住眼睛。

宁静的夜。

走廊上倾斜一地柔和灯光，松软的地毯连我的脚步声都隐去。

我趿着拖鞋慢悠悠地往楼下走，手机的短信提示声滴滴响起。

我一边走路一边低头专心发信息，下楼梯时一晃神没注意，一脚突然踏空。

我来不及反应，尖叫一声狼狈地在楼梯上滑了两步，眼看就要摔倒，一双手臂忽然伸过来将我稳稳扶住。

我抬头，看到男子俊俏的脸庞，离我太近，我甚至清晰地看到了他眼眸之中深藏的潋滟波光。

劳家卓很快将我放开。

“谢谢。”我听见自己的声音，客气得那么冷淡。

他却未动，仍立在我身前，一手撑着楼梯扶手，定定地望着我。

我仰着头回望他，我不知自己的目光是否充满挑衅，只恍惚看到他眼眸深处微微一黯。

我侧身穿过他身旁，目不斜视走上了楼梯。

这是三天来我跟他说过的第一句话。

想起过去种种，到底意难平，我那般费力讨好劳家长辈，努力替他维持完满的联姻形象，而他对我的深爱至亲却吝啬一顿饭的时间。

真是冷血无情。

这几天我基本都是等他出门上班再走出房门，上完课回来就直接回房，偶尔在客厅见到也假装看不见。

其实我也觉得自己真是任性，但就是感到委屈，不想低头。

劳家卓一向寡言，却对我充满有意无意的挑衅行为——比如他进厨房拿点东西，我马上搁下手中的杯子转身就走，他也只是轻轻皱眉，露出微微无奈的神情。

世人皆道劳氏二公子温文尔雅，品性脾气在世家子弟中都属一流。我冷笑一声，他只是不在乎而已，他二少爷日理万机，哪里有时间、有心思同你计较这等琐事。

我只需低眉顺眼做一个完美的摆设就好。

周三晚上，我下课回来，刚走进客厅就听到电话响个不停。

我走过去看了一眼来电显示，转身就走。

走到楼梯转角，仍然听得到客厅中持续不断的铃声。

我停住脚步，皱皱眉转身走向对面的房间，我知道他在家，因为我看到他外套搁在沙发上。

书房门半掩，劳家卓戴着一副黑框眼镜，坐在沙发上凝神看文件。

我敲敲门。

他这时才发觉我在，站起来微微颔首："嗯，怎么了？"

我指指客厅，动了动嘴巴："电话。"

劳家卓在家里喜静，他房间的电话一律是静音。

他点头示意，走出来。

我已经抬脚朝自己房中走去。

回到房间放下书包洗了洗手，走出来就听到门外的客厅传来两声敲门声，然后是劳家卓低沉的声音："映映？"

我走出房间，看到他站在客厅，房间内的灯光剪影出他完美的侧脸。

我抿着嘴看他，也不说话。

劳家卓温和地说："大宅那边说打不通你电话，奶奶说绮璇约你喝茶也不见你过去。"

我开口，语气淡淡："哦。"

"映映，"劳家卓低低的声音，"你仍在生气？"

我动了动唇，还是忍不住说："劳家卓，你既然这么不喜欢我的家人，为何同意与我结婚？"

他简单地答："我没有不喜欢你的家人。"

我道："那你为何不愿同我妈妈吃顿饭？"

他嘴角之间的嘲讽之色一闪而过："映映，既然我们是法律上的婚姻关系，我自然敬重你的家庭，如果我没记错，廖蓝丹女士早已不冠江姓。"

"她是我母亲！"我仿佛是被烫到的猫，朝他恶狠狠地叫。

他挑眉："So what？（那又怎样？）"

我冷冷地道："请你出去。"

他微微蹙眉，耐着性子："江意映，如果你觉得这件事是我的过错，我向你致歉，但请你尊重我某些原则，你知道，我这人很固执。"

我一脚踢开了身后的房门："你见鬼的原则！"

他就站在我面前，维持他一贯良好的风度，对我恶劣的态度视若无睹，说出的话却如同暗藏锋芒的刀刃："映映，我们或许可以有平和的相处方式，但别对我存在更多幻想，一点也不要。"

我只觉仿佛被人一巴掌打在脸上，连羞耻都来不及感觉。

他双手插袋，风度翩翩："你不愿回大宅我吩咐秘书推辞。我有文件要看，你自便。"

然后径自转身，走进了房间。

我全身无力，跌坐在地上。

不知道坐了多久，我神思恍惚地站起来，返回房间洗澡。

少年时不知何谓忧愁，稍有不如意便满心怨怼，我躺在床上只觉心头堵得难受，辗转整整一夜。

我早上顶着泡眼出门，看到劳家卓打扮工整，西装革履地坐在客厅打电话，茶几旁是一个深棕色行李箱。

我拉开大门，徐哥站在门前，乍然见到我，来不及露出笑容，只僵硬道了一声："早，江小姐。"

我心绪不佳，懒得敷衍他，低着头有气无力地说："早。"

徐哥进门替他提起箱子，劳家卓结束了电话，回头对我："我出差一段时间。"

我点点头，率先走进了电梯，抬手按了楼层号。

走出楼道，外面阳光刺眼。

还未走远，听到身后有人唤我。

我回头，看到徐哥站在楼下的车道旁，劳家卓那辆车泊在路边。

“江小姐，”他搓了搓手，“劳先生问是否要送你一程。”

我瞥了一眼优雅端坐在后座的男人，咬着牙道：“请转告劳先生，谢谢，不必。”

我站在路边，看着那辆黑色的车子穿过我身旁，呼啸而过。

悠长的午觉醒来，外面没有阳光，十八楼外天色昏沉。

房间里寂静得可怕。

今天是劳家卓离开的第五天。

其实我心底对他也并无大憎大恶，都过去了这么多天，我真的是一个不怎么记仇的人。高中时有一次韦惠惠逃课去玩然后被老师发现，她父亲是酒鬼，喝醉之后稍不顺心就打她，她一时害怕将我拖下水便让我替她顶罪，我一时心软加上来不及反应，就被叫去训导处罚站直到家长领回来。事后祖父祖母当着我面痛斥家门不幸，疾言厉色，字字戳心，差点没大义灭亲把我赶出江家。

我心里头那个恨啊，赌咒发誓要跟她绝交，后来还不是和好了。

我是很念旧的人，无论人心怎么变化，对于我们曾一起拥有过那么多的美好时光，总是不舍。

尤其在这样的午后，看到空旷的大房子，微风吹起窗帘，只觉满怀惆怅。

下午偷懒睡了几个小时，有些惴惴不安，六月下旬，几乎全部课程都进入了期末考试的末尾阶段，我不得不振作精神拎着书包冲去学校自习室。

韦惠惠本来答应今晚和我一起来复习，却临时放我鸽子去看电子工程系的毕业晚会，她问我是否要同去，但我兴趣不大，自己背着书包去了图书馆。

晚上九点，我揉了揉发涩的双眼，收拾课本离开。

走出图书馆大门，清凉大风刮过，抬头看到深灰的天空云层翻卷而过，天气预报说今晚会有台风。

想起下午考的马克思主义政治经济学原理，上这门课程的教授老头儿人称“鬼见愁”，历年来折在他马下的英雄美人不计其数。散考之后，整个教室弥漫着一种末日般的悲凉气氛，我一直心神恍惚，似乎考得也很糟糕。

图书馆旁边是一座小花园，平日里外语学院的同学会来这里练口语，今晚上倒很安静，我慢慢走上园中的鹅卵石小径。

高大的乔木在风中婆娑摇晃，小径两旁的草地上树影憧憧，似乎还有女子在低低的喘息。

我有些害怕，正要加快脚步走出去，手机铃声突然响起，我哆嗦了一下，从书包中摸出手机，屏幕的光线一闪而过，草地上忽然传来年轻女孩惊慌的尖叫：“啊——”

我后退一步，咬住了嘴唇。

我看到晕黄光线中两道拥抱纠缠在一起的人影。

我脸颊涨红，迅速按掉了手机，然后听到男生低低地吐出一句清晰的英文脏话。

那句字正腔圆的美式英文，突然就把我惹火了。

有病，大台风天还来做这种事，我掏出书包里的课本，狠狠地砸了过去！

草地上“嗷呜”一声哀号传来，我撒腿转身就跑。

一口气冲到了校门，心情并没有因此有任何畅快，我看了一眼，是韦惠惠的电话，便给她发了个信息：我下午考得不好。

她很快回复：你从来不挂科，也太不亲民了，活该。

我咧开嘴巴笑了一下。

低着头走出地铁站，豆大的雨滴已经落了下来。

路边的行人脚步匆忙，急着回到自己温暖的家。

我慢慢晃进小区里，雨点落得稀疏，打在脸上却有些生疼。

我站在电梯前，掏出钱包，熟练地摸到右边的夹层，手突然一颤。

平时放在里面的那张磁卡不见了。

我翻了一遍钱包，又仔细找了书包，都找不到那张进电梯的磁卡。

我气馁转身，蹲在楼道前想了很久，依稀记得温习的时候似乎当书签夹在了书中。

我拿出课本一本一本地抖了半天，那张精致的金色卡片依然不见踪影。

我捂住发烫的脑袋，最坏的可能是电梯磁卡夹在被我扔掉的那本书里。

今晚值班的保安我不认识，似乎是新来的，已经狐疑地围着我转了几圈。

最后一次翻遍了身上所有口袋，我绝望地捞起书包，往外面走去，看来我今晚注定要流落街头。

我在大道上漫无目的地转了几圈，有些冷，也很困倦，手机屏幕亮了又暗，暗了又亮，我咬咬牙，终于拨了劳家卓的电话。

手机贴在耳边，响了一声，忽然没有勇气，我挂断了。

两分钟之后，电话响起，劳家卓打了回来。

我望着电话持续响了很久，犹豫着按了接听。

“映映？”他声音并不见任何温度，有些低哑。

不知为何这一瞬间我竟有些委屈，鼻子酸楚难当，只应了一声：“嗯。”

“怎么了？”他问，“有事？”

我控制着自己情绪，开口问：“你现在还在国外？”

“嗯，分公司的会已经结束，但还有几个客户要约见。”

“哦。”我讪讪地问，“什么时候回来？”

“可能还要几天。”

“哦，那没什么事了。”

他熟悉的声音响在耳边，我却倍觉孤单，不知说什么好：“那你忙吧，我挂了。”

我穿过十字路口，身前的一辆汽车忽然大力加速闯红灯，引得周围的汽车发出一阵尖锐的鸣笛声。

“等等，别挂，”劳家卓忽然打断我的话，语气坚定，“你在哪里？”

我愣了一下，才答：“外面。”

劳家卓语气依然沉着，只是有些急促：“家里应该已经十二点多了，你在外面做什么？”

“我出来买点东西，马上就回去了，再见。”我慌忙挂断了电话，害怕自己会哭出来。

我看了一眼，手机电池已耗尽。

路边的树枝被狂风吹得哗哗作响，大雨降至。

肩上的书包勒得我肩膀疼，身上的衣服已经有些潮湿了，头也疼得厉害。

我拖着脚步漫无目的地兜圈，走着走着，不知不觉中我又走回了澜韵一品小区，我挪着脚步慢慢走过去，想借值班室的电话，打个电话给韦惠惠。

小区门口明亮的灯光映照出密密雨丝，一个站在门前的男子快步走过来。

“江小姐。”男子在我面前站定，忽然出声唤我。

我有些疑惑地望着他，他望着我：“请问你是江意映小姐？”

我勉强对他笑了一下：“你好。”

男子斯文客气地自我介绍："我是苏见，劳家卓先生的工作助理。"

我不知该不该相信一个陌生人。

"我们见过。"他笑笑，"在巴黎，劳先生转机飞阿姆斯特丹时，我们见过一面。"

我忆起当时劳家卓飞欧洲举行婚礼时，当时陪同的那几位商业精英，似乎略略有些印象。

"哦。"我忍着涨痛的脑袋，礼貌应他，"苏先生，幸会。"

"劳先生说他不在国内，怕你遇到麻烦，嘱我过来看看。"他态度很好。

原来如此。

我干涩地笑了笑："我电梯卡遗失了，进不了家门。"

他颔首，看似早有准备："劳先生有一张备用磁卡留在公司，我已带来，江小姐，很抱歉让你久等。"

额上有雨滴落，我低着头跟他走进电梯，脚软发虚，差点摔了一跤。

幸好苏见眼疾手快扶了一把。

他将我送到客厅，我抽纸巾擦拭头发和脸上的雨水，低着头同他道谢："苏先生，多谢你。"

他非常有分寸地站在客厅，问："江小姐，有什么需要帮忙的吗？"

"不用，谢谢你。"我嗓音闷哑，难掩的情绪低落，有些鼻塞，头昏脑涨，只想睡觉。

苏见看了我一眼，终于没多说什么："那我先回去了。"

我送他出大门，客气道别，看着他进了电梯。

然后转身回屋，累得不愿再动。

想到明天还要交效果图建模的作业，我胡乱洗了个澡，倒在了床上。

又是一个安静的黄昏。

今天考完中国文化概论，设计图也交了，剩下最后一门考试在后天，我短暂地松了一口气。

回到家脱掉鞋子赤着脚走上楼，舒服得全身松软。

走上二楼，发现客厅的门开着，晕黄灯光流泻出来。

我心底轻轻一跳，踮着脚快步走了上去。

走进客厅的那一刻，我停住了脚步，然后用力眨了眨眼睛。

浅紫色的丝绒沙发上躺着一个人，穿着浅色格子衬衣，面容苍白，微微蹙着眉在睡觉。

呵，这是谁，这个人怎么会在这里。

我细细看他，面色有些憔悴，眉头皱着，手垂在胸前，衬衣袖口外露出一段白皙的手腕。

似乎清瘦了一些。

我轻轻走过去，低唤："家卓……"

他有些费劲地睁开眼，看见是我，动动嘴角牵出一个笑容，掩着唇低低咳嗽几声。

"你……"我一时不知如何措辞，"你工作做完了？"

他撑起身体坐直："还没。"

"那你怎么回来了？"

他忽然说："苏见说你状态不太好。"

我完全怔住了。

他扶着沙发站起："我不希望因为我影响到你功课。"

我挺直了脊背："那还不至于。"

他笑笑，虽然难掩疲累，但这次是真心赞赏的笑容："这样很好。"

我转身给自己倒了杯水，然后咕咕地灌下一大杯。

劳家卓在一旁看着，开口问我："你吃饭了吗？"

"还没。"

"那晚饭打算怎么解决？"

"楼下。"

"那我呢？"

"您自便。"

他对着我，语气稍稍无奈："到厨房来。"

语罢自己朝楼下走去。

我跟着他，看到他径自走进厨房打开冰箱："我让徐峰买了些菜，你会煮菜吗？"

我诚实地答："不会。"

他站在光洁崭新的料理台前，背对着我说："把香油给我。"

我看到他利落地将盘中的鲜鱿鱼去脊骨，洗净，竖刀刻斜纹，再切香菇辣椒冬笋，端个盘子让我给他调芡汁。

我站在劳家卓的身后，看着三菜一汤就这样被他一道一道地端出来，直到坐在餐桌前，仍觉得有点晕眩。

劳家卓洗干净手，坐到我的对面："怎么不吃？"

我回过神来："原来你会做菜？"

他笑笑："独身住久了，偶尔会做。"

我问："从未见你做过？"

"平时有应酬，或是工作忙没有时间，我想是我太疏忽你。"他轻轻侧头，语气温和却是家长式的威严，"映映，你尚年轻，大可任意做你喜爱的事情，不必觉得有任何束缚。"

我微微低头，我们终究是一场交易，他已做得够好，我那些小情绪何足一提。

所有的不满或失望，不过都是因为有了奢求。

是我逾矩了。

"我平时在学校食堂吃也很方便，"我笑笑，"放心吧。"

他点点头："吃饭吧。"

我实在是饿，对着食物大快朵颐。

劳家卓喝汤，他吃得不多，一小碗米饭都未见底。

我问："不饿吗？怎么不吃多点？"

他答："在飞机上吃过了，你吃多点。"

吃完饭收拾干净厨房，已是晚上十点。

我出来看到劳家卓在打电话，声音有些低弱。

我走到客厅，他结束了通话，我看他脸色不好，忍不住低声道："早点休息吧。"

他点点头，起身上楼。

清晨时分莫名醒来，我看了看时钟，早上六点半。

我躺在床上，听到对面房间有轻微的走动声响，还有轻声咳嗽。

我迷迷糊糊走到客厅，看到劳家卓在扣衬衣的袖扣。

我张口："这么早，你要去哪里？"

"吵醒你了吗？"他声音有些沙哑，"我需搭早班机返回美国开会。"

我不解："怎么这么赶？"

他笑笑："我只是临时休一天假。"

他扣好袖扣，转过身来，我伸手把桌上的表递给他。

他戴上手表，有些似笑非笑地看着我。

我望着他："家卓，你这么远回来就为了吃顿饭？"

他摸了摸我的头："为了安慰家里失意的小女孩。"

我心底突然一片柔软。

他忽然定定地望我，言辞之中有一种莫名的冷静："映映，别沉溺于现在，你值得更好的生活。"

我一颗心缓缓跌落，来不及说出任何话。

他已经穿上外套，走下楼去。

早上阳光透进窗帘，我一扫前几日颓唐，早早带上笔记本去学校图书馆。

我还有很多事情要做，还有很多梦想未完成，没有任何理由一蹶不振。

努力奋战数日，在教授办公室修改完最后一次的作业。

大学第三年的课业终于宣告结束。

下过一场暴雨的午后，天气有些阴冷，在系里的各位同仁望着彼此的黑眼圈忙不迭地挥挥手各自回家补眠。

我收拾好课本回家，决定大睡一场。

彻底放松下来反而不能沉睡，在床上辗转了许久，只有些许迷糊睡意。

我在朦朦胧胧中听到楼下的动静，熟悉的磁性声音，却带了压抑不住的怒火："你是在谁手下做事？！亚洲区的事情你请示约翰金，你真是好本事！"

我瞬时清醒过来，掀开被子爬了起来。

"富时指数连连下跌，既然瑞亿表示了担忧债务危机加剧，这个时候擅自投进，你有没有一个金融分析师一点点的专业判断？！"他咄咄逼人，"我甚为怀疑你能否胜任职位……"

他阴沉的声音忽然升高："不必提老爷子来压我！若不是念你跟了老爷子这么多年，我也不会如此容你，我已给总公司打了报告，你越权擅自做主，给公司造成的损失早已足够让你在这个位置上退一万次！”

“谁？大少？”他冷笑一声，“大少保你？请大少亲自来跟我说！”

我站在楼梯口，第一次见到如此盛怒的劳家卓，一时有些吓住了。

他抬头看到我，话语突然顿住，许是没料想到我在家。

我朝他摊手，示意继续，不必理会我。

他转过头继续讲话，虽然还是带着威严，但压低了声音。

又持续讲了几分钟，他挂了电话。

我有些迟疑地站着，不知该不该去打扰他。

房间内顿时恢复成一片寂静。

我看着劳家卓动了动，忽然一手撑在楼梯，一直在压制着的咳嗽溢了出来。

我看着他从裤兜里掏出手帕，掩住嘴，咳得越发厉害。

我走下楼，有些担忧地唤：“家卓……”

他深深吸气，勉强平定咳嗽，转身坐到沙发上。

我给他倒了一杯温水。

我看着他起伏的胸口，咳得脸色都发白，忍不住问：“发生什么事了？”

他慢慢地喝了一口水，低着头平复了情绪，这才抬起头：“对不起，吵到你了。”

我摇摇头：“何必生气伤自己身体。”

他望着我，怒气过后，目光中竟有一种萧瑟之意，慢慢地说：“映映，告诉我，你生气时要做什么？”

我不假思索：“大吃一顿。”

他微微笑了，身体往沙发后靠：“去换衣服，我带你去大吃一顿。”

我上楼去，换了一件图案鲜艳的白棉 T 恤配黑纱裙，刷了一点点胭脂。

下来看到劳家卓也换了件深灰衬衣，他悠闲地靠在沙发上，眉宇间虽有一点倦怠之色，但低调之中是藏不住的奢侈优雅，真是十足的名门世家公子架势。

他看到我，搁下手中的水杯，微微笑着：“走吧。”

我走近他，还没来得及说话，却见他眉头蹙起还是忍不住低低咳嗽。

我问：“怎么了？”

他站起来：“前几天有些感冒，好得差不多了。”

我想起来道：“多拿件外套吧，今天下雨，晚上外面凉。”

劳家卓点点头，折回房间内取了一件外套。

他开车，我们去城里最好的餐厅吃饭。

我们点了汤，酥皮虾，梅子蒸鳕鱼，服务生开了一支一九九四年的干红，劳家卓倒没有限制我饮酒，只是用汤匙静静地搅拌着那碗汤，看着我吃得欢畅无比。

他望着我，有浅浅笑意：“映映，脸都红了。”

我笑嘻嘻：“我酒量还不错吧。”

他笑：“看不出来啊。”

等劳家卓签完单走出餐厅，餐厅玻璃倒映出男子的身影，颀长身形，气质清贵，他身上的那种温润如玉的气息，这一刻竟令我深深迷醉。

穿着漂亮的服务员替我们开门，都忍不住悄悄看了他一眼。

整座城市的璀璨灯火扑面而来，我瞬间有些晕眩，挽着身畔男子的手臂，感慨着裘马风流，人生至此，夫复何求。

汽车流畅地转过郁郁葱葱的花园，倒入一楼车库，劳家卓打转方向盘刹车，熄火，车停了下来。

“到家了。”我满足地轻呼了口气。

他转头望着我微笑，解开安全带，起身欲推门下车，却忽然跌坐回驾驶座。

我侧过身去：“怎么了？”

我怎会看不出他身体不适，整晚他根本没怎么吃东西，大约是情绪放松，所以精神看起来还不错。

他一手撑在车门，伸手按额，复又抬起头对我笑笑：“没什么，头有点晕。”

我起身下车，替他打开车门，他下来关上车门，电子锁锁上，他说：“回家吧。”

上了二楼，劳家卓忽然低声说：“映映，谢谢你。”

我望向他：“为何要谢我？”

他略略斟酌，答：“工作有时难免不顺心，和你在一起，我很高兴。”

我微笑：“我的荣幸。”

他侧过脸去低声咳嗽：“早些休息吧。”

我点点头，转身走进了房间。

夜晚我洗了澡，坐在房间内吹头发，夜风微凉，我关了窗户，有些困倦得睡了过去。

不知为何心里有些不安，一直半梦半醒。

十二点多醒过来，听到对面传来咳嗽声，虽然已刻意压低，却一直断断续续，好似苦痛悒郁。

我起来走到对面房间，敲了敲门："家卓？"

等了一会儿无人应答，我轻轻推开了门。

他仍穿着晚上外出时那件衬衣，靠着床头半躺在床上，脸色灰白，手不自觉地按在胸口，眉头紧蹙，大概是心悸，他疼得咬紧了嘴唇。

我一向不了解他身体状况如何，他的心思情绪从来不外露，我很少见到他如此难受。

我走过去伸手摸他额头，一手湿冷的汗，还有些发热。

我说："家卓，你发烧了。"

他似乎有些意识不清，却异常排斥旁人的接触，皱紧眉头，侧过脸躲开我的手。

过了一会他才看清是我："我没事，映映，你回去吧。"

我取来干净毛巾替他擦拭脸上的汗，动手解他衬衣扣子。

他难受得厉害，却极力抗拒，嘶哑的声音异常低弱："映映，不要这样。"

我柔声哄他："你出了一身汗，我给你换件衣服，会舒服一点。"

他身上实在是无力，勉强抬手阻挡我的手，却是一阵喘咳。

我脱去他身上被冷汗浸得湿透的衬衣，从衣柜中拿了一件长袖睡衣给他换上，他全身虚软，连坐起来都没力气，即使如此，仍是倔强地撑着床沿，自己套上了衣服。

我换了干净的被单，扶着他重新躺好。然后到楼下的药店买了一些退烧药，回到家里时，劳家卓并没有睡着。

我走过去，放软了声音："你感觉怎么样？"

"还好。"他勉强答了两个字，还想说什么，却被再度涌起的咳嗽打断，仓促间他侧过身去，背对着我，一手按着胸口，咳得身体都有些微微颤抖。

即使在这般时候，在我面前，他也不愿有半分失态。

我静静地站在床前，待他勉力地缓过气来，端了一杯水给他吃药。

吃完药，大概是药效发作，他慢慢睡了过去。

我还是不放心，抱了个枕头坐在沙发上看着他。

他睡了不久醒过来，看到我在身旁，低低地问："我睡了多久？"

我看了一眼房间里的时钟："很短，不到两个小时。"

我凑近他："你有没有好一点？"

"没事了。"他神色之间的痛楚减轻了一些，对着我说，"映映，去睡觉。"

我有些迟疑："可是你……"

他声音低弱无力，却带了不容人抗拒的威严："你没有必要守着我。"

我并不计较他刻意的疏冷，起身轻声道："要是还不舒服请叫我。"

我一夜没睡好，凝神听着对面房间的动静，好在劳家卓似乎睡着了，房间里十分安静，我便放心下来，在凌晨时分睡了过去。

早上在朦胧中听到屋中轻微声响。

我挣扎了一番，终于爬起来，已经是早上八点多。

走到楼下，劳家卓坐在餐厅的桌子旁喝水，我见他穿戴整齐，除了脸色比平时苍白一些，并看不出任何异常。

我走过去："这么早就起来了？"

"今早十点有一个会要开。"他开口，嗓音还是有些沙哑。

"身体好了吗，就去上班了？"

"没事了。"他站起，对我颔首，"我出去了。"

我愣愣地看着那修长身影推门离去，上楼裹了被子继续睡觉。

期末考试这段时间把我折腾得够呛，以至于我在家好好睡了几天。

劳家卓这几天照常上班，只是晚上回来得早些。

有时八点多，在走廊遇到他下班归来，脸色还是不好，有些咳嗽，行为举止却是无懈可击的优雅从容。

我有一次进到客厅拿点东西，碰巧他出来倒水。

他戴着看文件时惯用的那副黑框眼镜，看到我在："映映，怎么了？"

"没什么事，"我答，"我过来拿支铅笔，上次好像放这里了。"

"嗯。"他点点头，倒水吃药。

我也想不出和他说什么，他与人交谈时，总是轻描淡写几句，拒绝一切窥探或者关心。

他吞了几颗药片，书房的门半开，桌面上电脑开着，劳家卓走回书房拾起桌上文件，低低一声咳嗽："抱歉，继续。"

原来正在开视频会议。

我轻轻地走了出去。

一晚我从外面回来，看到那辆熟悉的车子停在楼下，我往路边一站，就听到有人同我打招呼："江小姐。"

我转头，看到穿着西装的苏见。

我笑笑："苏先生。"

他点点头："我送劳先生回来。"

他绕到副驾驶这边，门从里打开，劳家卓从里边跨下车。

他身形不稳，苏见不落痕迹地扶了他一把。

劳家卓见到我在旁边，牵牵嘴角露出一个淡薄的笑容："映映，你在。"声音竟然异常的虚弱无力。

我走近他："有事去学校，刚好回来。"

"我不上去了。"苏见在他身旁，低声地说，神色中露出一丝担忧。

劳家卓对他点点头，同我一起走进电梯。

他一直没有说话，我低眉从电梯锃亮的金属门看到他紧抿着嘴唇，脸色苍白异常。

我开门，随着他走上二楼，他走得很慢，额头上渗出涔涔冷汗。

"家卓——"我有些担心，轻声唤他，"你还好吧？"

他略微摇头，一向从容镇定的目光此时有些涣散。

劳家卓站在房间前，正要伸手开门，手机铃声却忽然响起，他皱皱眉，伸手从裤兜中摸出电话。

他手指略微有些颤抖，手机掉落在地，他俯下身去捡，起身时身体骤然一晃。

我连忙伸手扶住他。

"你……"我害怕得双手用力握住他手臂，"哪里不舒服？"

劳家卓闭了闭眼，然后站直，推开我的手："没事。"

他似乎不愿说话，只简单一句："回房间吧。"

我有些微微的难堪，点点头："嗯。"

我抬脚往自己的房间走了几步，忍不住回头望他。

劳家卓走了一步，略微踉跄，忽然伸手撑住墙壁，整个人缓缓地倒了下去。

我大惊失色，快步走去撑住他肩膀，我亦站不稳，两个人跌坐在地毯上。

他脸色灰白，紧闭双眼，人已经昏了过去。

好在他并没有晕很久，靠在我的肩膀上醒了过来。

他紧紧地按着胸口喘息，一时说不出话来。

我扶着他慢慢往房间走。

劳家卓在床上躺好，似是自暴自弃一般，将头埋入枕中，闷闷地咳嗽。

我心底一慌，站在床前问："家卓，去医院好不好？"

他不说话。

"那我打电话给奶奶……"

劳家卓忽然抬起头，急促地喘气，冷冷地打断我："别自作主张。"

声音虽然虚弱无力，却带了一丝严厉。

他态度这样强硬，我一时不知如何是好。

"咯咯——"他看着我，目光里一丝歉意掠过，声音放柔了几分："不用，我睡一会儿就好。"

我看着他拒人千里之外的冷漠神情，转过身替他掩上了门。

清晨七点，天空的熹微光亮透进房间，床上的人动了动，缓缓张开了眼。

他缓了好一会才清醒过来，看到我在，眉头轻轻一皱，但还是低低道了一声："早。"

我笑眯眯地望着他。

他掀开被子要起来。

我按住他的手："不让我打电话给奶奶，那你不准上班，在家休息。"

我言辞严肃，不苟言笑，他有些发愣。

见我没有丝毫妥协的意思，他想了想，闭上眼重新睡了过去。

十点多，他醒过来，对上我的视线，他低咳一声，无奈道："映映，你不用上学吗？"

我去冰箱拿了一杯果汁，回头好些好笑地望着他：“二少爷，我前天已开始放暑假。”

他从床上起身。

我充满警戒地走过去：“家卓，你要去哪里？”

他看着我笑了笑，神情有一丝宠爱：“我睡得累，起来坐坐。”

我不放心跟在他身后念叨：“身体健康最重要。”

劳家卓从床头柜拿手机打电话给苏见：“我今天在家休息。”

“还好。”

“映映在家里。”

“让朱碧禅把今天的应酬推掉，下午资产管理部的会议延后……”他略略思索，“大丰的客户你代我去，需我特签的文件先压着吧。”

他挂了电话，抬头静静地望我。

我不好意思地笑笑，觉得脸颊有些发烫：“我去煮早餐，饿死我了。”

我坚持不让他再去上班，劳家卓在家休息了两天。

我每天对着食谱给他熬粥，他吃得不多，偶尔用电脑处理邮件，大部分时间看看书，倦了就睡去。

他精神还是不太好，我有些担心。

我窝在书房的沙发上，看着他对着电脑仔细研读上面的文件。

“家卓……”我将下巴贴在膝盖上，细望他背影，看着他衬衣之中隐约透出的瘦削坚挺的脊背，忍不住感慨，“爷爷怎么还不升你做Chief Executive（总裁），这么勤勉。”

他动作忽然一僵。

我未察觉他情绪变化，只继续说：“身体都成这样了，还要硬撑。”

他对着键盘敲打，拾起书桌上的笔签字，然后关掉电脑，走到我身旁。

他双眸藏在黑框眼镜之后，我看不清他的神情，只是声音如往常般低沉悦耳，温和之中却带着一丝冷硬坚定：“只是发烧体力不支而已，休息两天就好了，别大惊小怪。”

这几日劳家卓没有上班，我的生活很规律，每天早睡早起。

早上八点多，我在厨房忽然听到门外铃声大作，然后是有力敲门声。

声响震屋，我慌忙跑过去，看了一眼外面，拉开门的瞬间，老爷子声如洪钟的声音传入："映映，老二呢？"

我侧身，把老爷子迎进屋子："爷爷，家卓在家，您进来坐。"

老爷子身后跟着两个人，其中一个是郭叔，我客气笑笑："郭叔。"

另外一个中年男子对着我微微颔首，走进了屋子。

我跟着老爷子，伺候着他坐到沙发上。

我转身斟了茶来："爷爷……"我微笑，对着劳家太上皇，难免有些战战兢兢，"怎么有空过来了，也不提前打个电话。"

这个已经年过花甲依旧气势威严的老爷子，紧紧抿着嘴，鼻子旁两道深深沟壑，他朝我看了一眼，摆了摆手："映映，你也坐。"

我答应一声，坐在了一旁的椅子上。

他皱着眉头问："老二在家？秘书台说他已经两天没上班。"

我挤出笑容："家卓他身体不舒服呢……"

我话还没来得及说完，余光瞥到了楼上一道熟悉的人影。

劳家卓已经从楼梯上下来，换了衬衣和裤子，依旧是我熟悉的从容淡定的样子，不疾不徐地站到了老爷子面前。

"爷爷。"他垂首，低唤一声。

老爷子上下将他打量了一番，才开口："映映说你病着？"

他轻描淡写："没什么事，有点感冒。"

老爷子看着他事不关己的漠然态度，示意一旁的人："让陈医生看看。"

一直站在老爷子身后的中年男子走前一步："二少爷……"

劳家卓望了他一眼，眼底一片薄寒，清清楚楚地道："我没事。"

老爷子猛地一拍沙发扶手，语气已带了苛责："没事怎么不上班？"

劳家卓怔了一下，动了动嘴唇，还是忍住了没有出声。

老爷子有些低哑的声音带了怒气："二季度财报刚刚发布，公司一大堆的事，华顿收购案迟迟未定，老大在美国急得一天十几通电话打回来，都催到我这里了，你倒在家休息，病的真是时候！"

劳家卓脸色蓦然一白。

他挺直脊背，浑身又充满那种冷冰冰的气息："我已亲自交代美国分部，这个方案不够完善需要改进，我只是休息两天，有任何事情可以随时联络我助理。”

“家卓，别找借口，我知道你心里不高兴。”老爷子声音阴沉了几分，“李国兴不听你指挥对客户风险评估不足导致投资出错，我知道你为了这事对你大哥有意见，但老李是跟了我十几年的老臣子，论起来还是你长辈，做到副总的人了，竟没有这一点容人度量？！”

劳家卓语气强硬倨傲：“既然他是我手下的人，就得服从公司管理制度！”

“总部的人事处分已经下达，你还要怎样？”老爷子怒火腾腾地站了起来，锐利的目光审视而过，“一点小感冒就几天不上班，劳家何来这样懈怠子孙！”

“爷爷……”我实在忍不住，忍不住轻声插嘴，下一刻，却被劳家卓用眼神阻止。

他望向老爷子，目光满是倔强，随后淡淡一笑：“您是说我借故拖延迟迟不决，好让大哥难堪？我在您眼中就是这样的人？”

老爷子冷冷地道：“整个金融界多少人看着这桩收购案，你不看看你做出的好事！”

“您何不问问大哥？”他笑笑，眉间掠过一抹凄凉。

老爷子似被他薄凉语气震住，一时无语。

我看到劳家卓的手轻轻扶住了沙发靠背，苍白面上仍然不露半分颜色，只是一个人沉默地站着。

我咬住嘴唇，心脏无法呼吸，只觉得闷疼。

气氛沉闷难堪。

郭叔出来打圆场：“老爷子，您也别怪二少爷了，公司里的事情哪有儿孙健康重要。您又不是不知道二少爷身子是弱一点，您不瞧瞧，都瘦了许多。映映小姐也是担心二少爷，才让他在家休息，新婚夫妻嘛，恩爱一些难免的……”

“映映小姐，是吧……”郭叔哈哈一笑，朝我使了个眼色。

我匆匆回过神来，跟着笑：“是啊……”

我又站起身捧了杯热茶：“爷爷您喝茶，家卓前几天是有点感冒，现在已经好了，有什么事您让郭叔打个电话来就得了嘛，您有事就让家卓过去，哪里要您亲自跑一趟，还误了好牌局呢。”

老爷子神色缓了缓，目光看着我：“他奶奶倒是好眼光，给他讨了个好老婆。”

我只好赔笑：“那是我福气，奶奶疼我。”

老爷子饮了口茶，看了一眼仍然沉默不语的劳家卓，搁下茶杯站起，整整衣服：“没什么事就去公司把事情处理好，别让底下人看你们兄弟俩笑话。”

然后，老爷子对着我点点头：“我先回去了。”

我忙不迭点头：“我们有空再回家陪您二老。”

郭叔给他开门，一行人离去。

我低着头，宽敞的客厅一片寂静，只听得到身旁劳家卓浅浅的呼吸声。

劳家卓忽然伸手摸摸我脸颊，一声喟叹：“傻瓜。”

我不敢抬头，因为眼眸中盛满泪水。

他倚在沙发上，淡淡地道：“江家怎么生了一个这么心善的女儿。”

语气满是嘲讽。

我一时不解，略微抬头望他。

他轻轻咬牙，语气却很淡：“我没这么脆弱，不值得你的眼泪。”

我看着他神色之中那一股狠绝，竟觉得脊背泛起一阵寒意。

他不再言语，转身上楼。

劳家卓自那天起就开始正常上班，休息两天，他已基本无恙，只是他身体似乎恢复很慢，晚上不时有轻轻咳嗽声从房间传来。

暑假悠长，我偶尔和三五相熟同学吃喝玩乐，但凡新片上档，品牌打折，生日聚会，总有热闹可以凑。

如他所愿，我欢欢喜喜做着青春岁月应该做的事。

有时晚上他看到我化好妆出门去，只略略嘱咐：“太晚了打电话让司机接你。”

语气关怀，只是并不见一丝多余温度。

这天是韦惠惠拉我去海边烧烤，她笑嘻嘻地对我说：“映映，我们班长邀了商管的男生来玩。”

我对这种聚会不抱任何目的，也不耐烦与人装模作样寒暄，所以纯粹打算来吃吃喝喝。

我摊手：“等下你自己玩，别拖我参与。”

韦惠惠煞有介事点头：“明白，我就当带了一头猪来。”

我面不改色：“你最懂我。”

她被我打败：“无可救药。”

我朝她做鬼脸。

到了海边，大队人马早已到齐，谈笑声喧闹成一片。

韦惠惠撒腿就往沙滩跑，马上有人朝她大声打招呼。

她在这种场合如鱼得水，不断在人群中穿梭攀谈。

我只管找了舒服的角落坐下，眺望夕阳下那一片碧海蓝天。

烤肉时有男生过来搭讪，一个穿着深蓝色套头衫的男生坐在我身边，一直殷勤地聊天。

我懒懒散散，他问三句答一句。

韦惠惠绕回我身旁时，看到我身旁的男生，语气兴奋了几分：“哎，同学，你不是我们系的吧？好像没见过你啊。”

我这才侧目看了他一眼，男生浓眉大眼，模样不错。

那男生落落大方：“我是被拉过来的，法学院三年级，杨睿逸。”

韦惠惠眼神顿时一亮：“原来是法学院名嘴，久仰久仰，上学期辩论赛决赛，法学院和外院那场，你是四辩吧……”

韦惠惠一把将手中的玉米棒塞到了我手上，手舞足蹈：“当时就觉得杨同学气度不凡，谈笑之间杀人于无形，现在一看，果真如此的风神俊秀呐！”

杨睿逸似乎没料到韦惠惠竟认得他，朗声一笑：“同学过奖过奖，能入得传媒学院如此活泼可爱的姑娘的青眼，我真是不虚此行啊。”

我简直要吐了。

“哪里哪里。”韦惠惠拉着他促膝而谈，“听说你们二辩那个女生原来是生科院外联部长的女朋友，后来在合作中和三辩日久生情，那晚在若谷楼下放烟花告白的是他？”

我心底暗道：韦惠惠八卦之功，果真天下无敌。

杨睿逸笑：“是，那小子买了一箱火花棒，拉了我们好几个寝室的人去放，不过后来还是没成。”

韦惠惠妙语如珠、谈笑宴宴。有她在，气氛自然大好，我落得清闲，吃了一块蜜汁鸡翅。

“映映。”回去的路上，韦惠惠坐我身旁，跟我咬耳朵，“杨睿逸真不错。”

我撇撇嘴：“话太多。”

我左看右看哪个男生都不顺眼。

韦惠惠揪着我头发：“江意映，你老实跟我交代，你跟我说的那个暗恋的男人，究竟是谁？”

我伸手横空一截：“打住，别问我这问题。”

她咬牙怒道：“你怎么这么没种，不敢说又不敢追，丢不丢人啊你！”

我低着头没敢说话。

我在大学形单影只的第三年，第十八次明确拒绝了对我略表示好感的男生之后，我被韦惠惠逼着承认了我有一个喜欢多年的人，但我就是死咬着不肯说是谁，她也拿我没办法。

韦惠惠翻着白眼，咬着手指，想：“高翰？不是不是，当时人家给你写了封信吓得你三天没敢来上学。袁永年？不是不是，你不喜欢肌肉男……”

我简直想跳窗，这个猜人游戏她已经玩了快一年，还乐此不疲。

除去我小学同学她不识，韦惠惠已经把我所有男同学的名字问候了一遍。

“啊——”她一拍大腿，“是——王光霁是不是？”

我心底扑腾一跳。

王光霁，本校最风云人物，没有“之一”，文武双全，英俊不凡，更有传闻其家世显赫，在经济学院读研三，和外语学院系花是本校一对著名情侣。

这对金童玉女的光芒，无人能出其右。

之前校园论坛有张贴子，每天贴出他与女友的街拍，然后底下有千万人日夜对着二人神情、衣着、发型、提包评头论足。

这样一位我从来只能远远遥望的神仙人物，与我何干。

她心思如鬼斧神工，简直令我目瞪口呆。

韦惠惠被我的神情吓着了：“真、真的是他？怪不得你高中老拉着我跑那么远去看校际篮球赛。”

我佯装忍辱负重，低着头，轻轻叹了一口气。

韦惠惠又琢磨了一会儿，终于还是陪着我叹了一口气，语气竟然难得地带着同情：“映映，貌似他女朋友还蛮漂亮的，你……”

我再也憋不住，哈哈大笑。

韦惠惠这才发觉上当，从座位上蹦起来狠狠掐我脖子：“你这小贱人，竟然敢欺骗老娘善良的感情！”

我们两个人在座位上嬉闹成一团，令全车人侧目。

回到家已经是深夜。

出租车停在小区楼下，我远远就看到劳家卓的车停在楼下，快步走了上去。

劳家卓正推开车门下来，我走上去：“家卓！”

眼前的人清俊脸颊微红，领带已不见，衬衣开了两颗扣子，见到我只是笑笑。

我闻到他身上的酒味，皱眉：“你喝酒了？”

他神色之间不见醉态，只淡淡地道：“喝了一点。”

苏见从驾驶座下来，同我打招呼：“江小姐。”

我望着两人：“怎么喝这么多？”

“总部新派来几位CWM（特许财富管理师），劳先生陪他们吃饭，喝了点酒。”苏见轻声解释。

劳家卓同他示意：“辛苦你，回去休息吧。”

苏见点点头离开了。

劳家卓同我一起走进电梯，他已有些微醺，但步履仍然平稳。

我随同他上楼，直到他瘫坐在沙发上，我才发觉他醉得不轻。

我走进房间给他取干净衣服，放到他面前：“家卓，我给你放水，你去洗个澡。”

他抬起头怔怔望我，一言不发，眉目迷离，眼底之间被极力压抑着的痛楚慢慢浮现。

他忽然伸手，大力地把我往他跟前一拉，我猝不及防，双膝跪在沙发上，身体倒在他身上，我的唇贴近了他的脸颊。

我清晰地闻到了他颈脖之间散发出来的蓊蔚香气，混着酒精的气息，奢华得如一场午夜的绮梦。

我瞪大双眼，完全愣住了。

他仿佛有些意识不清，低低唤我：“映映，你怎么在这里……”

劳家卓抬手握住我肩膀，清朗如月的面容近在咫尺，缓缓地贴近我的脸。

我不知所措，只好柔声唤：“家卓……”

只是一刹那间，他骤然清醒，手指紧紧地扣紧我肩膀，不再动分毫。

他神情转淡，然后一分一分变得冷若冰霜："江意映，离我远一点。"

语罢，随手放开我，走进浴室。

八月份小弟过生日，邀我与家卓回家。

想来我已经很久没有回去，以前读书每次回家，父亲和芸姨吵吵闹闹，爷爷奶奶含孙弄殆，除了张嫂吃饭时记得唤我一声，基本无人理会我。

今时芸姨亲自打电话过来，言辞间殷殷切切，再三叮嘱我要记得和二少爷一起回来。

如今可真是妻凭夫贵，殊不知我这个妻子从不知夫婿此刻身在何方。

我早上独自去儿童城挑了礼物，又给父亲芸姨和祖父母各买了东西，然后搭车回家，打算下午再去，吃顿饭就走。

韦惠惠晚上还约了我逛街呢。

我没胆拿这事烦二少爷。

自从那晚之后，他若无其事，可我心里总是尴尬，不想再去自讨没趣。

手上提着几个大袋子，走进澜韵一品小区，我浑身冒着热气腾腾的气。

还没走到楼下，看到那辆熟悉的黑色车子正缓缓从车道转出，然后在我身旁停下。

劳家卓从驾驶座下来："上车。"

我问："去哪里？"

他自然而然地接过我手上的大包小包放到车后座，回头对我说："不是小弟生日吗？我送你回去，我晚上有应酬，只能陪你待一个下午。"

直到坐到他身旁，我还有些恍惚。

他一贯沉默，我昨晚看电视太晚，在他身旁迷迷糊糊睡了过去。

直到劳家卓推推我，声音低低地道："到了。"

我揉揉双眼，匆忙理了理睡得乱糟糟的头发。

劳家卓下车，走到我身边打开车门，又从车里拿出礼物，张叔已经从屋里走了出来，带着笑道："姑爷，映映小姐，回来了。"

一进屋芸姨就笑着迎出来招呼，父亲从沙发上站起，爷爷也很快走出来，一家子人陪着劳家卓在客厅的沙发上坐下。

爷爷对着我："映映，劳家老太太也过来了，刚刚还念叨着你们呢。"

我笑着起身说："那我去找奶奶。"

老太太和奶奶坐在厨房外的餐厅，看着张嫂指挥着几个用人在碳烤鲍鱼。

我走过去蹲在她们跟前，撒娇道："奶奶，我回来了。"

劳家老太太将我一把拉起，乐呵呵："哎哟，你这是叫谁呢……"

"两个都叫……"我笑着说，"都是我奶奶……"

奶奶笑："这孩子，嘴巴越来越甜了。"

我们回来已近中午，厨房很快备好菜，芸姨招呼着一家子吃饭。

饭桌上，江家女主人那可是一个殷勤备至，芸姨又是给老太太舀汤又是给劳家卓布菜，张嫂晾着双手站在一旁，显得比我还多余。

我坐在劳家卓身旁，他今天胃口倒不错，喝了汤又吃了饭。

饭后，爷爷邀他喝茶，谈起环球通胀升温，楼市波荡。

"家卓，"父亲在一旁插话，"近日拆息上扬，有谣传恒生考虑将按息上调四分之一厘至半厘，劳通可有加息意向？"

劳家卓靠在沙发上，脸上是温文尔雅的笑容："下周待联储局议息后，公司才对是否调整利率做全面的考虑。在美国议息前，劳通贷款业务调高按息的机会不大。江总放心，如果劳通贷息有变，我一定会提前知会您。"

父亲看了一眼爷爷，才满意地点点头："那就好。"

劳家卓的视线若有似无地落在了从餐厅走出来的我，声音平缓："楼市价格居高不下，并未有回落迹象，江氏的几个楼盘地段都好得很，况且江氏在劳通的资金走向都是我一手经办的，爷爷您大可放心。"

言辞之间是有分寸的谨慎，却透出一种令人信服的笃定。

爷爷一手斟茶，抬头望着我们，露出赞赏的笑容："年轻人，大有作为。"

劳家卓情真意切地望我一眼，略微欠身，谦逊笑笑："还要多靠亲家长辈提点。"

我心底有种不切实际的心虚，对他笑了笑，起身离开了客厅。

我上楼回房间，从书架上取了两本书，走过长廊，经过二楼的一间小客厅时，听到奶奶和劳家老太太在闲聊。

我正要走过，忽然听到劳老太太轻轻道："映映不像她母亲。"

我脚步顿时一停。

奶奶说："嗯，这孩子从小就乖巧。"

我悄悄站在门边的角落朝里看。

老太太点头："你把她教得很好，孝顺懂事，我很喜欢这孙媳。"

奶奶低叹一声，突然有些感慨："我们江家就这么一个女儿，嫁给了二少爷，也算对得起英杰了，也不枉我们两家这么多年情分。"

屋内忽然一片沉寂。

许久，老太太掏手绢擦擦眼角："不要这么说，这都是命，麦大师批过，说我这小儿子命格弱，也难怪……"

奶奶拉着她的手："美如，对不起。"

"也不是江家的错。"老太太拍拍她手背，"好在家卓不似父亲，做事手腕很强硬。自从映映嫁给他之后，老二事业顺遂，老爷子说了，再磨炼一下，亚洲区总裁位置迟早是他的。"

奶奶语气宽怀许多："还不是二少爷能干，等映映明年大学毕业，给你添个曾孙，过去的事情都过去了，我们两家还是和和美美的。"

老太太想了想，还是有些迟疑地问："映映当真一点不知当年事？"

奶奶语气笃定："她当时还未出世，怎会知。再说了，都隔了那么多年，该忘的，也早该忘了。"

老太太笑了笑："那我就放宽心了，老二从小心思藏得深，看似温文，其实脾气硬得很，他不愿意的事谁也勉强不来。当时是他同意娶映映的，我瞧着也是很疼她的。"

奶奶放下心来："那就好。"

我眼角余光看到楼梯间有人走上来，连忙轻手轻脚地走开了。

我悄悄潜回房间，倒在床上，任由脑中思绪翻腾。

我自然不会时时关注财经，但偶尔看新闻，在全球债券和股票承销市场上，或是大型跨国交易的金融咨询顾问上，在世界六十七个国家和地区的八千个分支机构上，无可避免地看到这个庞大的金融王朝红白的菱形LTB（劳通银行）标志。

世界经济局势瞬息万变，银行业本就是深陷其中最关键的一链。站在这个金融王朝的最顶端，任何一个决策的权衡和考虑，不知要耗费多少心力。

我不熟悉金融业，亦不知劳家卓这个名字之下冠着的劳通亚洲区行政副总和首席投资顾问的工作为何。在这个庞大的金融财团背后，在海外执行总裁劳家骏先生的锋芒毕露的光辉之下，劳家卓为人异常低调，他几乎不上镜，也不接受任何传媒的访问。我从未见过他办公的样子，因而也无从判断他是不是我想象中的样子，那种衣冠楚楚、神色淡漠讲英文谈判字字如金的商业精英。

我熟悉的是身着白衬衣的年轻男子，在书房柔和灯光下，戴黑框眼镜看文件，瘦削白皙的面孔，微微蹙眉而专注的神情，随着夜色慢慢渗出的一室倦意。

他疲倦苍白的面容，生病时忍着的一声不吭，偶尔的熟睡面容，睫毛覆盖下一层淡淡灰色，如华丽而伤感的威尼斯。

他的微笑浅蹙，他的温言低咳，是我倾尽一生去收藏的瑰宝。

又想起两位老太太的话，人上了年纪感慨怎么这么多，老一辈的故事可真长。

只是不知她们谈起的是何事，难道似翡翠台精选的电视剧？我们两家豪门有何风流韵事牵扯出一代恩怨，又难道我不是江家亲生女儿，身世曲折离奇，多年后发现所嫁之人竟是血缘兄长，于是哭天抢地，彷徨无依，以身殉情……我胡思乱想了一番，越想越觉得荒谬，然后听到父亲在楼下唤我。

我走下去，爸爸对我说：“家卓要回城上班。”

“我也回去了。”我亲了亲小弟，“生日快乐，乖仔，大姐下次回来再陪你玩。”

又是一番热烈寒暄，终于出了门，劳家卓和我一起走出大宅，站在门前庭院树下。

“你要去哪里？”劳家卓问。

“我约了同学行街。”

劳家卓点点头：“我没空，让郭叔送你过去。”

他对侯在檐下的郭叔招手：“送映映去市区。”

然后独自驾车离开。

夜晚的玻璃之城，灯火流光溢彩。

韦惠惠等在丽柏门口，穿着一件吊带裙，吸着一杯饮料探头探脑地望。

我走过去拍她脑袋："看什么看？"

韦惠惠竟不反抗，只嘿嘿一笑。

我上上下下瞧她，说："有点儿不对劲。"

"映映，我谈恋爱了。"她眼角眉梢都是掩不住的春风荡漾。

我撇嘴："哪个倒霉鬼？"

韦惠惠自上大学开始谈了三次恋爱，每次都没到半年就开始抱怨没意思，继而高喊我要自由，然后那男生顺利沦为下堂夫，她就继续跟我厮混。

"杨睿逸。"她竟然有一丝扭捏，"上次认识之后，他打电话给我……"

我斟酌了一下，勉为其难地点点头："他还成。"

她像幼稚园里得了糖的小孩，抱着我呵呵直乐。

我看着她的神情，心知她这一次是真栽了。

我们去一楼看衣服，韦惠惠兴致勃勃地拉着我逛男装："这件他穿会不会好看？"

她对着售货员比画："他这么高，不胖也不瘦，要穿哪个码？"

售货小姐态度客气："小姐你可以看看这件，这个码数合适。"

我站在一旁，看着她脸上洋溢着的幸福笑容，然后对她比画示意了右边的方向。

韦惠惠点点头："去吧。"

我独自走到另外一边的柜台去看商务男装。

衣着精致的售货员立刻上前，轻声细语道："小姐晚上好，需要为您服务吗？”

我轻声答：“我先看看。”

她点头：“您随意看看。”

沉静华丽的奢侈品牌，明亮灯光照耀下的深褐色的原木橱窗，整齐地摆着一排一排的西服衬衣，质地精良的布料闪烁着隐隐约约的光泽。

几个客人进来也是低声的交谈。

很快，韦惠惠来找我，手上提了两个大袋子，饶有兴致跟着我一起看：“映映，怎么突然要看正装？”

她又说：“我们快毕业了，杨睿逸要找事务所实习，也需要穿得正式点了。”

她偷偷瞄了一眼价格，咋舌：“好贵。”

我拉着她往外走。

韦惠惠拖着我手：“女装在三楼啊，你怎么跑这来了。”

“随便看看。”我问，“买好了吗？”

她点点头。

我说：“那我们去吃东西。”

韦惠惠奇怪：“你不看了吗？”

我摇头：“累了，改天吧。”

韦惠惠与我并肩行走，她步伐轻快一蹦一跳惹得手上的袋子一晃一晃。她一直不断跟我说话，可我的心头有些微渗的苍凉，我已经结婚，竟然不知道丈夫穿几号衬衣。

一日傍晚，劳家卓下班回来。

我在客厅看电视，麦昆的作品发表会，这个天才设计师的英年早逝，使得时尚界圈掀起了一股颓靡黑暗的英伦怀念风潮。

劳家卓坐在一旁陪我看了一会儿：“嗯，喜欢他的设计？”

我直接地回答：“我喜欢他对待生命的方式。”

他有些惊讶，然后不置可否地笑笑，仿佛是听到一个小女孩童真的戏言。

“家卓，”我突然低声说，“让我看看你衣领。”

他眉间疑惑：“为什么？”

我咬唇蛮横地答：“就想看看。”

他笑笑，顺从地低下头。

我凑过去，看到他干净的黑发，洁净的颈脖，皮肤之中的肌理和纹路，我伸手过去，轻轻翻开他衬衣的领子。

我不过是想看看他穿几号的衣服。

他的发尾微微扎手，身上混合着硬质纸张和淡淡油墨的味道，是那么温暖的气息。

我屏住呼吸，有一瞬间，甚至分不清此时此刻身在何地。

身边的米色沙发，透明茶几，色调淡雅的宽阔客厅，都已遁入虚空，只剩我凝望着身旁的这个男子，突兀成一个僵硬的姿势。

短短几秒钟，我感觉自己的心脏碎成一片片绮丽的花朵。

“好了。”我听到自己梦呓一样的声音，缓缓将手抽离，梦醒了。

我忍不住怔怔地望着他。

他不动声色站起来：“我上楼了，你慢慢看。”

我走到饮水机旁接了一大杯水，大口大口地喝了下去。

我心底最深处的那种干渴，那种于荒漠之中看到海市蜃楼的绿洲，永远可望不可即的那种渴。

初秋的夜，我的皮肤一寸一寸地裂开，褶皱之中都是细细的屑。

第二日我在家，开学我已大四，即将进入社会，自知从此之后不可再如此嬉戏玩乐。

好好地睡了一觉，起来收拾课本，整理设计图，然后发电邮联络实习单位。

忙碌之中听到门铃响起。

我走到楼下，看到电子屏幕上的人，是位女士，时髦短发，亮晶晶的钻石耳钉，穿着一身精致套装短裙，竟然是贵客莅临。

我拉开大门，却不知该如何称呼她，身边的人都唤她林经理，可是我听过劳家卓私底下喊她大姐，话在嘴边兜了一圈，还是只能羞赧笑笑。

她看出我心思，淡淡地道：“都已是一家人，家卓唤我大姐。”

我只好顺着她的言语，礼貌地唤：“大姐。”

将她请进屋，我问：“喝什么饮料？”

林宝荣略微点头：“咖啡，谢谢。”

我给她倒咖啡。

林宝荣坐下，并无多余寒暄，直接将手中一个大袋子递给我。

我接过拆开，看到烫金封面上时尚男模立体冷酷的脸，疑惑地问："这是什么？"

"老二贯穿的两个牌子的最新款秋冬装。"她并拢膝盖坐在沙发上，姿态优雅地端起咖啡，"朱碧禅将一通电话打到了我办公室，让公关部送来给你过目，以后这些工作由你来做吧。"

我隐约记得朱碧禅似乎是劳家卓的秘书。

林宝荣继续说："之前他的衣服都是我给他挑，然后由店里专人直接送来，现在交给你，你有兴趣的话可以去店里看看。"

我有些讪讪地说："怎么会想到我，大姐的品味比我好。"

林宝荣这时打趣了一句："都娶了老婆，还要我做甚？"

我顿时红了脸。

林宝荣笑笑站起身："我还有事做，映映，如果你有兴趣我改日邀你去香港，公司要开年会。"

我起来送她："谢谢大姐。"

林宝荣同我走到门前，忽然望着我："我之前一直不明白家卓为何匆促结婚，现在看来，他这个决定，果真有几分妙处。"

我琢磨不透她话里究竟什么意思，只得微笑。

林宝荣说完朝我笑笑，窈窕身影在楼梯转角一闪而过。

真是利落潇洒的女子，我忍不住暗暗钦叹一声，转身回屋。

下午，劳家卓致电于我："映映，我要出差，晚上不能回去了。"

"是要去哪里？"

"上海。"他继续说，"可能要一周……"

忽然我听到身旁有人低声地唤他："副总……"

他对我温和地道："我有事忙，你自己照顾自己。"

电话断了。

我在家一边画设计图一边研究学习时尚杂志，几番琢磨，才忐忑地替他挑了几套衣服，按照他一贯喜好的优雅低调风格，挑了深灰的西服套装、纯黑的双排扣软呢大衣，还有略偏时尚休闲的军绿风衣和驼色外套。然后打了几通电话，店里派人送来，我签收，然后一件一件挂在衣柜里。

独自一人在家的黄昏，推开露台的门，不知不觉间秋风已经渐渐凉了。

直至开学一周后，我下课回家来，看到劳家卓的行李箱在客厅。

我跑上楼，他从房间走出，唤我："映映。"

一周没见到他，我竟有些欣喜："你回来了。"

"我给你带了礼物，"他笑着说，"在楼下的行李箱里。"

自从婚后，劳家卓每次出差都记得给我带礼物，一般是名牌的鞋子或包包，都是年轻活泼的少女风格，显然他永远不会走进这样的店铺，明显是出自秘书手笔。

我依然真心同他致谢："谢谢你。"

他面色不错，手插在兜里："多谢你费心替我置装。"

我跟着他走进更衣间，问："不知是否合你心意。"

他点点头，挑出一件，淡淡地说："这一件很好看。"

我微哂，悄悄低了头。

他手中那一件，细条纹的深蓝线衫，搭配浅棕色外套和同色系暗格围巾，散发着淡淡的奢靡休闲气息。这并不列属林宝荣给我的名录，也不是劳家卓素来简约的衣着风格，那是我在青云路一间外贸店看到的，似乎适合出席时尚派对或是周末去喝点酒的装束。我不知道他会否喜欢，只是觉得他穿起来应该很好看，我曾暗暗希望他偶尔能轻松一点，享受属于自己的私人生活。

这么长时间来，看着身处权势中心的他，身居要职，却诸多制衡。我一直有一种奇怪的恐惧，我怕他有一天被卷入这个金融王朝的旋涡。

我隐隐觉得这一切似乎有着最难以预料的可怕后果。

我说："是我想要送给你的生日礼物。"

他生日是九月十二日。

他神情明显很意外，随而诚挚地道："谢谢你。"

我有些不好意思："不是很贵，我买不起那么贵的。"

父亲的秘书每月定时给我拨款，我手上还有劳家卓给的卡，可我不想花他的钱，为了这衣服，我暑假给几间小公司的工程队画了好多张设计图。

他摸摸我头，语气平淡，却是字字诚恳："映映，价抵千金。"

过了一周，劳家卓去香港开会，回来馈赠给我一个精美盒子。

我回房间打开，是一块芝柏的手表，淡淡玫瑰粉的腕带，表壳周围是一圈细碎的钻石，非常可爱秀气。

我忍不住露出微微的苦笑。

我知他不愿欠我情分，努力划清界限，使我们的关系维持在安全范围内。

他提醒我底线在哪里。

而我似乎已不能自持。

玻璃窗外，夕阳下一段剪影淡薄秋光。

十二楼的厨房外望出去，是今生不再的盛世美景。

我坐在桌子旁，捧着饭碗念念有词：“我梦想有一天，幽谷上升，高山下降；坎坷曲折之路成坦途，圣光披露，满照人间……”

感觉身后有一道视线，我转头，看到男子扶着门框站在门口。

简单清爽的海蓝色衬衣，袖口挽起，手肘撑在墙上，白皙手腕上戴一块样式简约大方的纯铂表。

他望着我哑然失笑：“映映，为何要背诵马丁·路德·金？”

我将一沓稿纸按在胸前，忧国忧民口吻：“我对你们如此无情，只因民族已到存亡之际，我辈只能奋不顾身。”

他走到我身边拉开椅子坐下。

我起身给他舀汤。

他坐在我对面，握着汤匙浅笑：“那么，是发生了什么事？”

此事说来话长，话说我们戏剧社老大暗恋广播社美女社长多年，怎奈落花有意，流水无情。眼见我们已大四，即将各奔东西，我等众人实在不忍看着老大抱憾终身，在上个星期迎新晚会前夕，我们热血的秘书长趁老大不在学校，拍着桌子同广播社夸下海口，在迎新晚会上若谁的节目略逊一筹，就得无条件答应对方社团提出的一个要求。

戏剧社历年来的节目都是以夸张诙谐又不缺乏深刻的表演风靡全校，这次大家更不敢放松，演员们可是辛辛苦苦通宵排了几个周的戏。

全社上下充满信心，只等老大回来庆功。

谁知人算不如天算。

晚会前一天，本校最受欢迎的乐队主唱，蝉联三届校园十大冠军的张宇轩宣布加入广播社。

张宇轩对大一妹妹的攻势无可阻挡。

晚会投票结果出来，我们输了人家九条街。

八卦女王韦惠惠打听了一圈回来，两眼一黑，抚额长叹：“张宇轩竟然是邓玫表弟，唉……”

邓玫——就是广播社美女社长，美人儿亲切慈祥地在我们办公室转了一圈，慢悠悠地对秘书长说：“蔡兄，图书馆门前陶公雕像下乃集天地精华灵韵的风水宝地，贵社何不效仿先贤，振臂而起唤醒我等泱泱愚昧民众。周二下午，我们恭候贵社精英的精彩演出。”

秘书长咬牙切齿：“你莫太得意！”

老大不在，秘书长倒是勇于承担后果，却在第二日突然被导师钦点要下乡做调研。

剩下的众人面面相觑一番之后，韦惠惠双手一摊：“抽签吧。”

整个社团大大小小的十几个干部满怀悲怆地轮流着将手伸进了纸箱。

很不幸，抽中那支黑色签的，是区区在下。

耳边一片欢呼雀跃的时候，我恨不得一掌拍死韦惠惠。

劳家卓听罢，笑得开怀：“你几时要去朗诵？”

“下周二。”我答。

“下周我和南大校董约有午宴，但不记得是行程上的哪一天。”他微微思索，“需要我过去吗？”

“啊……”我张口，“还是不要的吧，我紧张……”

“似乎是周四，可能凑不上。”他笑笑，“加油。”

我点点头，继续埋首念念有词。

周二下午，秋光高远，风和日丽。

图书馆前微风吹拂，人流出入，静谧如常。

我们到来时，广播社的几位已经等在图书馆门前，杨睿逸也准时从图书馆出来，手上还拿着课本，立即充满革命激情地上前握住我的手：“躬逢盛宴，江同学加油。”

韦惠惠捶他：“你一边去。”

韦惠惠转身一把将临时匆匆赶回来的老大推了上来，对邓玫说：“玫玫，老大为了你连手下爱将都牺牲了，有没有打动你那颗冰冷的小心灵？”

大家哄笑，然后互相寒暄。

邓玫瞪了老大一眼：“那还得看演出效果，快开始快开始。”

韦惠惠拖着我走上台阶，底下有人喊：“上去！上到上面去——”

雕像和石基之间还有一处窄窄的平台。

韦惠惠咬牙：“咱还怕了他们不成！”

她双手一托，我一屁股爬上了那方大理石上。

我直起身子站稳，底下围了一圈人，老大领着我们班的同仁齐声喊：“映映，拼了！”

众人大声哄笑，用力鼓掌，大声叫我名字。

我最后看了一眼手上的打印稿，心一横豁了出去，清清嗓子开口：“一百年前，一位伟大的美国人签署了《解放黑奴宣言》，今天我们就是在他的雕像前集会。这一庄严宣言犹如灯塔的光芒……”

小小的广场开始有人围拢，窃窃地笑。

广播社诸人吆喝：“大声点！听不见！”

我大吼道：“给千百万在那摧残生命的不义之火中受煎熬的黑奴带来了希望——”

一众人在底下笑得几乎打跌。

我看到韦惠惠捧着 DV（数码摄影机），笑得几乎拿不稳。

我脸颊发烫，咬牙切齿，竟然异常流利，一篇长文背得一字不差，还抑扬顿挫地读出了丰沛情感。

越来越多人围观，有路人吹起响亮的口哨。

我满怀激情澎湃：“让我们回到密西西比去，回到亚拉巴马去，回到南卡罗来纳去，回到佐治亚去，回到路易斯安那去，回到我们北方城市中的贫民区和少数民族居住区去——”

“我梦想有一天，甚至连密西西比州这个正义匿迹，压迫成风，如同沙漠般的地方，也将变成自由和正义的绿洲。”

陆陆续续经过的人群围成了一个小圆圈，他们大笑、鼓掌，挥舞着手臂。

我完全忘我，望着天空：“在自由到来的那一天，上帝的所有儿女们将以新的含义高唱这支歌：‘我的祖国，美丽的自由之乡，我为您歌唱。您是父辈逝去的地方，您是最初移民的骄傲，让自由之声响彻每个山岗！’”

韦惠惠放声尖叫：“好！”

邓玫带头鼓掌，杨睿逸拼命吹口哨，老大声嘶力竭地喊我名字，一张张年轻的脸庞闪着兴奋的光芒，群情激昂，掌声雷动。

我忽然听到嗤的一声冷笑。

我侧头看到人群旁边一个男生，身形高挑，穿棉质黑色长裤和白T恤，身旁挽着一位红裙娇艳女孩，嘴角一抹淡淡嘲弄的笑。

阳光耀眼，他耳边有亮光一闪而过。

我转过头，继续挥舞着手臂：“如果美国要成为一个伟大的国家，这个梦想必须实现。让自由之声——从新罕布什尔州的巍峨的崇山峻岭响起来——”

一瞬间，我目光尽头忽然看到，不远处的行政大楼前一行人走出来，为首的那个瘦削挺拔的身影，转身客气地和身旁的几人握手，然后走向路旁停着的黑色车子。

他身旁助理模样的人拉开了车门。

他忽然停在了车前，静静伫立着，望向图书馆。

我心头扑腾一跳，下意识地往前走了一步，

韦惠惠尖叫一声：“映映——”

我脚下一空，然后倒头从台阶上栽了下去。

除了闭眼我完全做不出任何反应。

只是一秒钟的事情，只感觉得到一双有力的手臂稳稳地接住了我。

我惊慌中睁开眼，映入眼帘的是一张异常精致俊美的脸庞，额前几缕深棕色的发落下，狭长的内双眼皮很有神，嘴角一抹微微讥笑。

四周一片寂静之中，他悠然将我放下。

他双手仍放在我腰间，仪态潇洒不羁地对我笑笑，声音朗朗地传了出来：“同学，你是哪个系的，叫什么名字？”

观众这才醒过来，顿时跟疯了似的鼓掌大叫。

我瞪他一眼，一把挣开了他。

韦惠惠拨开人群站到我身旁，笑容甜美：“今天谢谢大家捧场，请给我们最美丽的人权战士和从天而降的英俊骑士一点掌声好吗？”

观众欢欣鼓舞。

韦惠惠扯着嗓子喊："新入学的师弟师妹，欢迎加入戏剧社，在这里你将实现你人生最美的梦想……"

我捂着脸拼命挤出人潮，跑向行政大楼，然而路边空无一人。

我呆呆站了半晌，才转身往回走。

广场的花树小径上，我看到方才的那个男生站在路上，身边的女孩拉着他的手似乎在赌气地说着什么，他回头看见是我，别有深意地对我笑笑。

我心中有隐隐的失落之情，懒得理会他。

他随即挽着身畔的女孩潇洒离去。

第二日上课，我对着笔记本上的剖面图和细部节点详图皱眉，教授过来看了一眼，指了指我屏幕："这里采光还不够好。"

我茅塞顿开，抬头微笑："谢谢老师。"

教授望着我笑："昨天我刚好在图书馆二楼，年轻人，很有干劲啊！"

这时下课铃响，同学从我身边走过，拍拍我肩膀善意笑了笑，都已大四，前途茫茫，何曾有时间、有心思打探旁人的风流韵事。

下午没课，我收拾课本出校门搭车，开学前我发了数封电邮，收到寥寥回复，其中一封竟然来自金匠公司，他们公司在规划一个大型的海景别墅区，需招聘一批相关人才。

金匠是本城颇具实力的公司，这个机会很珍贵。

学院门口，校道上迎面走来的男生，嘴角微翘似笑非笑，T 恤干净得一尘不染。

他站在我面前，神态自然大方，带着不羁的洒脱。

我绕过要走。

"我是唐乐昌。"他拦住我。

"我知道。"我波澜不惊。

韦惠惠当天晚上就将他的第一手资料一字不落地发给了我。

我略略看看，唐氏某人，跟我们同届，读国际政治，相貌出色，女友名单上一打的系花名字，好一位风流人物。

"江意映？"他唤我名字，清晰无比。

我挑眉，没好气："有何指教？"

“可否赏光喝杯咖啡？”

“我没有空。”我转身就走。

“喂喂喂——女士，”他追在我后面，“面对一位诚心的绅士，这就是你下午茶式的教养？”

我停下，回头优雅一笑：“承蒙唐先生邀请，荣幸之至，但很抱歉，我今日无暇，请改日再约。”

他站在面前，高我一截，脸庞在逆光中忽然神色无比认真：“你知道吗？按照古代凯尔摩人的戒律，你在月阴之夜破我姻缘，你就是上天派来的真命天女，你得对我负责。”

天啊，惠惠给我的资料上怎么没说这人是个疯子。

我实在忍不住，两眼一翻：“精神病！”

摆脱唐乐昌走出校门，时间已很赶，我只好匆匆打车过去。

金匠公司位于市区内一栋高耸的商业大楼，一个普通的助理职位，在人力部的面试厅早已等候着数十位竞争者，我只能尽力而为。

面试结束，我走出办公室，摸出手机看到一串未接来电，都是劳家大宅的号码。

我边走向电梯边按号码回拨，电话却突然响起。

我看了一眼，马上接起。

“映映。”劳家卓熟悉而低沉温和的声音从那一端传来。

“嗯，怎么了？”我问。

“绮璇怀孕，爷爷召我们回大屋。”他语气平和，带着一点疲倦，“你在学校吗？”

“没有，我在外面……”我一时竟没反应过来这消息，难掩惊讶。

劳家卓只问：“你在哪里？我去接你。”

我告知他地址，挂了电话之后，仍然有些震惊，绮璇那么新潮女子，一直快乐地享受着二人世界，整天满世界跑，怎么会突然怀孕？

我下楼在大堂处等劳家卓。

很快我便看到劳家卓的车驶来，他将车停在车位上，推开车门走下来。

我拎起手上的包包往外面走。

这时，我身后的电梯门打开，一行人簇拥着两人走出，中间的一名男子穿鹅黄衬衣白色西装外套，样貌很年轻，远远看着有些面熟。

我礼貌地让开，让他们先走。

我看了一下，跟在两人身后的竟然有刚刚面试过我们的部门经理。

年轻男子走到大门，忽然加快脚步，对着门口的劳家卓喊：“师兄。”

劳家卓转头见到他，也不见意外，只笑笑：“阿霁。”

男子站他面前：“怎么有空来，也不给我打个电话。”

“只是临时有事过来。”劳家卓说，“没想到会碰到你。”

“上周我去劳通办事，秘书台说你出差了。”年轻男子显得很高兴，“升职了吧，副总裁？”

劳家卓脸上也不见喜色，只点点头：“是，那时我在香港。”

旁边的人忍不住出声催促：“阿霁，这位是……”

年轻男子侧身，对着身旁的人：“这位是劳通银行的副总，劳家卓先生。”

他身后中年男子面色微动，急急往前一步，殷勤地握住他的手：“劳先生，幸会。”

“我是金匠的董事长助理杨永发，你跟阿霁是……”

劳家卓客气笑笑：“阿霁是我校友。”

“好好好……”杨永发脸上笑，“劳先生怎么有空光临金匠，我们海景别墅的投资正在同贵行谈，您给我们指导指导工作，一定要留您吃顿饭。”

劳家卓的目光朝大楼里面看：“没有工作，我过来等人。”

“是谁这么大魅力让二少爷亲自来等？”年轻男子笑道。

劳家卓含蓄笑笑：“世伯家的妹妹。”

语罢他抬腕看了看表，身旁的人心领神会，杨永发又说：“改日劳先生一定要赏光吃顿饭。”

劳家卓客套笑道：“好。”

两人热情地同家卓道别，领着手下离去。

我悄悄后退，从大堂侧边的柱子闪了出去，走到大楼外的马路上，手边电话响起：“你在哪里？”

我小声地答：“我在外面的路上。”

“站着等我。”劳家卓简洁地答。

车子在我身旁停下，他并没维持一贯的绅士风度走下车来，只略略侧过身替我推开另一边的车门。

我坐到车上，系好安全带。

“怎会在金匠？”劳家卓握着方向盘，手指白皙修长。

“他们公司招聘，我过来看看。”我答。

“怎么不去江氏……”

“我不想。”劳家卓又不是不知道我只是想自食其力，过自己的生活。

劳家卓笑笑，也不再问。

车子平稳地驶向城郊的金鳛花园。

我坐了一会儿，还是忍不住问：“绮璇怎么突然打算要孩子？”

“不清楚，据说才十四周。”劳家卓答。

我小心看他面色，似乎并无异常。

一会他接电话，谈的是工作的事情，我也就不再吵他，家卓只专心开车。

我们到达大宅时，劳通公关部的副经理正垂着手站在客厅。

老爷子坐在椅子上：“注意联系给绮璇检查的医院，保护好消息，待过几周情况稳定再对媒体宣布。”

副经理点头称是，告辞出来，在走廊处碰到用人正引着我们进来，他恭谨地同劳家卓打招呼：“二少爷。”

劳家卓点点头，偕同我走进屋中。

“爷爷。”我跨进客厅。

老爷子一向严肃的脸庞也带了些笑容：“回来了，坐吧。”

劳家骏见到我们进来，笑得畅快：“老二，映映，过来过来，看看哪个婴儿房样式好看？”

我们走过去，沙发上已经坐着两个人，一位是我上次见过的劳家私人医生姓陈，还有一个戴眼镜的女士。

老爷子开口：“这位是绮璇的专用医生，养和医院妇产科主任石宗亚女士。”

然后互相客气打招呼。

“映映可来了，”奶奶从里边走出来，远远地唤我，“上楼陪陪你嫂子吧。”

奶奶站在大厅笑着道：“新式主妇的心思难懂了，怀孕初期脾气可真是差……”

嘴上这么说着，语气可甚是高兴。

我上楼去看绮璇。

卧房很安静，绮璇坐在贵妃扶椅上，趿着绸缎蕾丝拖鞋，见到我就叫：“映映。”

我笑着说：“准妈咪，恭喜你。”

绮璇笑容一闪而过，有些忧愁：“我还未准备好啊，只是意外，家骏却坚持要生下来。”

我安慰她：“始终都要生的，年轻生好，宝宝健康聪明呢。”

绮璇又怒嗔：“奶奶想抱曾孙应该叫你来生，你这般喜欢小朋友。”

我脸红：“你是长孙媳嘛，长辈多开心。”

绮璇温柔的嗓音楚楚动人：“映映，我烦死了……”

我忙扶着她：“别别别……”

这时用人上来敲门：“大少奶，亲家母来了。”

我陪着她下楼，绮璇的父母正在客厅坐着。

绮璇父亲原本是劳通分行一个普通经理，女儿在国外邂逅东家大少爷坠入爱河并顺利嫁入豪门后，他早已提前从公司退休，专心做老爷子牌友。

绮璇远远地喊：“妈。”

沙发上一位妇人站起，一路小跑过来叫唤着：“哎哟，小心点……”

众人纷纷起身，小心地服侍着她坐下。

一家人在客厅高谈阔论，整栋大宅喜气洋洋。

直到饭桌上，老爷子仍是一脸意得志满的笑容。

用人小心地端着一盅汤给绮璇。

“这是按照石医生指导炖的汤，趁热喝，”奶奶对绮璇也和蔼几分，“怀孕了就不要再坐飞机跑来跑去了，在家里安心养胎。”

老爷子满怀欣慰地望着绮璇的肚子：“老大争气，劳家后继有人，我也该享享清福了。”

劳家卓安安静静地坐在我身边，脸上一直是温和的笑容。

他饭吃到一半，用人要给他盛汤，劳家卓轻声道：“不用，我饱了。”

老爷子的眼光落在他身上，不悦地道：“吃得这般少？身体都不健康如何能好好工作。”

劳家骏手撑在绮璇椅子背后，口气亲厚：“老二身子自小就娇贵，劳家又不是养不起二少爷，可以先休息一段时间养好身体。”

劳家卓脸色淡淡的：“我很好，谢谢大哥关心。”

绮璇母亲忽然感叹：“二少爷真是好福气，有映映小姐家大财厚护荫，二少爷自然顺风顺水。”

劳家卓望我一眼，面色刹那间有些僵硬。

那妇人继续唠叨：“映映小姐生得好，我瞧着都喜欢呢，怪不得老太太这么疼你。”

我只好微笑。

原来旁人是如此看，家卓唯恐失势，娶我是为了拉拢江家以巩固地位？

“家骏倒是真心待我们绮璇，工作都是尽心打拼出来的，现在绮璇的福分到了。”她抹抹眼角，拉着奶奶的手，“老太太，我们绮璇有做得不是的地方，靠您多担待了。”

奶奶道：“你这说什么话，绮璇是我们劳家媳妇，辛苦替劳家开枝散叶，我疼她都来不及呢。”

我坐在席中，如坐针毡，好不容易吃完了一顿饭，拉着家卓告别出来。

用人将车从车库中倒出来，将钥匙递给他：“二少爷，小心开车。”

劳家卓点点头，用人同我打过招呼，转身回大宅。

劳家卓打开车门，我想起他上次回家时不知为何胃疼，说：“家卓，要不要不开车了？”

他淡淡地说：“没事，上来吧。”

我坐到他身旁，他转头望我，低低地说：“辛苦你。”

语气有微微心疼。

我眼眶微酸，连忙摇头。

跟他比，我又算得什么。

“乖女。”他笑笑。

他不再说话，微微蹙眉，望着前方开车，仪表盘发出幽光，他面容沉静苍白。

车子转入澜韵一品小区的车库，他下车时终于忍不住，一手撑在车门一手按着胃，咬住了双唇。

“家卓，有没有事？”我站他身旁，却不敢伸手扶他。

他闭着眼摇了摇头，深吸了一口气，脊背高贵挺直，缓慢地走向楼梯口。

我亦步亦趋地跟着他，看着他进电梯、开门、上楼。

走到二楼，他身体轻微一晃，终于还是靠在了墙上。

我连忙撑住他手臂：“到床上躺好。”

劳家卓蜷缩起身体，全身已经有些痉挛，手握拳死死地抵在胃上。

我替他脱去外套，扶他躺下，问：“是神经性胃痉挛？”

他额上有冷汗渗出，疼得低低喘息，只能勉强点点头。

我翻身想找纸巾给他擦擦汗，他忽然一皱眉头要翻身下床，我按住他：“不要太剧烈动作，静静躺着，一下就过去了。”

“你没吃东西，呕吐只会疼得更厉害。”我搓热双手，放在他胃上轻轻地揉，放软声音，“好了，我们现在回家了，你放轻松一点……”

过了许久，我感觉到手中寒凉的皮肤慢慢变得温热起来，他的身体渐渐放松下来，伸手缓缓握住了我的手：“好了，没事了。”

我起身给他倒了杯温水。

他撑着身体要坐起来，我在他背后垫了枕头，劳家卓倚在床上喝水。

“你喜欢绮璇？”我也捧了一杯水，坐在他跟前，这句话也一时冲动脱口而出。

他额上还有一层薄汗，衬得皮肤亮白，望着我不答反问：“何以见得？”

我顿时有些口拙，其实我话一出口就为自己的鲁莽感到后悔，有些讪讪地说：“没有。”

劳家卓眼神有些飘忽，忽然慢慢开口：“大哥娶绮璇那一年，我父亲刚刚过世不久。”

“家骏是长孙，又很活泼自信，自小就得宠。你知道，我性格不太好，”劳家卓面色慢慢地沉下去，“尤其是我母亲过世之后，我父亲亦无精力管我，我乖戾又孤僻，也不讨喜……”

“怎么会……”我张了张口，声音却还是微弱下去。

“她是个很好的女子，为人也很好。她年纪比家骏小，比我大一点，那时我刚升大学，家骏已经开始做事，她怕我消沉下去，总拉我出去玩。我不回家吃饭，也是她叫用人给我热汤留着，我那段时间身体不好，也没什么人照顾，自己很难捱，多亏有她。”

“她也是善良的女子。”劳家卓望着我笑笑，“我当时还小，只是懵懂情愫。”

“后来呢？”我问。

“后来大哥似乎察觉，老爷子直接将我遣去美国读书。”劳家卓语气轻淡道，“我回来后搬出祖屋，进公司做事，已无交集。”

“我只是念着她的情分。”

“她值得幸福。”

房间中一片静谧。

我想了又想，还是轻声问：“家卓，倘若是大哥执权，他……是否会容你？”

他的手轻轻一颤，嘴角微微一翘露出一缕淡笑，是通透豁达的况味，在他苍白英俊的脸上，竟有种不祥的颓靡。

“映映，”他声音低弱，斗志全无，“你是自由的，我若无法护你周全，我送你回你父母身边去。”

我在十一月底接到金匠公司录用通知，正式入行做事，虽然只是打杂助理，但工作忙碌充实，亦可亲身跟着专业的设计师学习，对我是一个很好的锻炼。韦惠惠也进入市里一家电视台做实习生，学校毕业论文开始做开题报告，我们各自忙碌，她下班偶有空闲忙着陪男友，我们见面的次数减少许多。

我下班独自在公司附近餐厅吃饭。

这间供应中西菜式自助餐厅，味道和价格都还算公道，因此附近许多写字楼职员都习惯在这里解决晚饭。

我正埋首专心致志对付鸡块，耳边忽然传来一个男子的声音：“我可以坐吗？”

我抬头，看到微笑着的高大男生，穿了件黑色外套，眉目精致。左耳上依旧是一枚耳钉，在餐厅的幽幽光线中泛着亮光。

真是阴魂不散。

我不理会他。

唐乐昌拉开椅子坐到我对面：“我住在附近。”

我点点头：“真巧。”

他放下餐盘，铺开刀叉，问：“你在金匠上班？”

“你怎知？”我也不惊讶，可有可无地问。

他笑：“我有内线。”

不用想我也知是韦惠惠。

“请别怀疑我的诚意。”他笑嘻嘻地说。

我耸耸肩，跟他在一起，不知为何我非常随意：“你高兴就好。”

唐乐昌望着我笑，低头切开牛排，我发现他的用餐姿势竟然非常优雅。

我继续埋头吃饭。

唐乐昌飞快吃完一客牛排，拿起杯子喝饮料，忽然凑到我面前来：“江意映，你真的不记得我了吗？”

我吃饱喝足，心情不错，由着他胡闹。

他突然伸手从身边的包里掏出了一本书，举到我眼前。

我看了一眼，蓦然瞪大了眼。

那本绿色封面的熟悉字体：马克思主义政治经济学。

他翻开扉页，上面丑怪的涂鸦和签名，全市别无分号，仅仅出自江意映之手。

那是——我的课本。

“你……”我的书怎么会在他手上。

“江意映，我说过，你得对我负责。”他眨眼，神态认真。

我已经想起了那个月黑风高的晚上，想起了我惊起那对野鸳鸯，脸上顿时羞愤不已：“原来是你！”

我怒道：“你你你——不要脸！”

唐乐昌有些不好意思笑笑，竟然有一丝羞涩。

我愤愤伸手：“把我的东西还给我！”

他把课本收回：“现在是我的了。”

“我问的不是课本！”我想起劳家卓房子的电梯磁卡，落入陌生人手中总是不安全。

他宝贝似的把课本放回包里：“那我没拿你其他东西了。”

“书中没有其他东西？”我问。

“没有了。”他无辜状。

我想了想也不确定磁卡一定夹在课本里，也许是我将它遗失在他处，算了。

我招来服务生结账。

红领结的服务生彬彬有礼道："这位先生结过了。"

我抓起包包离座，唐乐昌跟着我。

"我可不可以打电话给你？"在餐厅门口，他问。

"不可以。"我脱口就答。

他露出受伤的表情："我们至少也是同学吧。"

我也有些不忍心，人家又没要怎样，好歹也算一场缘分："谢谢晚餐，下次有机会请让我回请。"

唐乐昌大喜，表情真挚："好。"

我同他挥挥手，走向车站。

他的确是明朗如阳光一般讨喜的男生。

可我心里挂念家卓，只想赶快回家去。

十二月到来的时候，劳家卓问我："映映，你正式工作还未有时间给你庆功，圣诞节有什么心愿？"

"我想看雪。"我自小在南方长大，冬天又湿又冷，对于大雪苍茫天地一片寂静的景色，总是有一种向往。

他笑笑："不知能不能抽出时间度假。"

我知他工作异常繁忙，所以当劳家卓告诉我他圣诞节要去美洲出差时，我也未见有多失落。

那么悠长温柔的岁月，昔日青青都已不再相见，我仍可在温黄灯光下看着他眉目清倦地下班归来。

我何曾还有什么未偿心愿。

我是真的不计较也自知没资格计较。

岁末的校园也很热闹，庆典晚会一场接着一场热热闹闹地登场。

圣诞夜韦惠惠主持传媒学院的圣诞化装舞会，邀我去玩。我们一起去挑衣服，都喜欢一款全粉公主面具，韦惠惠选了枚红色，头饰是一枝繁盛硕大的花朵，同色露肩礼服，非常漂亮。

我选了银白色，将长发盘起，穿短款西装配马靴，韦惠惠扑过来："映映，好帅好帅。"

圣诞夜，彩色小灯管在路边树间闪烁，给寒冷的冬夜增添了温馨浪漫的气氛。

还未到开场时间，舞会现场已是人山人海。

韦惠惠拉着我从后台的专用通道进去，身旁晃动着五光十色的怪物，迎面一个白衣服的贞子飘过来，然后是一个长着獠牙的吸血鬼，接着是一个戴黑色斗篷的巫师。

突然一个浑身披满麻袋的乞丐从人群冲了过来，在我们面前站定，伸出手臂之后有些疑惑："哪个是我家姑娘？"

韦惠惠一掌拍了过去。

杨睿逸一头假发在风中凌乱抱头大笑："哎，饶命饶命，我错了……"

我对韦惠惠："等下我自己玩，你不用管我。"

韦惠惠捏捏我露在面具外的下巴："要开心点。"

八点整，晚会准时开场，帷幕缓缓拉起的那一刻全场尖叫，气氛轻易就被点燃了。

主持人开场白后是介绍嘉宾及致开幕词，我看着韦惠惠，灯光照射下她纤细身体，眉目如画，非常耀眼。

致辞结束后是新生表演集体舞开场，晚会舞台是开放式的，宽阔的舞池跟四周观众连在一起，不断地有年轻的孩子加入，全场拥挤热闹，有人被踩到单着脚满场乱跳，有女孩子的高跟鞋掉了慌慌张张去捡。我站在一旁看得笑出了泪水。

学校不允许饮酒，但果子酒是破例被当作饮料供应的，气氛很好，我喝了几杯后，感觉身体有些轻飘飘的。

晚会组织得很周到，专门安排了十几位会跳舞的同学热情地邀请观众加入，灯光迷离，音乐舒缓，舞姿曼妙，全场人都疯玩起来。

韦惠惠挤到我旁边来，凑在我耳边大声地说："映映，等下你别跑太远，就站在舞台下，免得我找不到你。"

我冲着她点头。

男生舞姿都很笨拙，我略略站在靠边角落，尽量不要跳舞，已经近十二点，音乐节奏鼓动起来，舞会进入了高潮，灯光忽然暗了下来，韦惠惠站在舞台上："接下来，是我们最精彩的环节，留给亲爱的同学们！"

主持人深情款款地接着说："今夜——节日的火焰，喜悦和欢乐让我们相聚在了一起；今夜——浪漫的音乐，友谊和青春，让我们欢聚到了一起，年轻的我们生命何须留白，请尽情地用歌声和祝福迎接圣诞的钟声的到来——"

另一位主持人语调转为激越："接下来的时间，留给我们亲爱的同学们自由发挥，敬请大声说出自己的心意，让全世界都听见我们的声音！"

音乐喧闹热烈，一个男生冲到了舞台上："舒舒我爱你！毕业之后我就带你回家见爸爸妈妈！"

一群人奋力地将一个女孩拱上舞台，然后一起大叫："亲一个！"

一对情侣甜蜜拥吻。

然后是一个女孩子的声音传来："章铭你这个混蛋，美国有什么好！我恨你，你为什么要出国！我恨你我恨你！"语气已含了呜咽声，女孩身边的一个高大男生伸手将她紧紧搂住，将她的头按入了怀中。

"爸爸妈妈我们对不起你们，是我坚持要留在城市里，花去你们毕生积蓄给我们买单价一万七的房子！我们一定会好好工作报答你们！"

场面渐渐失控，人人都在疯转，尖叫，大笑，拥抱，亲吻，有人蹲在地上大声地哭泣。

麦克风在人潮中传递，男生沉郁好听的声音，带了一丝声嘶力竭："莎莎姐，我终于和你一样大了。可是你哪里去了！你去哪里了？"

我忽然觉得喉头哽咽，眼角酸涩。

韦惠惠拼命地挤到我身边，将手中的麦克风塞给我，语气是鼓励的兴奋："映映，你有种说出来！"

她用力地捏住我肩膀，在我耳边喊："喜欢一个人又不是丢脸的事情！跟他说你喜欢他，把你喜欢的人说出来！"

她搂着我，怀抱温暖有力，我心底惶然，也许是夜冷酒暖，也许是被触动心事，也许是我着了魔，我多年的隐忍终于被她逼至崩溃。

"劳家卓，我爱你！"惠惠手上的麦克风搁在我胸前，我狠狠地对着喧嚣的人群大声地喊，"我爱你好多好多年！"

韦惠惠不明所以，但一样跟我疯叫："劳家卓！江意映说她爱你！"

人群继续吹哨，尖叫和喧嚣声如海浪一波一波地扑面而来。

我靠在她肩上闭上了眼，感觉眼角有温热的液体流了下来。

韦惠惠被旁人拉走，还不忘握着麦克风继续叫：“劳家卓，江意映她真的喜欢你好多年！我作证！”

我蹲在地上，情绪宣泄而出，浑身是虚脱般的无力感。

裤兜中忽然传来手机的剧烈振动。

我摸出手机，视线被泪水浸得模糊，我直接按了接听键放在耳边。

“好了，我听见了。”熟悉的沉郁温和的声音低低传来，带着微微的无奈和些许温柔。

五雷轰顶一般，我手指猛地一抖，手机掉在了地板上。

我紧紧地捂住头，忽然间什么都听不见了。

身边人头攒动，韦惠惠赶忙冲过来一把将我捞起。

我拾起手机，浑身发抖，嘴唇颤抖着说：“我有事，先走了。”

韦惠惠被我骇然的面色吓到，她问：“映映，怎么了？”

“没事。”我勉强平定心绪，对她笑笑。

这时，有人喊她：“惠惠，到你了！”

她有任务在身，只好一边应一边回头叮嘱我：“你自己小心一点。”

我挤过汹涌人群，走出礼堂，一边摘下面具一边走过走廊，看到夜色之中宽阔的校道。

夜色中伫立的男子，长身玉立，风度雍容，深灰风衣和工整的衬衫，领带打得一丝不苟。

劳家卓对我说：“本来是怕你回家太晚，刚下飞机，就顺道来接你。”

我垂着头勉强露出一丝笑容：“幸好你来，晚上回家真的很冷。”

劳家卓微笑：“上车吧。”

司机替我拉开车门，我和劳家卓坐在后座，他面色清白，眉目之间是掩饰不住的倦色，只静静合目养神。

不露声色是他的最大本事。

“家卓……”我犹犹豫豫地开口，“我……”

他抬头看了我一眼，带着了然一切的淡淡悲伤，缓缓地开口：“你希望我说什么？”

“没有。”我咬着嘴唇。

“我累了，先回家休息。”他重新将眼闭上。

我有些委屈。

他伸手过来轻轻拍了拍我的手背，语气带着深深倦意："映映，你会长大的。"

仿佛在安慰一个得不到心爱玩具的小女孩。

我感觉冰水一滴一滴落在心脏，心头滚烫的热血慢慢冷却，我手仍在颤抖，只好握拳抵在唇边，张嘴紧紧咬下去，痛感传来，我终于缓缓地镇定了自己。

直至到家上楼回房间，他都是安静的。

劳家卓来去匆匆，只在家里停留了三天又飞去欧洲，年关的工作异常繁忙，我亦不打扰他。

这三天，他不曾提过此事。

我独自一人在家，拉开衣柜翻衣服时，走到客厅倒水时，对着镜子刷牙时，某一瞬间动作忽然静止，然后想起来自己那一刻的奋勇，懊恼，失望，解脱，沮丧的心情翻涌而来，最终还是只能微笑，嘴角轻轻渗出一丝苦涩。

新年假日我照例是一个人在家里，拉上了窗帘，关了手机，躺在床上看书。

外面的世界依然精彩，购物中心疯狂打折，各路明星携贺岁大片在影城做宣传，同学热热闹闹办新年派对，我只是兴致萧索。

清清静静地待了一天，傍晚时分家里座机突然铃声响起。

我走到客厅接起电话。

电话那端是女子的声音：“江小姐？”

“我是，请问哪位？”

“我是劳先生的秘书，朱碧禅。”

“朱小姐有事？”我难免疑惑，礼貌地道。

朱碧禅娓娓道来：“请问江小姐您有空吗？劳先生吩咐我给您送机票。”

我愣住了。

“江小姐？”朱碧禅在那端唤我。

“我在。”我回过神来。

“劳先生说要辛苦江小姐独自飞伦敦度假，我订了明早八点的机票，他将在伦敦机场同你会合。”

我尽力掩饰惊讶，维持着平静的矜持，客气地说：“谢谢你。”

朱碧禅在那端道：“司机明早去接你。”

我想了想：“机票不用麻烦特地送过来，明早让司机带过来即可。”

“好的，伦敦天气寒冷，请多带些保暖衣服。”朱碧禅的声音是机械的甜美，“江小姐有任何问题请随时同我联络。”

我将厚厚的防水外套和熟悉的枕头塞进行李箱，登上了飞机。

路途中处在繁杂陌生之地，总是令人自身有一种微妙的存在感，头等舱舒适安静，长途飞行虽令人疲累，但从高空望下去，整个伦敦区一片银白，这样美丽的景色，足以消弭一切愁绪。

在希斯罗机场，巨大的落地玻璃窗外大雪弥漫，劳家卓穿着黑色开司米大衣，浅灰色围巾，笑意盈盈地朝我伸开手臂："喜欢这里的雪吗？"

我扔下行李朝着他冲过去，一头撞入他的怀抱："喜欢喜欢。"

他抱了抱我，在我耳边轻声说："新年快乐。"

我只会朝着他呵呵傻笑。

"好了。"他轻轻拉开我，我赖着在他身上不肯动。

劳家卓拉着我走出机场，上了等候着的车子，我一直雀跃地望着车外银装素裹的景色。

"我们是要去哪里？"我问。

路面有些打滑，劳家卓小心开车，只简短地答："我在舒梨郡有一套房子，英格兰乡村的雪更漂亮。"

汽车已驶出城市，郊区高大落叶的乔木树枝上挂满了雪花，波光粼粼的河岸旁有人冒着严寒撑着鱼竿垂钓，越行越远人烟渐渐稀少，道路尽头，一栋深红色别墅出现在眼前。

我看到一条小湖，湖面已经开始结冰，房子前的一段木板小桥直通湖心小岛。

道路上有工人正在铲积雪，我们车子经过，那个戴着帽子的人忽然抬头，朝着车子用力挥手。

劳家卓按了一声喇叭作为回应。

车子在房子前停下来，一栋维多利亚式的可爱房子，设有四间房，大雪落满了花园，牧场和仓房，鹅卵石小道旁的玫瑰花已经凋谢。

有人从房子旁边的小木屋出来，替我们拉开车门，恭敬地道："劳先生。"

劳家卓下车，绕道我旁边来跟我介绍："这是我的司机，迪安。"

迪安抬起头微笑："小姐你好。"

他是一个长得很憨厚的黑人小伙子，笑容之中露出雪白的牙齿。

迪安去停车。

我跟随劳家卓踏上石头台阶，推开了大门，温暖扑面而来。

一位略胖的英国女士走出来，系着围裙，嗓门很洪亮："劳先生！"

劳家卓笑："见到你真高兴，哈里斯太太。"

"这里的管家，哈里斯太太。"劳家卓向我介绍。

哈里斯太太礼貌朝我屈膝："太太，欢迎您来伦敦。"

她如此唤我，我有些不好意思地对着她微笑，劳家卓也笑笑而过，对我说："哈里斯太太烤布丁和饼干的手艺很好，你会喜欢的。"

我情趣愉悦，兴奋地说："我现在就想吃了。"

身旁的金发太太望着我们微笑："伦敦今年冬天第一场大雪，下雪天绝对是美好的日子。"

劳家卓替我脱去外套，我们在客厅的沙发坐下来，壁炉的火光熊熊，温暖极了。

哈里斯太太从厨房端出点心，上来斟茶。

劳家卓靠在沙发上，语气寻常平淡："房子不远处有个小公园，开车十几分钟可以到，周围的雪景很美，你可以随处看看。"

"你有假期？"我问。

"映映，我有工作要做。"家卓歉意笑笑。

"哦。"我应了一声，他永远这么忙。

我吃饱后心满意足窝在躺椅上打盹。

劳家卓站起来："映映，你需要睡觉倒一下时差。"

他将我送至房间，哈里斯太太早已将床铺好，我从行李箱中抽出枕头放在床上。

劳家卓望着我笑笑："隔壁书房有电视机和电脑，乡下是安静一些，希望你不会觉得闷。"

我倒在床上，柔软的丝绒缎被裹住我，我闭上眼睛都在笑："怎么会，家卓，你竟然有一座庄园，像十八世纪的彭贝利。"

我望着他一本正经地问："接下来你是不是要告诉我你还有一辆马车？"

劳家卓无奈地说："小姐，我不是约克公爵，你要是想坐马车，附近农庄有，我让他们安排。"

我乐得呵呵直笑。

劳家卓替我盖好被子，神情完全没有我这般欢愉，只温柔地道："好好睡一觉，醒了再玩。"

我一觉睡得香甜，第二天早上醒来，走出房门，哈里斯太太出来招呼我。

“劳先生呢？”我问。

“劳先生昨夜已返回伦敦。”哈里斯太太答。

他没有给我留下只字片语就回去了。

我吃完早餐，听到有人来敲门，哈里斯太太进来说：“太太，您有访客。”

我好奇地走出去，门廊处一个男生正走进来。

西方人，轮廓俊朗，白色的绒线帽下露出金发。

他绅士地朝我鞠躬，用英文唤我名字：“映映小姐？”

“你是哪位？”我问。

“我是Edward（爱德华），住在隔壁。”男生热情地道，“听说邻居有贵宾到来，顺路来拜访。”

西方人就是好，白皙皮肤红润脸颊，棕色的玻璃眼珠，笑容仿佛不经任何世事的明快。

我笑着握了握他的手：“爱德华，很高兴认识你。”

我看看哈里斯太太，她明显认识爱德华：“亲爱的，我刚烤了蛋糕，你要不要尝尝？”

我们在马蹄形餐桌旁坐下来。

哈里斯太太给他端了一杯热茶，又给我拿了一杯热巧克力。

“真是鬼天气，伦敦市区交通都中断了，不过乡间倒是非常舒适的，”也许是年轻人，他没有一般英国人的拘谨，非常活泼，笑容如同冬日暖阳，“映映小姐是第一次来？”

“我是第一次来舒梨郡。”面对热情的陌生人我总是有些羞赧。

“正好，我刚散步过来，雪下得非常漂亮，可有这个荣幸邀请你逛逛附近的美景？”他殷勤地问。

我望着他的表情骤然明白了。

这开阔别墅区，邻居起码隔了五百码，在这么一个寒冷的清晨，他散步过来，真是见鬼。

我有些生气，无礼地问：“劳先生付你多少钱？”

爱德华看着我面有薄怒，连连说：“没有没有，我父亲是劳先生老友，他说家里小女孩来此度假……”他似乎琢磨不透东方女子的善变，表情非常无辜，“我刚好圣诞放假，我只是负责招待可爱的东方芭比……”

我叹口气道：“好吧，好吧，爱德华，请你回去，我不需要人陪。”

爱德华望我一眼，又望望哈里斯太太。

哈里斯太太笑笑：“好了，映映小姐只是害羞，回去吧，小伙子。”

他绅士地告辞出门去。

下午，门铃又响了，我开门，迎上爱德华的笑脸，他提了提手上的袋子：“我给你带了奶油酥饼，你不想尝尝吗？”

我实在是无法将这么礼貌热情的笑脸拒之门外，更何况这里无人与我说话，我非常寂寞。

我们在客厅吃饼干。

爱德华说：“嘿，天气这么好，你真的不打算出去走走？”

这时哈里斯太太走进来，抖着身上的外套：“老天，一只调皮的狐狸从灌木丛跑出来，雪落了我一身。”

她听到我和爱德华的对话，走进去替我从衣柜里取出大衣和手套：“年轻人，别老窝在家里，出去吧。”

我望向窗外，外面天地一片晶莹，小树枝结满了形状别致的冰凌，如此良辰美景，我不想辜负自己。

外面天气晴朗，爱德华与我在乡野中慢慢地散步，欣赏心旷神怡的景色，我在雪地上蹦蹦跳跳，爱德华精力旺盛地跟着我不停地在树林中穿梭，指给我看松鼠和狐狸的脚印。我们一直逛到黄昏，回到房子里，哈里斯太太早已准备了丰盛的晚餐，我们大快朵颐了一顿。

第二天，爱德华仍然准时来敲门，今日他驾车带我去公园，他教我滑雪、堆雪人，我扎堆在一群金发老外中打雪仗，玩了整整一天。

爱德华拿着相机，不断地对着我按快门，回到车中休息的时候，我用力啃着三明治，他在看照片，我凑过去看到屏幕上一个纤长身影，白绒线帽和粉色毛衣配格子短裙将全身裹得严严实实，笑容灿烂得跟个傻瓜似的。

爱德华忽然低低地说：“映映，你真是个漂亮的姑娘。”

我咬着奶酪忽然就沉默了。

我低低地问：“难道我不是一个麻烦？”

爱德华不懂我愁绪，只笑着拍了拍我的头：“嘿，你是一个让人愉快的麻烦。”

傍晚我回到家，劳家卓依旧不知所踪。

第三日，爱德华带我河边去钓鱼，教我如何敲破冰面，我们钓到了几条好大的鲑鱼。

第四日，我早上醒来，躺在床上再也不愿起来。

哈里斯太太进来敲门：“甜心，你该起床了，爱德华今日要带你去庄园骑马。”

我坐起来问：“家卓呢？”

哈里斯太太胖胖的圆脸上是安慰的笑容：“既然他安排好了节目，你就应该愉快地接受他的好意。”

我定定地望着她，然后一把扯过被子将头裹住，重新倒回了床上。

全世界的人都知道他将我扔在这个荒山野岭，还要我欢欢喜喜地以为自己是公主。

爱德华中午过来：“亲爱的，你怎么了？”

他脸上的关心很真切，我们无拘无束相处了几天，关系不错。

我懒懒地躺在壁炉前的沙发上：“爱德华，我很好，昨天走了好远的路，我腿酸，行行好，让我一个人待一会儿。”

他吻了吻我的脸颊离开了。

黄昏慢慢降临，天地之间一片阒寂。

哈里斯太太进来看了我几回：“映映小姐，可要用餐？”

我答：“不用，我不饿。”

我终于忍不住打电话给他：“家卓，我不喜欢爱德华，请给我换一张东方脸孔。”

他似是忙碌，低声用英文对身旁人吩咐几句，在那端沉默几秒才认真地答：“我在伦敦没有熟悉可靠的亚洲年轻朋友。”

我尖叫：“那就让我自己待着，你管我做什么！”

天黑时分，我窝在沙发上睡得有些迷糊，隐约间听到屋外传来汽车引擎声，我猛地惊醒，跳起来跑到门边一把拉开了大门。

司机从驾驶座走下拉开后车门，我的心一直怦怦跳得厉害。

一道黑色的身影从车中跨出，夜色之中只看得见颀长的身形，我努力瞪大眼睛定定望着他缓步朝房子走来，终于，檐下晕黄灯光照亮了一张清俊面容。

上帝，是他。

劳家卓踏上台阶，看到我倚在廊下，他也微微一笑，然后轻轻咳嗽。

我发现他穿得很单薄，赶忙侧身让他走进屋中："外面冷，怎么穿这么少。"

他掏出手帕掩住嘴，咳得有些厉害："咯咯——刚刚在开会，就直接出来了，没想到外面这么冷。"

我的心蓦然就软了下去。

"吃腻了西餐？"他坐在沙发上瞧我，"今天不肯吃东西？"

"没有……"我软软地说，"家卓我很想你。"

"我工作忙，委屈你了。"他温和地说。

劳家卓永远有本事不费吹灰将我练了十八年的招式瞬间化解至无形，在他面前，我永远是个胡闹的孩子。

我垂下了头。

"我让助理从中餐馆定了菜，用人在厨房加热。"他温言道。

饭菜很快端上来，四菜一汤，色香俱全，家卓坐在餐桌旁替我布碗筷，我说："我要喝酒。"

劳家卓转身对用人："去书房取支拉菲庄的酒来。"

一桌食物香气氤氲，我忍不住深吸了一口气。

劳家卓看我心情好转，将身体靠在椅背上，整个人放松下来。

我给他舀汤："家卓，你得吃多点。"

他顺从地喝汤，又伸手倒酒，我拉住他的手："咳嗽，还喝酒？"

他轻轻道："一点点，不要紧。"

我也就随他。

我们吃吃喝喝，拉菲酒醇芳柔顺，我一时贪杯，竟有些不胜酒力。

我笑脸嫣然，望着身边的清朗面孔，忍不住凑过去亲他："家卓。"

他一向稳重自持，此刻也有些微醺，并没拉开我的手。

我吻他脖子，笨拙地舔他耳垂。

他身体瞬间发烫，推开我的手，有些忍耐地说："映映，住手。"

"我不要。"我蛮横地说，动手解开他衬衣扣子，在他怀里蹭，热气呼到他脸上。

劳家卓终于忍不住低低呻吟一声，伸手将我抱起来。

我坐到他大腿上，我们缠绵激烈地接吻，我深深地吸吮着他身上教人迷醉的气息。

劳家卓一把将我抱起朝房中走，我们在床上继续纠缠拥吻。

他褪去我衣服，吻我颈脖，目光接触到我胸前的那块玉石时，愣了一下。

我用力搂住他，手插在他的黑发中，不给他一刻犹豫的机会。

我们的身体竟然是那么契合，仿佛是相爱多年的亲密恋人，我热泪喷涌而出。

劳家卓跪下来温柔地吻我的泪水，低低地说："乖，别哭。"

激情过后，我伏在他肩上，他将我扶起，用新换的干净被单盖住我的身体："别着凉。"

我看着他擦拭干净身体，起身要用人准备热水。

他转身返回坐在床边，神色变得很冷静，我已穿上衣服，他深深望着我，眼里的痛苦一闪而逝："映映，对不起。"

他在道歉，即使已经是这样，他的态度依然明确如昔。

我心底难受，直接打断他："家卓，不必道歉，我根本没喝醉，我很清醒，是我引诱了你，我是想要和你……"

劳家卓心疼地说："不，是我难以自持，是我的责任。"

我问："家卓，即使是这样，你也不能够喜欢我？"

他望着我，眼底带着痛苦和内疚，却只是沉默。

那种沉默深深地刺痛了我，我呜呜地哭："你不是说你喜欢和我在一起？"

他咬牙，低低地说："江意映，我一开始就告诉你，不要相信我说的话。"

我哀声哭泣，终于还是不甘不服，忍不住大声地质问他："你不是说喜欢我！你说你要一直陪我？！"

我哭得狼狈："你说你永远也不会走开……"

他镇定地握住我肩膀，声音冷硬："映映，你那时还小，现时你已长大，难道还不知幼时说过的话是做不得数的。"

我蓦地抬头望他，泪水闪烁间，我看到他眼底清清楚楚的一片澄明。

他一直都知道，也一直都记得，他明明白白地知道一切，知道是她——

那个当年走失在他家花园的小女孩，多年后执意嫁给了他。

那时午后阳光静好，花香浓烈馥郁，宴席散去，远处花园只余用人在收拾杯盏狼藉。

那个冷傲乖僻的小女孩躲在蔷薇花架下，他从花园长廊走出，是异常俊秀的少年，笑着道："谁家把公主丢在了花园？"

我穿着白纱裙，黑色小皮鞋沾了灰。

劳家大宅举办寿宴，父亲只顾忙着携新娶的太太四处应酬。我一个人走丢了，却再也没有母亲将我领回家。

"你是谁家的孩子？"他又问。

我吸着鼻子，倔强地不肯回答他。

"果然是小孩子，还哭鼻子。"他说。

"我不是小孩子。"我咬着唇抬头望他。

他微微笑了，仿佛算准了我会这样回答。

他转身回厨房，给我取了一客冰激凌。

我吃冰激凌，他在一旁说："现在可以告诉我你是谁了吗？我送你回家。"

我摇头："我不要回家。"

头顶太阳炽烈，他皱皱眉，跳过栅栏，将我抱过去。

他带我穿过花丛，躲在劳家的花园树林深处。

他问："你有什么心事？"

我答："妈咪去了很远的地方。"

他点点头，也不惊异，在这个圈子，叔叔伯伯一天到晚会带来新的阿姨。

我委屈地说："我不要回家。"

"来我家好不好？"他逗我，一直有些忧郁的面容也荡漾出笑意。

"我怎么可以去你家，你妈咪又不是我妈咪。"

"嫁给我，就可以来我家了。"他笑。

"你会不会走掉，会不会不要我？"我问，开始认真考虑这件事的可能性。

他仍然笑着："不会，你这么可爱，人人都爱你。"

我号啕大哭："妈咪也很爱我，但她还是走了。"

"嘘……"他声音非常温柔，"我永远不会走，只要你乖乖的。"

他笑容隽永温柔，刻在我心底，绵延至一生那么惆怅而漫长。

那日是小姑姑发觉我不见，寻到劳家，我枕在家卓手臂上正睡得香甜。

我犹记得睡梦中鱼尾葵果子深红，七里香开得浓郁，还有许我一生的少年。

“你知道？”我问。

“你一直都记得？”我眼泪落下来。

“你知道是我？”我哭着大声问他。

他被我逼得紧，只好点点头。

我抬手紧紧地捂住脸。

我所有假装起来的若无其事，掩饰之后的洒脱自如，在他面前不过都是拙劣的表演，真是彻头彻尾的一场笑话。

“映映，”劳家卓开口，语气带了奇异的悲哀，“我希望你看更大的世界，看更多的人，你会发现我不过如此而已，我不过是你一个虚幻的执念，事实上，我不值你如此待我。”

我抽噎着问：“既然你知道是我，为何还要娶我？”

“不是这样，”他缓缓地道，“我娶你是成年之后的事情。我一早与你说明白，我们之间只是一场交易，这与年少无关，我并无打算同你叙旧。事实上，如果我当时知道站在花园中的是你，我绝不会走出那道长廊。”

我心心念念的那个花架下的少年，经年之后，他长成了眉宇之间清淡倦意的年轻男子，在我面前幽幽冷冷地说：他后悔了。

劳家卓低低地道：“映映，我们是没有可能的。”

他低柔的声音如同一道利剑将我身体劈开，我瞬间只觉得全身的血液都往下滴落，世界在我眼前碎裂成一片黑暗，我再无一丝一毫的勇气面对眼前的容颜，我掀开被子跳下床，激烈地撞开门，奋力地冲了出去。

劳家卓反应不及，伸手还是未能拉住我。

我冲出房子，跑过花园，盲目地沿着河岸奔跑，我害怕对着那张脸，害怕听到他的声音，彻骨的绝望淹没了我，我只想逃离这一切。

凌晨三点，外面是零下十二度。

我身上只套了一件薄薄衣服，赤脚踩在雪地，也不觉得冷。

劳家卓匆促追了出来。

我踏上湖边的木板桥，边跑边哭，泪眼模糊，但觉此生已无望。

“映映，”他在远处唤我名字，带了恐惧的哀求，“你冷静一点……”

我心里恐慌，不断后退，木桥有些摇晃，我站立不稳，脚下一滑摔进了湖中。

耳边传来劳家卓嘶声痛喊：“映映！”

最后的余光中我看到河边的人狂奔过来，慌乱中脚下一个踉跄，差点摔倒在地上。

我这一生中，见惯仪容文雅的二公子，见惯高贵淡漠的劳家卓，竟是从未见过方寸大乱、失态至此的他。

劳家卓，算了吧……我再爱惜你又有何用，无论怎样，你仍是不肯要我……让一切结束吧，我不会再打扰你，也不会再让你心烦……我闭着眼，任由自己往下沉。

忽然一双手从身后夹住我胳膊，奋力将我托出水面。

我睁眼，看到劳家卓焦灼的脸。

他呛咳一声急急地问：“你有没有事？”

我吸了一口气，骤然清醒过来，冰冷的河水冻得我全身僵硬，我拼命将他往岸上推，哭着说：“我会游泳，你上去，你上去……”

冰块在我们身边发出清脆碎裂声，劳家卓将我护在怀中，一手抱着我，一手奋力地朝岸上游去。

冷水刺骨的河水在我们身旁荡漾，薄冰一直不断地磕磕撞撞，劳家卓用手臂撞开冰缝，咬着牙沉默地朝岸边挪动。

只是几米宽的河道，仿佛过了一个世纪那么漫长。

他拽着我的手，举起手臂将我托上了岸。

我抓住岸边的树枝往河堤上爬，湿衣服粘在我身上，我冻得浑身瑟瑟发抖，脚下发软倒在地上，然后跌跌撞撞地朝家卓跑过去：“家卓，你……”

他无力地靠在木桩上低低喘息，一手撑在地面，低着头没有回答我，唇色泛着一股紫气，脸上更是青白得可怕。

我看着他倾身吐了一口冰水出来，便虚弱地按着胸口艰难地喘咳，我被他脸上痛苦的神情吓着了，跪在他身边：“家卓，你怎么样？”

一阵寒风呼啸而过，他冷不防吸了一口气。

劳家卓侧过脸，似乎被呛到，按着胸口一阵猛咳，剧烈的咳嗽间，他忽然仓促抬手欲掩住嘴角，然而还是来不及——

我看到刺目的猩红从他嘴边溢出来，洒在他修长苍白手指间，又落在雪白地上。

我惊骇得魂魄都要散去，慌忙紧紧抱住扶着他缓缓倒下的身体。

后来的记忆就有些渐渐模糊了。

我看到房子里灯光亮起，用人走出大声呼喊，哈里斯太太匆匆地跑来。

然后我就什么也不知道了。

我是在医院醒过来的。

消毒水的气味，病房很宽敞，柜子上一束纯白百合，哈里斯太太坐在我身边："感谢主，你醒了。"

我意识还未清醒，模糊模糊地问："这是哪里？"

"医院。"哈里斯太太按着胸口，是惊魂未定的语气，"幸好你没事，你掉进湖中……"

湖中——我猛地坐起，伸手抓紧哈里斯太太急忙问："家卓呢？！"

"别动，宝贝……"哈里斯太太按住我的手背，安抚我，"劳先生很好，你先好好休息。"

我没什么力气，手脚冻伤，皮肤红肿，还有大片水泡，碰一碰都痛得要命。

护士过来给我换点滴。

我躺在床上，挣扎着不肯睡觉，一动不动地望着哈里斯太太。

她为难地左看右看，终于说："劳先生已经转去伦敦的医院，我的职责就是好好照顾映映小姐，我也不知道他在哪里。"

"电话，"我说，"给我电话。"

哈里斯太太无奈地走出病房，取了手机回来。

我手上包着纱布，手指僵硬，费了一番力气，才翻到劳家卓电话。

打过去却是无法接通。

我反反复复打了许久，终于放弃。

我躺在床上，脑中一直都是他在我眼前昏迷过去的样子，眼泪也不断地流下来。

哈里斯太太坐在我面前跟着抹眼泪，也不知怎么安慰我。

我不愿进食，也不愿换药。

护士过来给我注射镇静剂。

我昏睡了过去，再次睁开眼看见哈里斯太太红着眼说：“映映小姐，看在上帝的分上，你得好好的。”

我微微苦笑，闭了眼，任由护士折腾。

晚上有人敲病房的门。

我已让哈里斯太太回去休息，这是医院的高级病房，应该不会有人随便来打扰。

我说：“请进。”

门被推开，一个中年男子走进来，黑发黄肤，浓眉阔眼，东方人。

我心底惊跳，撑着手臂从床上坐起来。

“江小姐。”他站在病床前，并不走近，有些忍耐地维持着礼貌，向我介绍自己，“我是劳先生的行政助理，张彼德。”

我对着他点点头。

“劳先生指示我来看望江小姐。”他说。

“他在哪儿？”我咬着牙忍着眼底的水汽。

张彼德并未答我，只说：“江小姐请好好休息。”

“家卓在哪里？我想见他。”

“江小姐先养好身体，必要时劳先生自然会见您。”他语调刻板，公事公办，根本不和我沟通。

我想起苏见，问：“苏先生呢？”

他眉毛一挑，故意激我：“苏先生在国内处理公事走不开，江小姐有什么需要请和我说。”

我简直要骂脏话，拒绝再与他说话。

我在医院住了一个星期，伤口渐渐好转，张彼德依旧每日来监视我，我不理会他，他也乐得自顾看报表。

“哈里斯太太，我想吃松子牛肉卷。”早上我对哈里斯太太说。

哈里斯太太面露喜色：“亲爱的，我回去做。”

张彼德今天迟迟没见人影，哈里斯太太离开后，我避开护士跑出医院，拦了一辆车：“我要去伦敦。”

司机回头说：“小姐，这是计程车，不是欧洲之星。”

这该死的英国人还真有幽默感。

我拉开车门："那就去最近的车站。"

在火车站买了最快一趟开往伦敦的车票，我登上火车，坐在位置上开始仔细研究伦敦地图，用笔在上面标出伦敦几个大医院的位置。我心急如焚，所幸火车很快，近一个小时之后，我走出滑铁卢火车站。

还来不及打量周围的环境，我首先就看到不远处，一个冷着脸的人站在出口处。

是张彼德。

他面色不善地朝我走来，口气讥诮："如果江小姐要游伦敦直接吩咐我就好，何须劳动尊驾搭火车。"

我转身就跑，他一把将我拉住。

"抱歉。"他低低一句，将我狠狠拽住，塞进了一旁的车中。

车子直接开往酒店。

趁他在大堂登记时，我不理会他，转身往外面走。

张彼德反手要拉住我，我狠狠地往后一跳："别碰我！"

他冷嘲热讽："能跑能跳，看来江小姐已恢复健康，我干脆买机票送你回国。"

"我不回去。"我恶狠狠地瞪着他。

"别胡闹！"他不由分说将我拖上电梯，拖到房间门前。

"喂喂——彼德，"身后忽然有人开口，"客气一点。"

有些熟悉的声音，我转身，看到穿着西装的苏见。

"你怎么过来了？"张彼德问。

"我不放心。"苏见轻轻皱眉答。

张彼德一边说话一边将我推进了豪华套房里，毫无怜惜地一把将我按在沙发上："好好待着。"

我摔倒在柔软的沙发上，一时有些晕眩。

苏见看着这一幕，忽然笑笑说："劳先生知道了要煎你的皮，你又不是不知道他宠她宠得铺二十床锦缎仍要替她找出一粒豌豆。"

张彼德撇嘴："色令智昏。"

苏见微哂。

我忽然就安静了下来。

下午苏见过来，看见桌上餐厅送来的精致午餐一动未动。

他坐在我对面："映映，可是不合胃口？"

我呆呆坐在沙发上，摇了摇头。

他叹了一声："我们没有把你照顾好，劳先生要怪罪的。"

我闻言抬头看他，勉强笑笑："对不起，我吃了一点点，只是胃口不好。"

苏见轻声宽慰我："别太担心。"

"他是不是病得很重？"我低声问，手在膝盖上不自觉地绞紧。

苏见沉默，不知如何回答我。

我心神不宁地坐了一天，五星级酒店套房内娱乐设施一应俱全，服务员也好心建议我到楼下咖啡厅坐坐，或是去附近购物中心逛逛。我恍若未闻，只坐在沙发上一动不动地对着墙壁发呆。

待到傍晚，苏见敲门进来，手上拿着电话，用唇形轻声对我说："劳先生。"

我骤然从混沌中惊醒，手微微颤抖，接过电话放在耳边。

劳家卓依旧是熟悉的沉郁嗓音，只是很虚弱："映映？"

"你怎么样？"话一出口，我就已哽咽了。

"我很好。"他低弱地说，"听我说，你先回去。"

"不，让我见见你。"我哀求他。

他低咳，声音无力："我没有空。"

"不，家卓，我不回去……"我哭了起来，"让我去看望你……"

"映映，听话。"他声音急促起来，着急地试图安慰我，"你别哭……"话还没说完，他却骤然咳嗽起来，我听到电话那端响起仪器尖锐的响声，然后电话断了。

我僵硬地站在房内，苏见拿过我手中的电话，拨了好几次，眉头也渐渐皱紧。

张彼德晚上回来，冲着我发了一句火："江意映，你除了给他添麻烦你还会什么！"

苏见拉住他："你冷静点！"

"Sorry（对不起）。"他不情不愿地说了一句，走开了。

我听到他们俩在外面低声的交谈。

“你这样走开公司怎么样，老大可有动作？”

“放心，一切都好。”

“他病成这样……”

苏见低低叹息了一声。

我倒在床上死死咬着被单，怔怔流下泪来。

我脑中一直想着，是我害的，是我对他纠缠不休，是我同他吵架，是我讲话气他，是我害他受冻生病……他已明确拒绝了我，我还有什么颜面死乞白赖地要见他。

两天后，我登上了回国的班机。

劳家卓在伦敦住了近一个月。

回国后，我无数次拨打那个电话，可始终是关机。

我白天上班在公司做打杂助理，晚上在家写毕业论文，夜夜累得倒头就睡，我用尽全部力气控制自己不去想他，教授惊讶于我的思维活跃，看着我交上去的设计草图，一向严肃到不苟言笑的脸也带了微微赞赏：“江意映，你是我近年见过最有天分的学生。”

“但是……”他话锋一转，直接地道，“你知道，永远不会有建筑商用你作品。”

我已是意料之中，所以讨巧地答：“所以我只用来做毕业作品不是吗？”

那个知名的室内设计界大师望着我，然后说：“聪明的年轻人。”

我一边飞快地记下他给我的修改意见，一边答：“谢谢教授。”

走出学院大楼，冬雨下得淅沥，一向热闹的校园此刻也有些萧瑟，我脑中依然回味着教授的话，毕业设计图我选了难度极大的一座欧式别墅，万尺大宅，凭栏海景，设计重点是人与自然交融乐趣。为了充分地将室外海景与室内融为一体，仅仅一个大厅的设计，我花费无数时间构造室内景观视角和取景，反复修改室内比例关系，力图每一个视野看出去都是别致风景。我希望房子能有温馨家庭的感觉，因此细节设计上充满了古拙的童趣，看似不拘一格的家具组合，其实考究完美到了极致。

我知道，这般大胆新奇的设计所需的材料昂贵不菲，如若用作商业设计，造价评估永远不会通过。

但这丝毫不能妨碍我不顾一切但求麻痹自己的刻苦工作，我连续熬夜，长期对着电脑作图，经常两眼昏花，疲乏到尽处，下午倒在沙发上恍恍惚惚睡了过去。

似乎是老天垂怜，我竟然梦到他了，梦中的他眉目清冷，穿一件白衬衣，是我熟悉的样子。我不知为何与他赌气，冷着脸不理他，他也不说话，只深深望我，我恼怒转身要走，他似是着急，往前几步欲追上前，却力不从心身子一晃，忽然就抚胸皱眉在我面前缓缓倒了下去。

劳家卓——我恐慌地喊他名字，骤然从梦中惊醒，一身的冷汗，眼角犹有泪痕。

我坐在客厅思忖良久，还是拿起电话，我打家卓电话，仍然是关机，我只好打电话去劳通银行总裁室。

秘书部接线小姐非常客气："副总不在公司。"

"请问他何时会回来？"我试探着问。

"小姐，请问你找劳先生有何事？"秘书耐心地询问，语气却隐隐带了戒备，"可有预约？"

我急中生智说："我找苏见先生。"

"苏先生啊……"她迟疑了一秒。

我马上接着说："我姓江，请您转告苏先生我有事找他。"

我很幸运，很快有人接起了电话："我是苏见。"

我鼻头酸楚："苏先生。"

"是我。"他温和地答。

我千头万绪，一时不知如何问起。

"劳先生已经于上周回国。"苏见终于说。

"他在本埠？"

"嗯。"苏见口气带了淡淡怜悯。

"谢谢你，没事了。"我一颗心落了下来，却又无法掩饰难过之情。

"映映，"苏见喊住我，"公司积累的工作多，他只是太忙。"

苏见有些小心地替他辩解："他身体还未完全康复，处理公事也辛苦……"

"他身体如何？"我担忧地问。

苏见沉默几秒，才谨慎地回答："他在重症病房住了两周。"

我眼泪流了下来。

傍晚时分，劳家卓打电话过来。

“映映，”他温柔唤我，声音听起来精神还好，“我工作忙，过几天就会回家。”

隔了那么久，再次听到他声音，我死死咬着唇不让自己哭出来。

“映映？”劳家卓在那端轻轻说。

“嗯，”我终于开口说，“对不起，是我的错，我发誓不会再纠缠你。”

这一个月来的无数个不眠之夜，这句话反反复复在我心里徘徊，希望自己真正说出口时能显得洒脱大度，可此时话一出口，语气还是带了怨怼，我终究不能进退自如，我终究不够温柔体贴，是我不够好。

我放柔声音：“请你不必躲我。”

我没勇气听他反应，直接挂断了电话。

然后在客厅坐了一个下午。

夜里唐乐昌约我喝酒，我穿了一件黑色宽大的外套出去，像个女巫。

他嘲笑我：“丑丑的。”

我鼻子一垮，坐到位置上闷声闷气地说：“怎么有空找我，不是刚交了女朋友吗？”

他摊手：“分手了。”

人和人之间真的很奇妙，我明确拒绝了唐乐昌之后，倒是和他成了关系不错的朋友，我觉得基本上他除了自恋一点，其他都好。

他频繁换女友，却在孤独时只想起找我喝一杯。

我心绪低落，酒一上来就连喝了好几杯。

唐乐昌好看的眉毛皱成一团，按住我的手：“喂，我是要你安慰我，怎么你自己喝得那么痛快？”

酒喝得太猛，我有些晕乎乎地望着他：“唐乐昌，为什么你能爱那么多人？”

他英俊的面容露出一抹灿烂笑容，有些不服气：“我哪里有爱很多人，那些女孩，她们只是玩伴。”

他凑到我跟前，漂亮眼睛秀气眉毛：“你懂吗？玩伴。”

我木然摇头。

他摸摸我的头："傻孩子。"

"我也想爱上别人。"我掩面。

他完全被吓到："哎哎，你别哭啊。"

我闷声道："我不会再哭了。"

唐乐昌陪着我缄默，我们一杯一杯地喝酒，然后他忽然关心地问："你那杯茶不好喝吗？"

我当时跟他说他不是我那杯茶。

我摇头："不，他是稀世珍宝，是我不配拥有。"

语气已饱含绝望之意。

唐乐昌忽然伸手抚摸我的脸，语气温柔带了不甘："苹果脸颊都变苍白了，江意映，我有时真好奇他究竟有何等魅力？让你失魂落魄至此。"

我念起他的好，笑容恍惚："他三头六臂，无所不能。"

唐乐昌怔住，眸中的痛色一闪而过，他笑着轻轻拉起我："回家了。"

我们在路边打车，唐乐昌坚持要先送我回家。

车子在楼下停稳，唐乐昌扶着我从出租车下来："喂，你行不行？"

深宵冷风吹到脸上，我清醒了一些，故作潇洒着朝他摆摆手："没事，你回去吧。"

随即摇摇晃晃朝大楼走去。

走到一半，我的脚步忽然停住了。

楼下站着一个人，瑟瑟寒风中，他双手插在大衣口袋，不知站了多久。

一月不见，他消瘦许多，但精神很好，黑暗中目光灼灼。

我下意识地转头看，唐乐昌的出租车已经驶走。

我头很晕，勉强维持着平衡感走到他面前，却低着头看鞋尖。

劳家卓淡声道："是你的男朋友？"

我没吭声。

他语气无悲无喜："我说过你交友我不反对，但需顾及长辈，别太张扬。"

二公子就是二公子，真是大度，我冷淡地道："谢谢。"

"你很喜欢在男人面前喝得熏醉吗？"他忽然开口，言辞冷漠嘲讽。

我的心仿佛被冰凌冷冷刺过，一阵痛袭来。

我低着头咬住牙，感觉头很晕，浑身发烫，反正我在他面前已经足够尊严扫地，因此不愿再辩解一字一句。

劳家卓终于发现我不对，他伸手欲扶住我。

我如受惊的兔子一般后退，脚下趔趄，撞到了墙壁，蹲在地上再也不愿起来。

劳家卓站在我面前，望着我神色不好，缓缓地说："要我抱你还是背你上去？"

我闷声答："我自己走。"

我得戒掉他，戒掉他的宠爱，戒掉他的温暖。

万万不可再沉溺，否则万劫不复。

我脚步虚浮往楼上走，劳家卓一直安静跟在我身后。

我径自走进房间，关上门的一刹，我回头看到他将手撑在门边，深深凝视我，也许是我喝醉眼花，那一刹那他脸上来不及敛去的竟是那样浓重的悲伤。

我们恢复了平静如水的生活。

我规规矩矩地和他相敬如宾，曾经的那些小温情、小动作、小花招全部收敛，连跟他说话都不敢大声，晚上他下班迟归，我只是敲敲他房门简单说一句："家卓，厨房留有汤。"

冬天很冷，偏偏晚上还有课，我好几次回来得晚，冻得鼻子都发红。

劳家卓坐在客厅："加班到这么晚？"

"没有，晚上要上课。"我低头换鞋。

他点点头，上楼去了。

第二天晚上下课，劳家卓的车停在学院教学楼下，他从容下车替我拉开车门，淡淡说："刚好在附近，顺路过来接你。"

我们在盛世光景的车流中移动。

我坐在他身旁，车窗上倒映出一个模糊的侧影，他醉人气息近在咫尺，与我却是永不可及的距离。

我甚至没有勇气和过去一样明里暗里偷偷看他。

我咬着手指觉得有些窒息，心头的难过一阵一阵地涌来。

劳家卓转头望了我一眼，然后坚决侧过头，利落打转方向盘，猛地一踩油门，车子在深夜的呼啸奔驰而过。

劳家卓接我下课也就仅此一次，但凡以后晚间上课，徐哥都去接我下课，但他再没来过。

那么漫长的一个冬季，我穿得少，冷风穿透身体带来一种麻痹的镇定。我渐渐习惯这种温度，我开始学着慢慢地把自己的心包裹起来，越来越小，越来越冷，最终缩成一个坚固的硬核。

晚上我在家里接到电话，下午工程师交给我送给老板的设计图数据出错，打印出来全是乱码。

"映映，你那里还有备份吗？"秘书着急地说。

"有的。"我想了想，"我锁在办公室抽屉里。"

"那麻烦你过来一趟可以吗？王总今晚要连夜开会，一定要用设计图的。"

我看看表，只好说："好吧，请等一等。"

我匆匆套上外衣，推门往外面走。

劳家卓听到动静走出来："这么晚还要出去？"

"嗯，"我低着头答，"公司有点急事。"

"需要我送你吗？"他问。

"不用不用，"我道，"才九点多，还早，我自己打车过去就行。"

"外面在下雨，带把伞。"劳家卓叮嘱一句。

我答应着，往楼下走去。

赶到公司，翻出备份图纸，又在电脑上修改好错误数据，走出电梯，湿冷空气扑面而来，我忍不住抖了抖肩。

推开旋转玻璃门，意外地看到劳家卓的车停在公司楼下。

我走过去，从车窗内看到他在打电话。

他转头看到我，马上下来拉开车门："上车，下雨很冷。"

"你怎么过来了？"我皱眉看看他，黑色呢子大衣，里边只穿了一件深蓝格子衬衣。

他面色不好："绮璇和家骏吵架，我刚接到绮璇电话出来，就过来接你。"

"哦。"我心头那一点点雀跃消失无影，原来如此。

他启动车子，抽出面纸递给我："擦擦脸上的雨水。"

我擦干净头发和脸上的湿气："怎么会吵架？"

“不知道，”他脸上的忧虑之色很明显，“我再打过去绮璇已经关机了。”

这时他电话响起，劳家卓接起：“大哥？”

“绮璇难免有点任性，”他一手握着方向盘，有些担忧地说，“刚刚她打电话给我背景嘈杂，我害怕她半夜出来会出事。”

不知劳家骏在那端说了什么，劳家卓眉头一紧，忍耐着说：“大哥，我无欲插手你家事，只是希望你尊重自己的妻子，她已怀孕，是你的孩子。”

“既然你知道你已有老婆，就不应该半夜找酒女上门。”他冰冰冷冷地道，“我再联络你。”

他将电话一把摔在了车前。

我看着他神色恼怒，心里真不知是什么滋味。

“接下来怎么办？”我问。

劳家卓手握在方向盘，有些心烦地问我：“你觉得怎样好？”

“回家。”我语气平平地答。

他看我一眼。

“她有朋友亲戚，大约会去那里，大哥应该知道，我们回家。”我继续说。

劳家卓脸色有些僵：“她一个人，这么一个大冷天晚上在外面……”

“家卓，轮不到你来做。”我直接地说，“绮璇已嫁做人妇，她的事自有丈夫去操心，再说她自知怀有身孕，这么大人了，应当有自己的分寸。”

劳家卓望我，脸色微变。

我神色坦然回望他，我并非没有尖锐言辞，只是一直舍不得对他讲一句重话而已。

他脸色有些难看，微微讥诮：“她亦待你不薄，不用这么无情。”

“我只是善意提醒你做事尺度。”我冷淡地说。

“她好歹也算你家人，你何必这么刻薄？”他口气冷淡。

我这般一片真心，掏心掏肺，换来的却是左一句无情右一句刻薄？

我嘴角一动：“我没那个荣幸成为劳家一分子。”

劳家卓额头上的青筋轻轻一跳，强忍着怒气讽刺道：“不用这么着急撇清关系。”

“停车！”我再也无法忍受，一脚踹车门。

他猛地刹车。

我兀自推开车门，他拉住我恼火地问："你要去哪里？"

我一把甩开他的手，粗鲁地说："滚开，去管你的罗绮璇大小姐，别理我。"

劳家卓眼底泛起隐隐怒意："上来！"

我用力瞪他，示威地后退一步。

劳家卓咬牙，再不理会我，松开了手刹，一踩油门，车子呼啸而去。

我独自站在马路旁。

方才仓促出门，连手袋也没拿，我摸摸了口袋，手中只有一张交通卡和之前付车费后剩下的一点点零钱。

真是现世报，估计劳家卓正忙着护送他亲爱的大嫂回家，我这个名不正言不顺的妻子被丢在路边无家可归，这么狼狈落魄。我不欲打扰任何人，只好打算先回学校宿舍对付一晚上。我看了看，这里离学校很远，没有钱打车，只能搭地铁，我跳上了一班开过来的公车。

坐在公车上，我看看时间，已经十一点。我心里有些着急，偏偏下车还绕了半天才找到地铁口，我冲下去，不出意外，地铁已经停止运行。

我一颗心慢慢往下沉，漫无目的地走在马路上，看着周围的建筑，城市这么大，我都不认得这是哪里。

雨一直在下，我冷得要命，一直在瑟瑟发抖。

手机铃声响起。

我翻出手机看了看号码，漠然地塞进口袋中，继续沿着马路走。

我沿着街道乱走，在路边的二十四小时便利店买了一瓶绿茶，不知走过了多少条街区，我双脚发麻，鞋子也进了雨水，全身湿湿冷冷难受极了。

走到一条立交桥底下，地上积着一摊水，黑暗中我没注意，脚下一滑摔在地上。

我揉着屁股爬起来，再没有一丝力气走路。

在路边的台阶上胡乱坐了下来。

兜里的手机一直持续地焦灼地响着。

我看也不看，既然他这么轻快将我丢下，我宁可咬着牙捱一夜，也决不愿回去摇尾乞怜。

将脸埋在膝盖上想着这么凄惨状相，竟有点好笑，人切不可自以为是，你在劳家卓心中有几分重量，轮不到自己来多嘴，真是活该。

手机一直在响，直至没电，然后关了机。

黑暗中突然有男人粗声地骂了一句脏话。

我吓得几乎跳了起来，睁大眼仔细分辨，才发现不远处有一个乞丐裹着报纸在睡梦中翻了一个身。

我呆呆坐在黑暗中，全身的每个神经都高度紧绷，高架桥上每一辆车驶过都令我心惊肉跳，我脑海中来来回回放映着的都是无名女性被谋杀抛尸荒野的血淋淋的报道。

不知坐了多久，我看了看表，凌晨四点，我已非常困乏疲倦得几乎睡去，却又不敢睡着，整个人几乎冻得快要失去知觉了。

我觉得我要死在这里了。

恍惚中听到汽车的轰鸣声，我抬头看到一辆车在不远处的十字路口大力掉转车头，压线逆行，然后直直驶过来。

一个人从车上跳下来，脚步凌乱地朝桥下走过来。

车灯照射过来，我抬手遮住眼睛。

“映映？”他声音有些沙哑，带着不确定的疑问。

劳家卓的身影从黑暗中渐渐清晰，他看见了我，随即快速地跑了过来。

他迅速蹲下，伸手将我抱住，手掌竟然颤抖得厉害。

他扶着我的肩膀，将我从头到脚检查了一番：“你怎么样？”

我低着头也不看他，目光呆滞，面无表情，只木木地坐着。

他又仔细看了一遍确认我无事，脱下外套将我裹住。

“映映。”他柔声唤我，哑哑的声音带了一点颤抖。

他小心翼翼将我护在身前，仿佛我是一碰就碎的珍宝。

我恍若未闻。

他拉起我的手，我纹丝不动，只将右手紧紧地攥紧，劳家卓凑过来，他脸上都是雨水，全身也已经被雨淋湿，他摸我脸颊：“是不是发生了什么事？”

我没有说话。

他费了好大一番力气才把我手指掰开，却愣住了。我紧紧捏在掌心中的东西，不过是一个普通的绿茶瓶盖，他疑惑拿起看了看，然后朝路边的垃圾箱扔去。

“别丢。”我嘴唇动了动，嗓音沙哑艰涩地挤出两个字。

他动作骤然停顿。

“别丢掉它。”我轻声说。

终于听到我开口说话，劳家卓神色一喜，返身将瓶盖放回我手中，声音温柔：“好，我们回家。”

我被他拉着，步伐僵直，如同断线玩偶一般跟他上了车。

车子开着开着，我忽然看到路边熟悉的二十四小时便利商店，开口：“停车。”

劳家卓突然刹车，习惯性地抬手护住我，露出询问的表情。

我望着路边的那间商店。

劳家卓问：“你要买东西？”

我不说话，径自推开车门，他紧张地跟着下车。

短头发的女生在收银台打瞌睡，见到我推门进来，惯性地开口：“晚上好，欢迎光临。”

我将手中的瓶盖递给她，她看了看，笑笑从柜台给我拿了一瓶绿茶。

“请给我拿一盒面纸。”劳家卓在我身后说。

女生打量着家卓，一边收款一边笑着说：“这么好的哥哥啊，这么晚还陪妹妹出来买东西。”

我看看自己，湿漉漉的长发，脏兮兮的风衣球鞋，像个失足少女。

我苦涩笑笑，不知如何回答。

劳家卓忽然轻轻地拢住我的肩膀，身上潮湿的雨水气息沁入我鼻尖，他说：“她不是我妹妹。”

女生轻轻地“啊”了一声，随即用了然的目光看了看我们俩。

我木然地走了出去。

车子停在楼下，我搭电梯上楼，走进餐厅拉开冰箱，将那瓶绿茶放进去。

我看着饮料格上摆着一排纯白干净的瓶子，都是劳家卓习惯喝的牛奶，那瓶廉价的绿茶立在那些昂贵漂亮的瓶子中，显得那么突兀。

这是我从小到大买的所有饮料中第一次中奖，在一个寒冷潦倒的冬夜，竟花光我一生所有运数。

如同我无望地徒手空等某人多年，竟在一夜之间能登堂入室，已是我这辈子最好的运气。

我早该明白我这世再无机会更进一步。

痴心妄想，终酿恶果。

劳家卓沉默地跟在我身后。

他陪着我看了一会，冰箱门开着，寒气一直冒出来，他终于将我拉开。

他随着我走进房间，然后脱下大衣，衬衣下瘦削的脊背笔直，他走进浴室放热水。在哗啦啦的水流声响之中，我听到一声剧烈的咳嗽声。

我的心紧了紧。

但声音很快停止，他走出来时脸上发白，只顾将我拉进去："洗个澡。"

我恍惚中抬起脚就往里边走，家卓拉住我，替我脱去了湿衣服。

我闭起眼心灰意冷地任水泡着。

劳家卓细心替我洗了澡，又找出浴巾将我裹住，像照顾小小女儿。

他抱我回床上，给我擦干身体盖好了被子。

他站在床前看我，目光歉疚，嘴唇动了动，却只能低低说一句："好好睡觉。"

他站起要走。

我眼泪终于忍不住流下来，没出息地喊他："家卓……"

他仓促转身，抚我脸颊："对不起。"

"别丢下我。"我呜咽，小声地哀求。

他眼眶微红，用力将我搂入怀中。

他怀中很凉，我断断续续地哭，然后睡着了。

早上我睡眼惺忪醒来，看到他守在床边。

白皙脸庞，秀硬眉眼，清清淡淡三分傲气、七分倦意。

"昨晚有没有出事？"劳家卓问，微微沙哑嗓音。

"你没有睡觉？"我爬起来。

"有，我睡了，只是醒得稍微早点。"他站起，"今天要不要请假在家休息？"

我看了一眼时间，慌忙跳下床："哪能随便请假，今天又要迟到了……"

他扶住我："小心点。"

我站稳，套了件衣服往浴室冲。

劳家卓转身往外走。

"家卓。"我忽然停下脚步拉住他，伸手探他的额头。

"你在发烧。"怪不得他掌心温度异常热。

"唔，一点点，不要紧。"他习以为常地说。

我有些不放心，叮嘱他："吃点药。"

他点点头，然后走回了房间。

我洗漱完毕，听到门铃响，下楼开门，看到苏见偕同一个男子站在门外。

"苏先生。"我将客人引入屋子，"家卓在楼上。"

苏见同我点点头，两人朝楼上走去。

劳家卓坐在二楼客厅，只随意地说："你来了。"

苏见应是他挚友，他们私下相处得很融洽。

身后的男子打招呼："劳先生。"

劳家卓礼貌站起："杨医生，请坐。"

苏见将几份文件递给他："今日急签文件，签完我带走，你今天不去公司了吧？"

劳家卓接过，淡淡地说："没有必要，我没什么事，休息一下就好。"

"发烧不是小事……"苏见坚持，"你身体情况自己又不是不知道，还没痊愈就出院，之前医生说……"

"苏见。"劳家卓冷冷地截断他。

苏见顺着他目光见我在屋中，愣了一下，只好说："那让杨医生看看再说。"

我心神不宁地上了一个早上的班，待到下午终于忍不住，趁着去工地的空隙，溜回了家。

我跑上楼，看到劳家卓躺在房间中打点滴。

他见到我，搁下手边的文件："下班了？"

"嗯，"我点点头，"今天不上班？愿意在家休息了？"

看到他肯在家休息，我还是高兴的。

他笑笑，神色有些恹恹的："也没什么重要的事情，不必亲力亲为。"

到晚上我煮点粥，劳家卓下来餐厅，仍有些低烧，但精神好了点。

我略略放心下来。

第二天我去上班，公司最近一项工程需要用到一种高性能的聚合材料，中午经理指派我去陪几个江西的材料供应商吃饭。席间只有我一个女性，主宾轮着敬酒我被哄闹着喝了好几杯酒，还得一直配合我们经理的荤段子，推杯换盏间好不容易待到众人尽兴，经理陪着几人从包厢出来，其中一个男人拽着我胳膊：“江小姐真是豪爽，我们已经在腾龙定了好位子，一起来吧……”

我侧身闪开，笑着推辞：“我下午还有工作……”

那男人趁机拉住我的手摸了一把，还狐假虎威严肃地说：“什么工作？江小姐今天的工作就是负责招待我们黄总。李经理，你说是不是啊？”

经理故作为难地看着我：“江意映，要不你就陪陪黄总？”

“抱歉，江小姐下午没空。”男子冷冷淡淡的声音地从我们身后传来。

我扭头，看到西装革履的苏见。

我们经理认识他，立即堆起笑容打招呼：“苏助理，您也过来吃饭啊。”

苏见敷衍地对他点点头，看了看一旁的人示意道：“老板过来招待几位客人。”

我随着他的目光看过去，劳家卓静静地站在一旁望着我们，身后跟着一行人。

苏见继续说：“你们王总没有交代，江小姐是搞设计的，设计师怎么要陪客户去洗浴中心，这不是其他部门做的事情吗？”

语气十足的冰寒。

经理脸色骤然微变：“对不起。”

苏见颔首：“那我和江小姐先失陪了。”

他看也未看那几个肥脑油肠的商人一眼，只颔首示意我先走，他跟在我身后轻声对我说：“映映，劳先生在等你。”

劳家卓迎上来，我低声问：“你今天上班了？”

“嗯，”他简洁地说，“映映，你没有必要做这些事情。”

他将我照顾得这般妥帖，如若离开他，我都不知还活不活得下去，心底一阵悲哀涌上来，只好说：“谢谢你。”

劳家卓望望身后的人，对我说：“抱歉，我还有事，你先去车上等一会儿好吗？”

我点头：“好的。”

我走向电梯，看到劳家卓客气引着那几位官员走向酒店另一侧大堂。

我走到车库找到劳家卓车子，喝了酒有点晕，就坐到车里打起盹来。

等了一会，苏见匆匆走过来：“映映，公司来电说老爷子急召劳先生，已经在公司等着，劳家卓赶回去了，现在我也要回去。”

“那我呢？”我问。

苏见说：“你下午没事了吧？”

我摊手。

苏见想了想，笑笑说：“那先回劳通吧。”

繁华市区中心高耸伫立着的劳通总部大楼。

本埠金融地标中心。

奢华大气的现代风格建筑，警卫二十四小时戒备森严，出入皆是衣冠楚楚的商业精英。

苏见陪同我搭专属电梯到二十二楼，送我进入一间精致的小型休息室，对立在门外的秘书说：“碧禅，好好招待客人，等劳先生出来再说。”

立在门口的女子笑着点点头。

喔，传说中的朱碧禅小姐。

我看过去，一张瓜子脸，杏眼樱唇，套装似乎是香奈儿，干练之中不失温柔。她亦在打量我，目光也是柔柔的，是一位美人儿。

朱碧禅微笑转身，然后给我端了一杯茶。

这时门外有人道：“碧禅，大东证券的刘总上来了。”

她应了一声，然后朝我笑笑：“江小姐，请自便。”

我看到电梯口两名穿西装的中年男子走出，其中一个有些奇怪地说：“刘总，怎么约老二，我在美国听到的不是都说老大管事的吗？”

刘总面上带一点狡诈，秘而不宣地笑笑：“老武，你真是出国太久不了解局势了，劳老爷子这两个孙子，老大声名在外，可内部人都知道，老二做事，那是周全稳重得没得说的。”

“那我在北美的银行有几笔款怎么办？”

刘总笃定地道：“请示二少爷咯，劳通的大额投资顾问都是二少在做。”

两人谈话间走到了秘书台：“朱秘书，我们约了劳先生两点谈事情。”

朱碧禅客气地道：“副总临时有急事，已经吩咐我先接待两位老总，很抱歉两位可能要等一等。”

刘总有些不悦地说：“朱秘书，我们知道劳先生是大忙人，可是我们时间也……”

朱碧禅轻轻地说：“董事长在会议室呢。”

两个人相视一望，露出了然的神情：“那等等吧。”

“您二位先到楼下副总办公室坐坐吧。”朱碧禅将他们往电梯引，“先喝点茶还是别的？”

这一层楼宽敞无比，不时有几位职员安静走过，无人理会我。

我走出去上洗手间，回来的路上闲得无聊打量起屋子的室内装潢，整层楼打通后空间都显得异常宽敞，走廊尽头的一间办公室几乎占了一半空间，桃木门和顶层吊灯显得富丽堂皇，墙上几幅名贵字画更是将奢华尊贵的气派点缀到了极致。

经过一间会议室时，秘书刚好推门出来，我听到里边传出老头子威严的声音：“你大哥去了新加坡，你可知道？”

劳家卓声音有些低哑：“嗯，知道。”

“家里老婆怀孕，他还往外跑。”老爷子不以为然地说。

“这个会议一早是安排他去的。”劳家卓平平陈述。

“安排也可以调动，”老爷子说，“绮璇在家日夜哭泣，你奶奶听得头疼，家庭和睦要紧，你做弟弟的这时候要辛苦一点，你去一趟接下大哥的工作，让他回来陪陪大嫂。”

劳家卓低声说：“我这边的工作……”

老爷子不容置疑的语气：“你处理一下，克服困难。”

“现在这个大环境，这次财富论坛会议很关键，外贸部长给我打过电话，商业银行在促进贸易和投资自由化方面更要有所建树，注意做好一点别丢劳通的脸。”

劳家卓声音中气不足：“知道。”

语罢老爷子站起来：“我下午约了江董打球，你忙吧。”

劳家卓陪着站起：“我送送您。”

老爷子摆摆手：“不用，你工作吧。”

我担心爷爷见到我在劳通不高兴，便躲到了一旁。

待到众人前呼后拥将老爷子送走，我走出来在走廊等着，许久都未见劳家卓出来。

我忍不住走进去，看到他仍坐在宽敞空荡的会议室里，冬日阳光透过落地窗洒落，却丝毫不能给他带来暖意，他就冷冷清清地坐在一片暖阳中。

一位年轻男子过来敲了敲门。

劳家卓似乎被惊动，身体动了动，却突然撑着沙发咳嗽起来。

“咳咳……进来……”他掩住嘴轻咳。

助理小心翼翼地道：“副总……”

“大东证券刘总在您办公室等……”助理看他面色不好，迟疑了一下才说，“还有三点十分是交易部的会议，晚上是大华林业的莫总想跟您谈谈最近的那笔贷款……”

“知道了，我马上过去。”劳家卓低低地说，声音里透出浓浓疲惫。

男子走了出去。

他缓缓扶着沙发站起，歇了一会才缓缓走了出去。

“映映？”他看到我站在门口，愣了一下。

“苏见把我带回公司了。”我说。

他按着眉心，无奈笑笑：“我都忙昏了头，我派人送你回去。”

我侧过身小心站到他身旁，轻声问：“是不是还烧得难受？办公室有没有药？”

他还没来得及答我，电梯门打开，迎面是朱碧禅和苏见走进来。

苏见走过来就和他说：“大东这种小额财富管理，让分析师去做得了。”

“资管还是我负责。”家卓接过朱碧禅手上的文件。

苏见坚持着说：“你已经够累，哪里还有精力做私人顾问，让底下人去做吧。”

劳家卓声音没什么力气：“苏见，你知道现在还不行。”

苏见却不再言语，望着他最终只能喟叹一声。

劳家卓对苏见比了个手势，示意他照顾我，然后就走进了办公室。

我早早回到家，洗完澡煮了点粥，直到八点多才听到楼下大门开动的声响。

我跑下楼去。

劳家卓进屋脱下外套，像被抽干了力气一般，闭着眼躺在沙发上。

我摸摸他的手，冰凉一片，额头却依然很烫。

他眼前昏花，好一会儿意识才清楚，抬手握住我。

“身体很难受吗？”我担忧地问。

他话都不愿说，只摇摇头，然后撑着沙发扶手站起，低着头阖目站了一会，才缓缓地朝楼上走去。

“家卓，”我敲房门进来，柔声问，“要不要吃点东西，我给你拿上来。”

“不用麻烦，我吃不下，”他轻声应我，躺在床上勉力撑着身子坐起，似是晕眩，按住了前额虚弱地道，“映映，帮我收拾一下衣服，我明天要去新加坡。”

我心疼：“不能缓一两天好点再去吗？”

“老大不知在做什么，”他咬牙道，“经委会收了无数封投诉，竟连媒体也得到消息，今日收盘股价竟跌到了零点六一，劳通真是要砸在他手上。”

我替他拉好被子：“先别想这么多，好好睡一觉。”

我走进隔壁衣帽间给他收拾衣物，再走出来，家卓已睡去。

我悄悄地望着他沉静苍白的睡颜，心底是那么疼痛，最终还是只能轻手轻脚地退了出去。

第二天我去公司请假，由于时间仓促，只订到了后天晚上飞新加坡的飞机票。

我唯恐惹劳家卓不快，心情忐忑地出机场打了车去酒店，劳家卓入住的酒店周围早已戒严，我只好打电话给苏见。

苏见很快出来接我："映映，你来真是太好了。"

他接过我的行李放在车后座，我坐上车问："怎么了？"

苏见说："国内有事劳先生派我回去，可是他的身体情况让人担心。"

我呼吸一窒，急急地问："他怎么样？"

苏见手指在方向盘敲，神色复杂："他那天来跟大少接手工作，两兄弟大吵一架，大少真是荒唐，他气得回来胸口都痛，这种高峰会议的行程简直是飞速运转，他这样工作，身体根本吃不消……"

苏见转头看我，安慰说："也别太担心，他就是无人敢劝他，你来了让他多休息就好。"

"嗯。"我轻声应。

我们走进酒店，苏见替我办了入住手续，服务生过来道："苏先生，车子已经在等。"

苏见点点头，对我说："我今天的飞机回国。"

我客气地说："你这么忙，真是不好意思还要麻烦你。"

"不会，"苏见回头说，"我刚去厨房给他叫了一份粥，他晚上回来你让他喝一点，他这两天不怎么吃得下东西。"

夜里劳家卓回来，推门见到我，也不意外，只说："映映，你太任性。"

我上前替他脱下大衣："苏见告诉你了？"

“嗯，”他解开领带，“他在机场给我打了电话。”

我拿纸巾擦去他额头上一层薄薄的虚汗，温柔地问：“要先洗澡还是先喝点粥？”

他在套房外的沙发坐下来，语气低沉：“你不应该过来的，不合适。”

我把粥端给他：“你身体好了，我马上回去。”

他似乎无力同我争辩，将一小碗清粥慢慢喝了下去。

我给他取睡袍，进去放热水。

他顺从地进去洗了澡出来。

我拿出外套给他披上，将温热的牛奶递给他。

劳家卓洗了澡精神还是不好，倚坐在沙发上，看着我做这一切，忽然低低咳起来：“映映，我在这工作很忙，无暇顾及你。”

“好，好。”我连忙安抚他，“我看看你就回去好不好？”

他声音嘶哑：“我有几份文件要看，你坐飞机也累了，睡觉吧。”

“家卓，早点休息好不好？”

“很快。”他脸上隐隐倦色，温和地说。

我不忍心再烦他，点点头回自己的房间。

清晨，我坐在劳家卓床边的沙发上，看了看时间，他应该起床了。

可我实在是舍不得叫醒他，想让他能多睡一会。

只是床上的人有些不安地轻轻辗转，终于勉强睁开眼。

“家卓？”我轻轻唤。

“嗯。”他直觉地应我，好一会才睁开眼看清眼前。

“映映……”他清醒过来，手撑着床要坐起来，身体才动了动，随即一晃无力地跌了回去。

我扶住他：“头晕是不是？”

“有一点。”他点点头，扶着我手臂坐了起来。

我探手摸他的额头，还有微微的热度。他这段时间体质本来就差，连日来反复的发烧早已耗尽了他的体力，再加上带病劳累工作，这么折腾下来，我真的很担心他能否撑得下去。

我慢慢把他扶起来，他站起来走向浴室，酒店豪华的套房空间宽阔，他走得辛苦，甚至在中途停下来歇了一会。

我小心地跟着他进去。

他走到淋浴蓬蓬头底下。

我忍不住出声："家卓，还要洗澡？"

他有些晃神，愣了几秒才答："昨晚出了汗。"

劳家卓每天早上都要洗澡，真是洁癖偏执狂，都病成这样了，还要这样注重仪表。

他却连站着都吃力，低低喘咳，不得不动手扶着墙壁。

我往浴缸放水："过来，躺着洗舒服点。"

他轻声道："映映，你出去。"

我说："我求求你。"

他望着我，沉默无言，终于慢慢脱下衣服。

我蹲在一旁，托住他的后脑勺，温柔地给他洗头发，然后按摩他僵硬的双肩，他身体虚，躺着躺着就有些昏昏沉沉，洗完澡我扶他起来，动手取过浴巾。

他睁开眼清咳一声："我自己来吧。"

只是简单的擦干身体穿件浴袍，他走出来，脸上被热水氤氲出来的淡粉色又变苍白，额上渗出了微微冷汗。

我不由分说拉着他在床沿坐下，将他身体靠在我身上。

"别动，你就好好坐着。"我说。

劳家卓把头倚在我身上，有些疲惫地闭起眼。

我帮他吹干头发，给他穿衬衣、扣扣子、系领带，再穿外套。他一直不断咳嗽，脸色细看更显青白。

待穿戴整齐，他从床头柜里拿出瓶子倒药片，吃了一大堆，然后喝了一杯热水。

门外响起敲门声，我走去拉开门，他的助理秘书一行人早已等在套房外。不知又是怎样忙碌的一天。

我轻声道："请稍等。"

劳家卓已经站起来："我让人送你回去。"

我眷恋心疼，忍不住伸手环住他脖子："家卓……"

他拉开我的手："映映，不要这样。"

他轻轻咳嗽着说："回去。"

我的眼泪涌了出来。

他说："不要感情用事，我们之间，感情用事是没有用的。"

我连哭都不敢，只哽咽着拼命压抑抽泣。

劳家卓眼底的脆弱几乎要崩溃，颤抖着唤我名字："映映……"

这时，敲门声再度响起，助理小心又焦急地催促："副总，早上会议要迟到了。"

劳家卓深深吸气，终于坚决地放开了我的手，推开门走出去。

我站在房中，没过多久，一个陌生男子敲门进来："小姐，劳先生吩咐我送你去机场，我在楼下大堂等你。"

他看我的眼神略有鄙夷。

想来是我看起来不过是荣幸地在矜贵的天骄之子身边陪伴过一夜，次日早晨还对顾主纠缠不休，需要被下属打发掉的莺莺燕燕。

我沉默着收拾东西，被男子押送着走进机场，我拿着机票，进了候机大厅。

男子一直送我进了关，我接过他手上的行李，客气地说："麻烦你，可以了。"

他有些疑惑地看我，似乎不明白我何以如此矜持冷静，但什么也没说，只是点点头转身走开。

我万念俱灰地坐在候机大厅，眼前都是一片蒙蒙的灰暗。

恍惚中忽然有人拍我肩膀："映映！"

我转头，看到一个浓眉深目的英俊混血男子，我惊喜地站起来："Gary（盖里）！"

"嘿！真的是你！"男子麦色的俊朗面容露出灿烂的笑容，我被迫享受了他一个热情的拥抱。

"你怎么在这里？"他问。

"我过来看一个朋友。"我突然黯淡了。

他看看我："心情不好？"

"我跟朋友去大马森林拍摄，你要不要跟着我们一起去散散心？"Gary热情地邀请我，"你是这么可爱的天使，何以有了愁容？来来来，一起来玩玩。"

劳家卓一心赶我走，反正没人在乎我……我任性地想，假都请了，难道回去？

“机票怎么办？”我问。

“这好说，我们有个同事临时有事不能来，你已进闸，拿他的机票登机就好。”Gary 大声地招呼他的同伴们：“嘿，伙计们，我们加入了一位新成员。”

大厅一角围坐着一群带着摄影器材的男人全转过头来，其中一个留着络腮胡的西方男子大声笑着用英文问：“Gary，这精致的小女孩是谁？”

Gary 自豪地说：“我女儿。”

一群人善意哄笑起来。

我也微笑，Gary 跟我母亲交往过一段时间，我母亲在英国认识他，他是供职于著名自然杂志的摄影师。

他们一群人热热闹闹，驱散了我的寂寞。

我心情低落得无以复加，所以无比渴望热气腾腾、生机勃勃的环境。

我跟随他们搭飞机在吉隆坡降落，随即马不停蹄地开进婆罗洲的稠密森林，在毗邻苏禄海一个偏僻山林之中，我们住进了当地居民的旅馆。这里没有手机讯号，开车到附近城镇要两个小时，我只想在这个与世隔绝的地方洗涤掉我的哀伤。

赤道附近气温舒适，我跟着摄影组看当地人用古老的吹箭筒猎捕野猪，擂起长鼓来传递消息；走进深谷和密林深处，透过精密的镜头观察大花草，那种植物长达一米的花径嗞嗞地散出诡异的毒气。还有稀少的棕榈，奇异的大眼鲷，展现在我眼前的都是奇妙无比的世界。

艰苦的长途跋涉和新奇的生态环境分散了我的注意力，我全心全意对付我心底深处的愁苦，完全不知道外面的世界，发生了什么惊天动地的变化。

这日下午，一天工作完毕，同伴们在夕阳中的海滩嬉戏，我翻看餐厅的日历记得似乎快到了小姑姑的生日，于是走到旅馆老板的柜台，这里只有一台电话能够连通外界。

我拨了小姑姑的号码，电话通了之后，小姑姑略有些疲惫的声音传来：“喂？”

我说：“小姑姑？”

“映映？！”小姑姑尖叫一声，然后大声地问，“江意映，是不是你？！”

“你没事？”她声音激动，紧得仿佛一绷就会断掉的弦。

“我有什么事？”我疑惑地问。

“太好了太好了……我还以为你……”她语无伦次，声音完全变调了，“你在哪里？”

“我和朋友在大马。”我清晰地答，“发生什么事了吗？”

“老维！老维！”她大声唤我姑父名字，“快打电话给我老爹，告诉他们不用过来了，映映没事！”

“不不不，先知会劳二，告诉他映映打来了电话，我看他快疯了……”

她说着说着带了哽咽：“那天你没登机？”

“没有。”

“死丫头，回来看我不打死你……”她又咬牙切齿地说，“告诉我你在哪里，具体位置。”

“我在婆罗洲……”

我看着旅馆的招牌，报出一个荒僻的地址。

“就在那里好好待着，哪里也别跑。”小姑姑匆匆挂了我电话。

“Gary！”我跑到外面，站在沙滩上大声地呼喊。

Gary 和我驱车到附近小镇上，在简陋的当地居民办公室翻开了这几日的报纸。

我看到大幅的新闻标题，上面写着在我离开新加坡那一日，我原本准备搭乘的那架飞机滑出跑道，突然爆炸起火，机身被炸成了两半。

我们对着熊熊火焰中混乱不堪的急救场面目瞪口呆。

Gary 喃喃道：“老天……”

我说：“你救我一命。”

我们如劫后重生一般拥抱。

Gary 在回去的路上说：“真不知你家人以为你出事了，有多伤心，快点回去吧。”

我点点头，现在已天黑，Gary 替我计划好，明天开车送我出去，然后搭车去沙巴州，在沙巴上飞机。

车子开到一半路上开始下雨，真是糟糕的天气。

我回去给家里和劳家大宅各打了一个电话，听着奶奶念叨着幸好菩萨保佑福大命大，我顿时平添再为人世之感，因为我一时的任性出行竟如此惊动打扰到长辈，我甚觉不安，想必此事也给家卓带来了无数麻烦，只是他的手机一直没有接通。

我试了许多次，仍是忙音，只好打电话给小姑姑。

她声音轻松许多："映映？"

"小姑姑，你在新加坡？"

"是，现在已经回到酒店。"她声音带着后怕，"虚惊一场，真是要命。"

我忍不住问："家卓怎么样？"

小姑姑说："我没见到他，他忙得二十四小时不断有人请示他处理事情，下午你姑父通知了他你安全的消息后，听说他身体支撑不住在休息室昏了过去，已经送去了医院。"

"他……"我心底一阵慌乱，"怎么会这样……"

小姑姑说："飞机一出事他即刻就去了机场，据说是警署长陪他一起去的，他第一时间就和新加坡警方一起进入爆炸现场，我和你姑父过来时，他已经在机场守了两天一夜。"

"别的家属还哭得出来，他可真镇定，起先一团乱的时候他拼命协助警方维持秩序，后来搜救完毕医疗队离开后，警方开始调查罹难者名单，他的几个助理隔开了旁人，他就一言不发、一动不动地等着。"

"映映，他说是他要你走的，是他让你来搭这班飞机，他异常平静却绝望的表情真让人害怕，"小姑姑的语气透出几分唏嘘感慨，"他身体好像也不好，医生一直守着他，我真没有办法想象你要是真出了事他会怎么样。"

窗外蒙蒙细雨，深宵无眠，我坐在旅馆的大厅一遍一遍地拨打那个电话。

信号很差，座机也是断断续续，劳家卓的电话一直打不通。

我枯坐到半夜，忽然听到汽车引擎的轰鸣声，在寂静的深夜显得格外震人耳膜。

我心底一悸，扔下电话跑了出去。

远处一辆大型的越野路虎从小路直直冲过来，蹍过老板的花圃撞倒了白色栅栏，发出巨大声响。

旅馆的人被惊醒，迅速冲了出来。

汽车急促打转刹车，轮胎摩擦着地面响起尖锐声音。

车还未停稳，一个秀挺瘦削的身影就匆匆跳下车，一手撑在车门站稳，然后朝着旅馆看了一眼，目光几乎是在一瞬间就看到站在旅馆门口的我。

他不顾一切地冲了过来。

男人们手提着武器警戒地围在前廊下。

我奋力拨开几个粗壮男人，朝他跑过去。

他一把拉住我，狠狠地把我揉进胸膛，差点没把我的肩胛骨揉碎，我连呼吸都生生地疼。

一直飘荡在空中的心终于缓缓沉淀下来，我只觉得无比安心，蜷缩在他怀中闭上了眼睛。

“让老天惩罚我，”劳家卓声音沙哑得不成样子，说出的每一个字仿佛都在撕扯着喉咙，“让老天惩罚我，映映，我再也不会将你放开了。”

我抱住他消瘦得厉害的身体：“我没事，我错了，我不该到处乱跑……”

他热烈地吻我：“不，幸好你乱跑，不然我万死莫赎……”

我搂着他的腰踮起脚回应他：“不要这样说……”

“如果没有你，”他身体在颤抖，“如果没有你，我不知这世间一切还有什么意义……”

我们在夜色弥漫的湿雨草坪上紧紧拥吻。

身后突然有耀眼的光芒在闪烁，我转头看到木质长廊下，那群伙计一个个端着“长枪短炮”对准我们，按动快门的咔嚓声不断响起，闪光灯乱成一片。

大门敞开，旅馆的人点燃屋子里的灯火，大声地唱起欢快歌曲，大家开心地笑着看我们，厨娘很快端出了热气腾腾的食物。

我抱着他问：“你怎么过来的？”

“直升机，”家卓低声说，“只是夜晚无法确定位置，没有办法在密林降落。”

他有些站不稳，靠在我肩上虚弱地喘气，神情却是愉悦的。

那一个夜晚，在我最好的时候，和我最爱的人在一起，那是我这一生中最圆满丰盛的年华。

经年后想起来，惊心动魄渐渐褪去之后，变成了心头一株泛着甜腥气息的荆棘。

我曾以为我得到了全世界。

早晨起来，高楼外天空阴沉，已至深冬时节，天气越来越冷。

我笑着回头，我心爱的男人微微皱着眉头，站在衣橱前挑衬衣。

我放下杯子走过去，伸手轻轻环住他的腰。

劳家卓手上拿着衣服，低下头用下巴蹭蹭我的额头。

幸福得跟梦境一样。

我今早有课，换好衣服出门时，劳家卓提着公文包，另一只手牵住我的手："映映，天气太冷，让我送你过去。"

我握着他的手指，跟着他下楼。

在等电梯的时候，我轻轻摩擦他无名指上的指环，问出了一直想问的问题："家卓，为什么你一直戴着它？"

"习惯了。"他淡淡地答。

"那我也要拿我的戒指出来戴。"我灵光一动。

劳家卓侧头看了看我，似乎想到了什么，嘴角微动。

"笑什么？"我看着他不怀好意的笑容。

他想了想，含蓄地说："嗯，那么大颗石头。"

"我故意的，"我笑嘻嘻，"反正是你的钱，谁管它俗不俗气？"

他揉揉我的头发："真是小孩子。"

车子在校门口停稳，劳家卓下车替我拉开车门，又帮我把电脑和几卷设计稿纸从后座抱出来。

他微笑："乖乖上课，早点回家。"

美色当前我竟无比羞涩，看都不敢看他，只点点头："嗯。"

他是一个感情内敛的人，又因长年身居高职的缘故，在公开场合一贯矜持稳重，连我的手都很少牵，但那道若有似无的视线总是停留在我身上。

那种淡淡的宠溺的眼神几乎让我无法自拔。

劳家卓笑笑望我，然后返身拉开车门。

我站在马路边望着他的汽车驶远。

"哦——"身后忽然传来一声上扬的音调，我转头，看到唐乐昌正望着呼啸而去的车尾，响亮地吹了一声口哨，"Cayenne GTS（保时捷汽车）！"

我转身朝学校里走。

唐乐昌跟上来，漂亮的嘴角露出一抹笑容，故意挤对我："江意映，真人不露相啊！"

我回头恶狠狠瞪他：“不许嚼舌，小心我剁了你舌头！”

他做出心碎的表情，眉头皱成一团：“这就是你那位三头六臂？你就是为了金贵的富家子弟而抛弃了我？”

我翻白眼：“唐乐昌，你入戏太深，养和医院精神科欢迎你。”

“唉哎，江意映，说真的……”他那张令无数女孩神魂颠倒的脸庞凑在我眼前，仔细捕捉我脸上的每一丝表情，忽然说，“我真的没有机会了吗？”

“我还有一个小妹，明年要举行十六岁生日派对，可以介绍你去参加。”我笑嘻嘻地说。

唐乐昌神采飞扬的大眼睛忽然就暗了几分，神情有些委屈。

我心里有些不忍，只好扯开话题说：“我有课，先走了。”便匆匆跑开。

“喂——”唐乐昌在后面喊，“今晚的排练你来不来？”

“来——”上课铃响了，我应了一声，朝教室跑去。

我们戏剧社为下个学期即将举行的毕业晚会开始筹备谢幕演出了。我们这一届合作了四年的老友，老大决定回北方家乡找工作，剩下人出国的出国，读研的读研，风流一代终究雨打风吹去。

唐乐昌在大学最后一个学期死皮赖脸加入戏剧社，并在我们的演出中讨得了一个跟我演对手戏的小角色，还用他的花言巧语骗到了我们涉世未深的小编剧，给他临时多加了两句台词。在戏里我演虚荣拜金女二号，唐乐昌饰演一直苦苦爱恋着我的比萨店送外卖的落魄穷小子，可能是为了衬托出我的恶形的路人甲。

脚本里他是阳光帅气的比萨王子，第一句台词风流倜傥：“玫瑰，今天的比萨很好吃哦。”

第二句是深情告白：“亲爱的玫瑰，我是如此爱你，世人皆道你美艳高傲，我却独爱你曲终人散之后的一抹寂寥。”

然后他就被我一脚踹下台去了。

我们对稿时他口吻情真切切，夸张而极富有感染力，笑翻我们全场的人，也令我笑场无数次。

晚上在社里开完会，我回到家，劳家卓已经下班。

他坐在沙发上休息，看到我进来：“回来了。”

我丢开手袋坐到他身边：“嗯。”

他伸手解下我的发带，用手指梳顺我头发，然后伸手将我抱起：“累不累，去洗个澡。”

“不要，我好困了。”我躺在他的腿上撒娇。

他抱着我往浴室里推：“乖，进去。”

洗完澡顿时神清气爽，我们坐在床上看 Gary 邮寄过来他们在我和劳家卓重逢那晚上拍的照片，我将照片摊在床单上，说：“家卓，我们各选一张最喜欢的。”

劳家卓手撑在床上，仔细看了看眼前的照片，对着我点点头。

我喊：“一二三……”

“这张……”

“这张……”

我看到劳家卓喜欢那张照片：我靠在他怀中扭头看镜头，笑得纯真无邪，露出一颗洁白犬牙，像暗夜之中明亮的幸福，直溢向大海边缘。

劳家卓凑过来看我选的那张，是劳家卓将我搂在怀中，我背对着镜头只有一个背影，而他沉静的容颜，嘴角一抹浅浅笑意，异常英俊生动。

我们忽然安静对望。

我知道原来我们的视线都只有彼此。

劳家卓伸手将我揽入怀中，轻柔地吻我。

和最爱的人肌肤相亲，那是一种沁入骨髓的甜蜜。

一月底，学校放寒假。

我在金匠跟着的设计师刚刚做完一单大项目，过年前闭关休息，因此我这段时间比较空闲，每天按时下班陪劳家卓，只要两个人在一起，即使只是简单地吃个晚饭，都觉得无比幸福。

从新加坡回来之后我陪劳家卓回过几次劳家大宅，绮璇怀孕已五个月了，据说医生检查过是个男胎，劳家骏意气风发，老爷子这段时间有点高血压，但依旧精神矍铄，劳家的昌盛富贵，自是更甚昔日。

劳家卓处在这一片锦绣荣华之中，仍旧是不动声色的一贯文雅从容。他礼数周全地陪着长辈吃饭，神情是恰到好处的淡淡喜悦，但我亦觉得他心思难测。

我心底高兴的是我陪他回家的这几次，他之前因为精神压力太大而导致的胃痉挛并没有再发作，从大宅回来之后，家卓只和我窝在家里，过着不知人间忧欢的日子。

周末劳家卓不上班，他难得迟起，醒来之后端着咖啡坐在我身旁，然后把我手边的凉水换成了牛奶。

我坐在沙发上继续奋战我的毕业设计图，力求尽善尽美地不断修改，随着细节一点一滴的完善，整座房子越来越趋于我的梦想。

"家卓，我问你，"我对着电脑上的图咬手指，始终有点不满意，"如果是小朋友，你觉得他们会喜欢家里怎么样设计比较好？"

他凑到我的屏幕前看了一会儿，说："嗯，蘑菇。"

蘑菇？我眼前一亮。

我铺开一边的稿纸，大笔几下，立即在房子的一侧勾画出一个可爱的草图，直接与别墅主体连接二楼卧室，呈现出蘑菇样式的童话城堡。

劳家卓饶有兴致地望着我。

我一边画一边在心里琢磨着，这又需要独立材料另外建造，更加不切实际，不知道这次交上去会不会被教授骂。

"好了。"他握着我肩膀，打断我的纠结，"我难得休息，你不是说今天要去买东西？"

我丢下铅笔，亲亲他手背："嗯，我去换衣服，很快。"

临近旧历新年，街上都是熙熙攘攘的热闹人群。

劳家卓明显有些不适应如此喧闹的人潮，在车库停车时，前面一辆白色奥迪不知为何打横停在入口，跟在后面的司机一直恼怒地按着喇叭，然后是保安过来大声地吆喝，劳家卓坐在驾驶座上，轻轻皱眉忍耐着。

停好车走上电梯，整个购物中心挂满了五颜六色的招贴画，一派喜庆热闹的年货气氛。

"家卓，是不是太吵？"我担心他不习惯，"我们改天再来好了。"

"没有。"他忽然伸手轻轻将我拢在身边，躲过了一个男子手上横空飞过来的塑料袋。

他笑笑："映映，我没有这么娇贵，你要宠坏我了。"

我有些不好意思笑笑，贴在他的身旁，他身上有清清淡淡的优雅气息，在纷杂的人群中，是专属于我的味道。

想起来都心虚，我何德何能，竟成了离他最亲近的一个人。

吃完晚饭回到家已经是傍晚，我们提着购物袋进屋，我累得瘫倒在二楼的沙发上，劳家卓从购物袋中翻找出一个印着小熊的花布架子给我："去吧。"

"这是什么？"我接过打开一看，是一个收纳柜。

我的玩偶在劳家卓的房间里到处丢，已经被爱整洁干净、条理严谨的二少爷批评多次。

我撒娇："明天再收。"

"嗯，"他摸摸我头发，"现在去，床上都没地方睡觉了。"

我闭着眼，将脸埋在沙发里。

"江意映。"他佯装生气，"你再乱丢我把它们统统关到衣橱里去。"

"不要……"我严正抗议，"那你也把我关到衣橱里吧。"

"你怎么这么不乖？"家卓掩嘴轻轻咳了几声，声音有些低，"本来我这两天就睡得不是很好……"

"好好，小哥哥，"我从沙发上爬起来，"我马上就去，你别生气……"

我收拾好房间，给他整理衣橱，清理床上我留下的发丝，看到茶几下的地毯有些细微的灰尘，我又跑下楼找吸尘器。

劳家卓换了衣服从房间里出来，瞧见我这架势，赶忙上来拉住我手："映映，这些让用人来做好了。"

他牵着我往房间里走："走了一天很累吧？"

"嗯。"

"我有点公事要处理，你先去洗个澡？"

"嗯。"

"我没有精力打理房子，"劳家卓温润嗓音说，"家里要辛苦映映。"

我低着头，鼻子莫名酸楚。

家——自从母亲在我幼时离开后，我总是无端地有一种寄人篱下之感，时至今日，我终于觉得自己真正地有了一个家。

我洗了澡，悄悄溜进书房。

劳家卓戴着黑框眼镜对着电脑屏幕，不时翻阅手边的文件。

之前他从来不让我进书房，殊不知我最喜欢看这时候的他，劳家卓认真工作时，高度职业素养带给他一种异常精密的冷硬气质，那是他最迷人的时候。

他忙完走出来，我坐在外间沙发上。

“家卓，我爱你。”我伸手环住他脖子。

他对我没头没脑的爱意已经习以为常，转过头亲亲我脸颊：“乖。”

我将脸埋在他的肩窝，一动不动。

他温柔拍我的肩膀：“怎么了？”

“我有点害怕。”我闷声说。

他捧起我的脸看我神情：“为什么？”

“我觉得有点虚幻。”

他眉头微微蹙紧，凝视我：“我让你觉得虚幻？”

“家卓，”我小心地措辞，“你为什么……为什么又愿意……”

他伸手轻轻地扣住我手指：“我曾怕我不能给你幸福。”

“可是在新加坡，我以为你出事那时……”他微微苦笑，“那时我真是要疯了，我甚至想你要是真的……我宁可陪你去……”

从未听到他提及事发当时的心情，我不禁满心感动。

“映映，我很少有如此失智的时刻。”

我慌乱地抓着他的手：“你现在后悔了是不是？”

他望着我，目光有一种复杂的坚定：“我令你不安，是我做得不够好。”

“我……”我张张嘴，却不知说什么。

劳家卓皱着眉头不再说话，然后伸手将我紧紧抱在怀里。

我贴在他的胸口，他待我这么好，我却还在怀疑，简直是令他伤心，我心知这般患得患失的心情对我们之间的感情没有任何好处，即使在最辛苦难受的日子，我仍相信未来是幸福的可能。

如果这是上天给我的眷顾。

我更加要学会感恩和珍惜。

冬天到来，除夕来临。

过年时劳家骏的父母从美国飞回来，一家子人热热闹闹在大宅吃团圆饭。

正月初八，家卓早几天已去公司正常上班，我仍在休假，劳家老太太派了司机来接我陪她去庙里上香。

老太太已信佛多年，每逢初一和十五，都要虔诚焚香戒斋。

冬日下午暖阳照耀，汽车驶出城市，朝东山上的一座香火鼎盛的庙宇开去。

我在车上远远就看到熏香缭绕的寺院大门，新年来拜佛的男女结伴而行，车子却打了个弯，然后驶出一段路，稳稳地在侧门停了下来。庙里早已有僧人在门口候着，待我和司机伺候着老太太从车子走下来，方颔首行礼：“请这边来。”

老太太穿着锦缎袄，戴一串翡翠坠子，神情慈和。我搀扶着她跨过一道道门槛，陪着她礼佛、虔诚地上香、礼拜、磕头，又添香油。

慢慢地走，慢慢地看，大雄宝殿之上的佛像宝相庄严，眉目慈悲地俯瞰众生，我只觉得一颗心也慢慢地静下来，细细地品味出了一份超尘的清净与安详。

我陪着老太太，缓缓而安详地弯腰，朝东、南、北，三拜，然后用左手细心地将燃香插入鼎炉中。

庙里有熟识的师父，笑着同她道：“老太太广结善缘，必有善报。”

老太太温和地笑。

有小沙弥过来请安：“斋饭已经在西厢房备好。”

非常清淡的素食，我细细咀嚼清香米饭，抬头透过朱红的轩窗望向湛蓝天空一角下的琉璃屋檐，钟声悠远，树枝斑驳的阴影在风中轻微摇晃，心下都觉得无限安宁。

吃完饭我陪着老太太在寺庙安静的一隅晒晒太阳。

老太太问：“好一阵没见老二，他身体怎么样？”

“嗯……”我想了想，答，“还好。”

老太太眉目宁静地望着琉璃瓦下的石榴树，忽然说：“映映，你是不是觉得老头子偏心？”

我一愣，不知如何答。

老太太看看我有些委屈的神情，了然而慈爱地说：“老爷子虽然疼长孙，可也没老糊涂。老爷子一世发号施令惯了，老大顺着他，他自然是欢喜些的。”

“家卓为人处世，做事如何，老爷子是心知肚明的。只是老二心思阴郁难测，性子又清傲一些，老爷子有时难免偏颇老大。”

我只静静聆听。

“老二自小就安静，尤其是他母亲过后，出国读书后回来后跟家里人很生疏。”老太太说，“映映，我也是很疼这个小孙的。”

我轻轻答：“家卓心里也是很敬重您和爷爷的，他就是不爱说。”

老太太有些担忧：“这就是我操心他的缘故，老二像他父亲，太重感情，心思郁结，进了劳通这些年，熬得身子骨又弱。”

“映映，你多体谅他。”

“奶奶，”我问，“家卓他妈妈是怎么过世的？”

老太太问：“你不知道？”

“他只跟我略微提过他母亲非常疼爱他。”

老太太摸着手上的玉镯，有些感慨：“我这两个儿媳，大的精明世故，但是失之气度；小儿子娶的是官家小姐，美是美，但身娇肉贵……”

她垂眸，白皙眼角有浅浅皱纹：“他母亲生了家卓之后身体一直不好，去得早。”

我坐在一旁，不知道该说什么好。

“映映，劳家凭着你太祖爷爷从上海做最早一家发钞银行开始，这几十年下来，家业虽然微薄，但操持起来也不容易。我的几个媳妇孙媳里，奶奶就很喜欢你，江家将你教得很好，敦厚纯良，尊夫重孝，我跟你爷爷都是看在眼里的。”

我讪讪地笑笑：“奶奶，我年纪小，还有很多事靠您多教我。”

老太太慈爱地拍拍我手背：“慢慢来。”

老太太返身走进庙堂，双手合十，静静沉思。

这时有小沙弥过来：“老太太，慧吾师父已经在等您，今日讲的是《圆觉经》。”

老太太站起来点点头：“有劳带路。”

“映映，你就随便逛逛。”老太太回头叮嘱我。

“嗯。”我乖巧地点头。

我在午后静谧的庙堂中缓缓地散步，香烛缭绕之中的年轻僧人，穿着土黄长衫，微微笑着问我：“施主无愿？”

我坐在朱红门槛上，略想了想，很快摇摇头，我所拥有的一切已经足够好，不能再贪心。

那个眉目之间点尘不惊的年轻男子细细望着我面相，眼底一点寂寥和悲悯慢慢弥漫开来，最后却只是微笑，双手合十轻轻行礼，转身朝寺庙深处走去。

夜里我回到家，劳家卓在书房，我敲门进去。

他推开笔记本电脑将我拉到身旁："今天陪奶奶去了寺院？"

"嗯。"我将手中一张折叠着的黄色纸条递给他。

他问："什么？"

"平安符，我求来的。"我说。

"给我的？"他接过。

"家卓。"

"嗯？"他温润嗓音。

"我跟菩萨说保佑你长命百岁，安康喜乐，如花美眷，子息承光。"

他笑笑将我拥入怀中。

"映映，我不用这么好，我分一半给你。"

他牵着我的手，伸手从书柜中取出一个干净精致的文件袋，郑重其事地将那张纸放进了柜子里面的那一层。

新年假期结束返工，众人脸上都是喜气洋洋，但又不免带着长假过后的懒洋洋。

我在办公室忙得人仰马翻时接到母亲大人电话。

我正在大堆的图纸文件中奋战，用肩膀夹着电话说："妈妈，我在忙。"

母亲毫不留情："我自小教你细致笔法却让你大了去画刻板的商业大楼，累死活该。"

"是是是，我错了。"我唯唯诺诺应她，口气却是调侃的。

好不容易找出工程师需要的文件列印好，我握着手机走到走廊外专心同她讲话。

母亲同我寒暄几句，听得我语气愉悦，笑着说："大难不死，似有后福？"

"是是是。"我甜甜蜜蜜地笑。

"我打电话给 Gary，他说劳二同他致谢，异常诚挚激动，简直视你若掌上明珠。"

我答："是非常感谢他。"

“妈妈，家卓同我商量后，捐助了在那次事故中失去亲人的数位家庭的小朋友。”

“嗯。”母亲赞许，“多做善事，回报老天对你的善待。”

“我知道，”我说，“妈妈，我现在觉得很幸福。”

“映映，”她忽然唤我，认真地叮嘱，“那就要好好珍惜。”

“妈妈，我会的。”我坚定地答应她。

同母亲通完电话，我返回办公室继续忙碌。下午五点准时下班，我收拾东西搭车去学校。大四最后一段时间，毕业论文已经上交，我除了准备答辩，其他的空余时间都留给了戏剧社的排演。

社里礼拜一三晚上，以及周末都要排练，我晚上偶尔会晚归。新年伊始后劳家卓工作更加繁忙，晚上经常要应酬，有时他深夜归来，疲倦得厉害，也就乖乖由着我伺候他洗澡。

不过劳家卓明言不喜欢我在家里枯坐等他，因此我平时若累了都是先睡，他回来就亲亲我脸颊，让我只觉得莫名安心。

真正在一起生活后，我们默契越来越好。

晚上排练完，我和大家一起去吃夜宵。

韦惠惠也经常来，她因为工作时间不定时，没有办法参与这一次的谢幕演出，但平时只要有时间，她都跑过来看我们排练或是一起吃吃饭，大家都很珍惜大学最后这段相处的时光。

生活充实忙碌，不知不觉中时间飞快流逝。

很快到我们大学生戏剧节。

演出的那个晚上，化好妆后同一班演员们待在后台，在这期间，我不断翻看手机。

唐乐昌站在一旁冷眼看我许久，终于忍不住激我：“江意映，一个好的演员在上台前应该心无旁骛。”

我瞪他一眼，把手机收了起来。

我已在一周前告知家卓，我们在这个周末会有大学时期的最后一场演出。

劳家卓只点点头说：“这几天可能要出差，我尽量抽空去。”

我也知道他这段时间忙得很，劳通银行的电子系统升级，整个IT网络平台都在整合重组，他忙起来不分昼夜，有时凌晨还见他跟海外分区连着电脑开会。

前天他去外地出差，大约也不会这么快回来。

我一边想着劳家卓一边望向舞台，这时演出已经进行了一半，还有一个节目就轮到我们，我们是戏剧表演类的压轴，但劳家卓还是没有来。

文艺部催场的师妹过来：“映映，准备到你们了哦。”

我对她笑笑示意明白，然后转头心不在焉地看着节目。

视线的余光中，我忽然看到礼堂的侧门悄悄打开，一个修长挺拔的身影走入，他从拥挤的人群中走过来，一边对身旁的人轻声致歉，一边抬头望向舞台。

我的心重重一跳，第一反应竟然是慌乱地躲到了帷幕后，从幕布后悄悄地望他。

劳家卓站在舞台的一侧，在人群中，舞台一束光线打到他的身上，映出一道长身玉立的身影，光影营造出一个英俊逼人的侧脸轮廓，他的脸一半沉浸在黑暗中，眼睛却极亮，仿若熠熠生辉的星辰。

身旁的小女生顺着我视线看到他，忍不住惊呼：“好帅。”

我忍不住陶醉笑笑：“是呀。”

这时掌声忽然热烈响起，然后是主持人报幕，熟悉的音乐响起，我神魂颠倒地只顾着看劳家卓，直到唐乐昌一把将我推上了舞台。

经过无数次的排演之后，我大脑皮层已经熟练到变成了自然反应，我踮着脚步，拜金女王高傲地出场——

帷幕落下时，我听到全场热烈欢呼鼓掌。

然后帷幕重新拉开，我们手拉手鞠躬谢幕，口哨和尖叫伴随着荧光棒在空中飞舞，我们看着这一张张熟悉的面孔，想起陪伴着彼此走过四年的同学情谊，忍不住互相拥抱，纷纷热泪盈眶。

我们终于长大成人。

我在台上回过头寻找劳家卓的身影，奈何人潮汹涌，底下是一片黑压压的人群，我努力睁大眼睛，依然看不到他在哪里。

家卓，谢谢你来。

我在心底轻轻地说。

换了演出服出来时，演出已接近尾声，我随着一群演员走出会场，手边的电话忽然响起。

“映映，”劳家卓在电话里轻轻说，“回头。”

我转过身去，还来不及反应，一捧洁白芳香的花束就塞入了我的怀中。

再定神看过去，劳家卓已经将手插入了口袋里，嘴角淡淡含笑望着我。

我连人带花扑上去抱住他：“我刚刚还见到你，怎么一下就不见了。”

劳家卓轻轻搂了搂我，说：“好了，里面太吵，所以就出来等你了。”

劳家卓笑着说：“演出很精彩。”

“谢谢你。”我情绪仍处在某种亢奋中，除去说谢谢，只懂得笑盈盈地望他。

他今天穿了一件双排扣的深灰外套，同色系围巾，棕色粗布裤子，一贯的讲究工整，气质却异常年轻清爽。

劳家卓靠在我身边低咳一声说：“映映，你同学……”

我回头看到韦惠惠为首的一班同学目瞪口呆地望着我们。

“映映、映映……”韦惠惠首先反应过来，尖叫着，“死丫头，你什么时候……”

“唔……这个……”我脸有些红，支吾着望向劳家卓。

劳家卓略略欠身对惠惠客气地道：“韦同学，早就听映映提起过你，有幸见面，我姓劳。”

他颔首对我的同学说：“各位好。”

韦惠惠热情地问：“劳同学哪个系的？”

劳家卓说：“我已工作。”

“哦，劳先生从事什么行业？”韦惠惠继续问。

劳家卓风度很好：“金融。”

“说起金融，”韦惠惠忽然想起来，手肘碰碰身边的人：“杨睿逸你不是最近正在看什么金融的合同？”

杨睿逸一直站在一旁，这时才说：“不知道劳先生在哪个公司上班，我们金泰律师事务所同好几家公司都有业务往来。”

“嗯，”劳家卓点点头，“我们公司法律顾问的合同到期，最近是约了几家事务所来谈。”

杨睿逸马上反应过来：“我随同老板去过一次，劳先生可是在劳通银行工作？”

劳家卓点点头："前天我刚好在十六楼开会，遇到贵所潘先生。"

杨睿逸殷勤地问："劳先生认得我们潘主任？"

"嗯。"劳家卓说，"不熟，法务部的关华森负责接洽贵公司。"

"劳先生是关部长上司？"杨睿逸听劳家卓直呼关某人其名，立刻掏出名片递给家卓，"这是我的名片，劳先生请多指教。"

劳家卓低头看了看自己的衣服，语气谦和："不好意思，我没带名片。"

"好了，"韦惠惠拉开他，"人家是来接映映的，不是来谈工作的。"

杨睿逸不好意思笑笑退到一旁，韦惠惠随即吆喝着众人去吃夜宵，大家嘻嘻哈哈地笑着闹了一会，就道别走了。

劳家卓站在我身旁，气度矜贵，神色坦然，一直含笑望着我们。

韦惠惠离去前对我会心地眨眨眼，用嘴型说："抓紧点，姐姐看好你……"

我笑着对她做了个鬼脸。

劳家卓微笑着看我们胡闹，待到周围人群散去，我才问："你什么时候回来的？"

他低头答："下午。"

我说："吃晚饭没有？"

"嗯，吃了。" 劳家卓轻轻颔首示意我往泊在路边的车走，"你饿不饿，我陪你去吃点东西？"

"还好。"我们并肩走在路边，迎面夜风吹来，劳家卓忽然握拳掩着嘴低低咳嗽。

我伸手去拉他的手，只感觉一片冰凉："你在外面站了多久？"我将他往车里推，"还穿得这么薄。"

拉开车门我看见后座上搁着一件厚外套，埋怨着："干吗不穿多点？"

劳家卓坐在车上笑笑："总要穿好看一点，不然给你丢脸。"

这人还有心情说笑，我返回后座给他取来衣服，摸到他的脸："家卓，你是不是发烧？"

他毫不上心，随口答："好像是，怪不得我觉得有点热。"

我不放心："难不难受？有没有感冒？"

劳家卓握住我的手："不要紧，回家就没事了，别担心。"

车子转过校道，劳家卓刹车转弯，我忽然在校道上看见一个熟悉的高挑身影。

我从后视镜看到唐乐昌站在路口，一动不动地望着我们的车开走。

“映映？”劳家卓洗了澡，走出来唤我，“不是说累吗，怎么不去换件衣服？”

我蹲在起居室的柜子里翻找出退烧药，倒了一杯温水：“你先吃药我再去洗澡。”

劳家卓坐在沙发上掐住眉头，掩饰不住的隐隐倦色，他摸摸我头发，接过我手中的水杯。

我仔细看着他吞下了药片，拖起他往房间里走：“去床上等我。”

劳家卓躺在床上，看着我风姿撩人地脱掉外套。

劳家卓忍俊不禁：“快一点，否则我要睡着了。”

我蹦蹦跳跳往浴室跑去：“你敢……”

出来时劳家卓倚在床头看书，我爬上去摸摸他的额头，还是很烫。

“家卓，”我说，“要不要去看看医生？”

劳家卓翻身将我抱住：“不用医生，有映映就够了。”

我笑着蹭到他怀里。

他的手从我睡衣后背伸入，轻轻地抚摸我的脊背，一阵酥软的迷醉泛来。

“家卓……”我忍不住低声唤他的名字，手搂住他脖子，将唇印在他脸颊。

劳家卓抬手熄灭了灯光，一室春光乍泄。

清晨我在他身边醒过来，劳家卓已经醒了，清清凉凉的早安吻落在我的脸上。

我摸摸他的额头，退烧了。

我安心了，看了看时间抬眸问他：“你今天不上班了？”

“苏见他们一会儿过来。”家卓说。

“有什么事去公司不能谈？”我疑惑。

劳家卓扶额轻声道：“我是因为还有些头晕……”

我顿时担心得爬起来：“那要不要打电话让他们不要来了，你今天好好休息好不好？”

劳家卓眼底浮现狡黠笑意。

我嗔怒地拍他："欺负我！"

他拉住我的手，一个安抚的吻落在我手指上。

我们又在床上缠绵了一番，直到门铃响起。

劳家卓起身穿衣，随手套了一件衬衫："我去开门，你可以再睡一会儿。"

我迷迷糊糊地将头埋进枕头，贪恋地闻着温暖的气息。

闭着眼再躺了一会，其实已经睡不着了，我起来走出房间，二楼走廊尽头那个平时空置着的房间门虚掩着，男人们低声交谈声响传出来。

我下楼煮早餐。

这时，苏见走下来："映映，好香。"

我给他舀了一碗鸡丝粥，苏见坐到餐桌旁，心满意足地喝粥，感慨道："结婚就是好。"

我笑笑，看来劳家卓对心腹幕僚并无隐瞒我们的关系。

"家卓呢？"我问。

"他还有点事交代，我就先下来了。"苏见答。

我洗干净手走出客厅倒牛奶，抬头忽然看到客厅站着一个人，铁塔似的，浓眉阔眼，不苟言笑的扑克脸。

老天，他怎么在这里。

我吓了一大跳，直觉地拔腿往后跑。

张彼德顿时黑脸。

苏见正好走出来，瞧见这场景忍不住大笑。

我朝楼梯口跑了几步方觉悟过来这是在家里，便停下了脚步，又羞又怒地望着他。

这时劳家卓走下楼梯，看到我问："映映，怎么了？"

张彼德抿着嘴不说话。

我结结巴巴："没、没什么。"

劳家卓的手搭在我肩上，看看张彼德，说："彼德，为何映映怕你？"

张彼德张了张嘴，却哑口无言。

我回过神来，慌忙说："没有没有，在伦敦承蒙张先生照顾颇多。"

"是吗？"劳家卓眯起眼看看我，又看张彼德，这才若无其事地说，"那吃早餐吧。"

周末的傍晚，下班时间一到，同事即刻纷纷四散。

我坐在位子上看着办公间瞬间人去楼空，竟有些感觉孤单，手机却突然响起。

唐乐昌打电话给我："江意映，晚上有没有空？"

"嗯，有事？"

"可否赏光陪我看电影？"

"怎么突然找我？你的那些琳达、爱丽丝呢？"

"江意映，请正视我的品位。"

我一边与他说话一边走出大楼，天已经有些黑了。

这几天家卓都在加班，等他回来我通常已经睡着，反正回家也是自己待着，我说："好吧，去看看，如果有好片子的话。"

唐乐昌答："我下楼了，就在你们公司附近，你等等我过去接你。"

我和唐乐昌到了电影院，他径自将我拉到一幅巨大的电影海报前。

"是他。"我看着宣传画上那个色彩阴暗的名字，有些兴奋地说，"我喜欢他。"

"这么巧，"唐乐昌耸肩，"我也刚好想看这部电影。"

我在排队入场间隙拨家卓的电话，兴许他在忙，打了好几次均无人接听。

唐乐昌将饮料放入我手中，电影已经开始了。

唐乐昌竟对电影颇有造诣，终场时兴致勃勃地与我谈起片子中令人印象深刻的几个镜头，我们很多观点出人意料地如出一辙。

聊得兴起，两个人索性到附近的咖啡店吃了夜宵。

待到从店里出来，我看看表，已经十一点多了。

唐乐昌在街边拦车："我送你回去。"

"不用了，我自己打车回去很方便。"

"已经这么晚了，"他坚持绅士风度，"女孩子总是要送的。"

车子在楼下停稳，我推开车门下车，唐乐昌也下来。

我说："今晚谢谢你。"

"非常荣幸，希望下次邀约不会再唐突佳人，"唐乐昌嬉皮笑脸。

"映映。"身后忽然有人唤我。

我转头，看到走廊下站着的人。

劳家卓走上来。

唐乐昌顿时站直了身体，紧抿着唇望着他。

劳家卓矜持对他点了点头："你好。"

唐乐昌定定打量了劳家卓两秒才回答，声线有些紧绷："你好。"

劳家卓将我往身边拉了拉。

"多谢你送映映回来。"他态度很客气，却再无多余一句。

唐乐昌看着并肩而立的我们，脸色瞬间白了白，却还是客套地答："不用谢。"

他看着我，脸上很快恢复了那种漫不经心的玩世不恭："映映，再见。"

我只好笑笑："再见，路上小心。"

劳家卓回头往电梯走，淡淡地说："打电话给你怎么没有接？"

我掏出手机看了看："在戏院里，关掉了声音一时没注意……"

我随着他走进屋子，劳家卓坐进沙发里："这么晚都没见你回来。"

"抱歉，我……"我有些尴尬地说。

他笑笑替我解开外套的扣子："好了，没事，换衣服上楼休息。"

我丢下了手袋挤到他身边来。

"那个男孩子……"劳家卓不动声色地问，"他追求你？"

我一时嗫嚅："没有……只是同学而已。"

劳家卓平淡口吻："告诉他你早已嫁给了我。"

我说："之前不是说婚讯要等劳通公关部筹划吗？"

劳家卓一怔，似乎已忘了这事，好一会儿才说："等忙完这一阵子，我跟长辈商量，我们在本城举办婚宴。"

我听到他公事公办的口吻，心里有些不舒服："家卓，我不打算要挟你讨一个名分。"

口气莫名的生硬。

劳家卓神情一愣。

"映映，"过了好一会儿，他才出声，"我知道这不理智，但我觉得我仿佛十八岁的少年，眼里容不下一粒小小沙子，只恨不得你一分一秒都属于我。"

我解外套的手停住了，定定看着他。

我在家里经常抱抱他、亲亲他，整天对着他说一些不知廉耻的甜言蜜语，劳家卓每次只是笑笑回应我，很少对我说过类似于“爱意”的话。而此刻，我竟然听到了一句类似于告白式的话？

我忍不住低头窃笑起来。

劳家卓气恼：“你还笑？”

我一时没忍住，笑出声来。

他气得起身要走。

我抱住他：“家卓我好爱好爱你。”

他无奈地停住脚步，回来陪我坐着，狠狠拧了拧我鼻子。

“哎哎，再捏就歪了。”我撒娇，“会变丑的。”

“变丑更好，反正我不嫌弃。”他说。

我赖到他怀中大笑。

劳家卓放松身体靠在沙发上，有些轻轻咳嗽，伸手去取桌面上的水杯。

现在我抱着他的身体还是冰凉的，真不知道他在楼下吹着冷风等了我多久。

“家卓，”晚上劳家卓躺在床上看书，我爬过去。

“嗯？”他眼眸微抬。

“上次在伦敦生病，是不是对你身体损伤很大？”我还是忍不住问他。

苏见私下和我提过，多注意他身体。

他一怔：“没有。”

我有些心酸，他这一整个冬天身体都不是很好，很容易感冒发烧，现在已经渐渐春暖，他仍是一受寒就容易咳嗽得厉害。

床头灯光柔和照射，他白皙脸孔有憔悴之色。

我心疼他：“家卓，工作别太辛苦。”

“没事，”他答，“过一阵子就不忙了。”

他忽然略略思索道：“快一周年了。”

“嗯。”我笑笑：“好快。”

说完抽掉他手中的书：“早点睡。”

四月是我生日的季节，走在仕径大道上，春日暖风徐徐，忽然想起来那个在荷兰童话般的婚礼，竟恍如隔世。

不过时隔一年，现在回想起自己一路来的变化成长，竟也有些感慨。

周末我回家吃饭，爸爸问我："映映，劳通最近人事变动很大啊，家卓可有和你说什么风声？"

我也不是没有看财经新闻，老爷子在最近一段时间的应酬谈话之间明里暗里有退休之意，业内劳通改朝换代的传闻甚嚣尘上，劳家骏风头一贯的强劲，但也有资深的评论员明言看好劳家卓，亦有不少劳通大客户赞许二少投资分析眼光极准，局势明明暗暗，少不了成为金融界谈论的焦点。但劳家卓从来不跟我提这些事，想必是不愿我涉入是非。

我诚实地答："爸爸，我不知道。"

爸爸对我说："映映，你也该留点心眼了。我们江家现在同老二也算是同气连枝，你也不小了，切身事，不要太单纯。"

我想到这复杂局势，心里有点忐忑。

芸姨牵着小弟正好出来："映映，你爸爸这段日子愁得头发都要白了。江氏几乎所有的大笔资金都在劳通，劳通谁做主，对我们江家还是有很大关系的。"

"我知道的。"我呐呐地回答。

好在芸姨也只是笑笑："你也还小，你爸爸太为难你。"

她转身招呼爷爷奶奶吃饭。

下午在家里睡醒无事，我起来下楼，大屋很安静，用人上来招呼我："大小姐，可要喝茶？"

"不用，人呢？"

"司机送出去了，说是四奶奶邀去打牌。"

我点点头走出屋子来，阳光正好，我沿着别墅区的树荫下安静地散步，天气阴凉，视野开阔，我走了好长一段路，不知不觉走到了劳家祖宅外面。

看屋的伍伯认得我，马上走过来打开雕花铁门："映映小姐，怎么自己过来了？"

伍伯引着我走进大厅，边走边说："祖宅没留着什么用人，只有一个老妈子平日收拾花园，今日放工回去了，映映小姐您这要是……"

我简单地说："我随便逛逛，你不用招呼我。"

伍伯笑笑："好的，您慢慢看。"

我从前门的花径绕过大屋直接走进屋后的花园，站在长廊上望去，花园中早已没有了蔷薇花架，只剩下七里香长得郁郁葱葱，几乎覆满了整片草坪。

我看着眼前满庭静寂，想起昔日那些衣香鬓影，言笑晏晏，白纱裙紫缎带，丝丝惆怅涌来。

在花园里坐了一会儿，手机响起，我接起，劳家卓的声音传来："映映，还在家里吗？"

我说："我在你家。"

"什么？"他没听明白。

"我在劳家祖宅。"

劳家卓语气有些奇怪："怎么跑到那里去了。"

"你等一下，我过去接你。"

他车开得很快，从城里过来才约莫二十分钟，车子在庭院门口停下来，我站在二楼露台对他招手。

劳家卓陪着我在大宅随意转转。

用人定期打扫房子，除去一些贵重家具被布帘覆盖着阻挡灰尘，整栋房子依然干净整齐。在二楼走廊第三间，家卓打开了他卧室的门。

房间宽阔，附带一个小型书房，收拾得很整洁，书柜里放着很多专业书，还有一些古文杂记和外国小说。

我们从他卧室走出来，劳家卓领着我沿着巨大的旋转扶梯走上三楼，我随意地打开一扇扇精美的门，门后是富丽的客厅，一间雅致客房，甚至还有一个小型宴会厅，角落还摆放着一架三角钢琴。

经过走廊时，我看到一道房门紧锁。

我问："这是……"

劳家卓面色一僵："这是我母亲的房间。"

"哦……"我轻轻拖长一个尾音。

他神色郁郁："我今天忙了一天了，先回家吧，你要喜欢这里我改日再陪你过来。"

我们回家，晚上靠在沙发上安静地看电影，劳家卓将我拥在怀中，一贯的温柔体贴。

也许是我敏感，我发现只要谈到他妈妈，即使他隐藏得再好，我总是感到他身上淡淡的莫名郁悒。

也许年少失亲，会是心底永远的一道伤口。

他有他心底最深的那一面，是我碰触不到的。我只能安慰自己，好在时光流逝，我们总要向前看。

四月底我生日的前一天夜里，劳家卓晚归，我也没睡，坐在我原来的房间翻旧相簿，母亲离开江家之前给我留下了数本大大小小的照相本，那是我最珍贵的收藏。

我将各式各样的照片铺满了一床，坐在中间回味着母亲生活经历的点点滴滴，仿佛这样就可以离她近一点。

劳家卓回来时在客厅外喊了我一声。

我应声跑出去坐到他身边，他在看晚间财经新闻，我坐过去赖在他腿上，劳家卓摸着我的头发："映映，我明天有一个重要客户约见，晚上尽量抽空回来陪你吃饭。"

我回头亲亲他脸颊："嗯，没关系，你工作要紧。"

劳家卓摸到茶几上的钱包，抽出一张LTB的银行卡递给我："你先约同学行街，喜欢什么就买。"

"你不是给过我一张卡了吗？"我一边问一边拿着卡研究，我手上这张版式异常漂亮，纯白色，边缘有一道烫金，隐隐如水一般流动的光泽。

"这次不一样。"劳家卓温柔地说，伸手将我身体扶住。

我一时犯傻问："这是谁的副卡？"

他目光仍然在电视屏幕上，笑着说："除了我的，难道还有别人？"

我缠着他："嗯，这是代表你要一直努力赚钱给我花是吗？"

劳家卓视线转回，修长的手指轻弹我额头："我会努力的，大小姐。"

我望着他脸庞，忽然将脸埋入他怀中闷闷地说："家卓，我们不需要很多钱，我只要和你在一起就好。"

他伸出手臂将我紧紧抱在怀中。

我陪着他看完了新闻，然后去浴室泡澡。出来时，劳家卓不在卧室，也不在书房。

我纳闷着走出客厅，看到他定定站在床边，脊背笔直，身体却透着一丝僵硬。

“家卓……”我走过去轻轻唤他。

他骤然惊醒抬起头，目光中的情绪莫测，如同阴沉天空翻涌变幻的层层叠叠的云卷。

有一瞬间，我觉得他看我的眼神如同一个陌生人。

“怎么了？”我声音竟不自觉有些颤抖。

“没什么，”他将手插在裤兜里不疾不徐地转过身，嘴轻轻一抿露出淡淡的微笑：“你妈妈很漂亮。”

我说：“我难道不是青出于蓝胜于蓝吗？”

劳家卓忙应：“是是是。”

他走来我身边，房间里那种紧张古怪的气氛刹那间散去了，仿佛从来没有出现过。

劳家卓温和嗓音：“我回书房看一会儿文件。”

我点点头。

我走过房间，一步一步丈量，然后站在劳家卓刚刚站着的位置，按照他的目光，仔细研究床上散落的照片，最后定格在了一张合照上。

我拿起来，照片上是两个年轻的女子站在游轮甲板上，她们在阳光下搂着肩膀并着头面对着镜头微笑，样子很亲密。母亲年轻时交游广阔，这样的合照很多，这张并无出众之处。

我翻到背面，照片上有一行简单小字：“蓝丹和馨馨，一九八六年维港。”

应该是她年轻时的朋友，都是漂亮的女子。

我偷偷将那张照片收了起来。

夏天乘着微风来临时，我去了一趟威尼斯，本来我刚刚大学毕业，辞了金匠的助理工作正专心准备考室内设计师执照时，接到了西蒙尼的电话，这位带着浓重意大利南部口音的先生——我母亲交往已五年的男朋友，热情且坚持邀请我去意大利。

他执意道：“亲爱的，你一定要来。”

我抵达马可波罗机场时，接我的是一名胖胖的棕发男子：“午安，映映小姐，我是西蒙尼先生的管家。”

等我睡足倒回时差，母亲和西蒙尼同我去城中的餐馆吃饭，烛光摇曳，映衬着窗外水波荡漾，母亲一边优雅地切牛排一边教训我：“大学刚毕业，不找事做就来度假？还真是大小姐做派。”

她嘴上这么说，脸上的神情却是高兴的。

我只笑嘻嘻点头。

西蒙尼听不懂中文，却一直笑盈盈地专心听我们说话，他两鬓已有些发白，是一个有绅士风度的男子，看得出对母亲非常宠爱。

中途母亲离席去洗手间，西蒙尼神秘对我说：“映映，非常感谢你来，我和你妈咪有一个重要的时刻，她很爱你，所以我希望你在。”

很快我就明白了西蒙尼先生的用意，母亲翌日在艺术中心结束一个演讲后，他捧着大束的花朵，在台上跪了下来。

母亲看看台下微笑的我，又看看西蒙尼，终于朝他伸出手，用中国式的含蓄和矜持优雅地点了点头。

西蒙尼欣喜若狂地在她手背印上一吻，在热情的掌声中，他将一枚戒指套在了她的无名指。

我眼眶湿润，我的母亲，在世界各地流转半世的母亲，终于还是决定安定下来。

我心里深深地为她高兴。

隔天母亲在傍晚唤我：“映映，上楼换裙子，我带你去圣马可跳舞。”

我说：“太太，你已为人妻，敬请收心。”

她眼波荡漾瞪我一眼：“世道流转，轮到细女（闺女）教训老妈。”

我急忙谄媚道：“你怎么会老？你活到一百岁都迷死人。”

“甜言蜜语。”母亲笑，“言行不端，何来淑女风范？”

“是是是，谨记在心，”我笑着答，“请问两位何时会举办婚礼？”

母亲拎起手袋，挽着西蒙尼的手臂：“年尾或者明年春天吧！”

西蒙尼开车，陪着我们母女嘻嘻哈哈地出门。

我陪着母亲度过短暂欢愉的最后一段夏日时光，从意大利回国，出闸时，看到接我的人竟是林宝荣。

“大姐，怎么是你？”我有些惊讶。

她打开后备厢帮我放好行李，笑着说：“玩得开不开心？”

我含笑点点头。

林宝荣开了一辆白色的宝马跑车，手搭在方向盘上："老二将你交托于我，怎敢懈怠。"

"怎么了？"我疑惑。

"今晚是小朋友的满月酒宴，所以家里急着要你赶这班飞机回来。"

"啊……"我自己都惊讶时间过得这么快。

我去意大利前绮璇生产，剖腹诞下一个男孩。

我和劳家卓去探望，宝贝非常可爱讨喜，刚出生不满一周就会哈哈笑，粉粉嫩嫩的真是看得人满心柔软，我小心地亲亲他，对着他唤："劳小哈。"

小婴儿更乐了，咧开嘴巴哈哈地挥舞着小手。

劳家骏不满抗议："映映，别欺负我儿子。"

劳家卓护着我："大哥，等到命理大师测出名字不知是何时了，取个小名无伤大雅。"

绮璇笑着出声："是啊，很可爱啊。"

这么一个精灵活泼小生命的诞生，不知给劳家增添了多少富贵喜气。

林宝荣驱车在城中穿梭，直接进入城内一家知名的造型师工作室。

"映映。"林宝荣对我说，"奶奶有意让你开始出席家族正式宴会场合，不可太随意。"

我点点头应她："多谢大姐提点。"

林宝荣坐在沙发上翻时尚杂志："好了，不用谢我，老二特地叮嘱我告诉你，他下午公司有事走不开，要不然都亲自来了。"

她笑着说："映映，恐怕你要烦厌，他这个人，情意深得教人看不清，真是痴情种。"

我满心的感动，抬头看林宝荣，眼中有些氤氲水汽。

她嘲讽笑笑："劳家竟然出了这么一对恩爱夫妻，真是家门荣光。"

我对着她微微一笑，早已习惯她的犀利坦白。

服装助理师陪我进去换衣间，林宝荣替我挑的装束，古典白衬衫细腰圆蓬裙，对着镜子上浅浅妆容，微微斜睨吊眼梢的大眼睛，秀气鼻子，眼神分外的清澈明亮。

林宝荣看着我，一向精明干练的脸庞也露出几分赞赏神色："小美人。"

"是大姐置装眼光好。"我笑着答，其实心底暗暗羡慕她，一身简单的黑色总能穿得异常好看。

我对着镜子左右看看。

林宝荣道："怎么了，还有哪里不满意？"

我轻声细语撒娇："脸好肥。"

林宝荣乐得哈哈一笑："Baby（婴儿）脸颊不知多可爱，就这么迫不及待要长大了。"

化妆师也跟着笑，林宝荣对她说："再刷一点点阴影。"

造型师低下头替我补妆。

我窘得红了脸，这点小心思都被林宝荣看透。

林宝荣叮嘱几句就去换装，晚上司机开车过来接我们，车子抵达城中豪华的酒店时，宾客已满堂。

劳氏家族在本城几代尊享荣华，历来保持着传统的家门荣誉，筵席自然办得隆重端正，今夜本埠各式权贵名流纷纷盛装而来，又是一场香艳奢侈的交际盛会。

酒店外媒体都来了不少，闪光灯不断亮起。

服务生走过来拉开车门时，劳家卓已经等在台阶前。

我略略抚平裙子褶皱，走下车来，他迎上前，眼神微微一亮。

"很漂亮。"他挽住我手臂，然后在我旁边低声说。

我斜睨他一眼，露出含蓄的笑容。

劳家卓挽着我走进酒店，不少人的目光纷纷投来，有人同他寒暄，然后客气望我一眼，那眼神我很熟悉，无非是暗暗猜测今晚出现在二少爷身旁女伴的身世来历。

家卓逢人只简单介绍道："江意映小姐。"

口吻却很郑重。

自然有认得我的世伯："是江老的那个长孙女？出落成大美人了……"

我只微笑。

劳家卓先和我走到绮璇和劳家骏面前，绮璇热情拥抱我："映映！你真可爱！"

她和我抱怨："我腰围宽了四寸五。"

我说："很快恢复，无需担忧，你会是本埠最漂亮的妈咪。"

劳家骏在一旁和劳家卓说话。

待到问候了祖父母，长辈入座，我陪着爸爸和芸姨坐在一旁。一会儿，在一旁伺候着劳家老太太的郭叔过来唤我："映映小姐，老太太让你过去坐。"

芸姨听罢喜笑颜开："嗯，去吧。"

我微笑着走过去，老太太笑着招手："映映，过来。"

劳家骏和绮璇抬头看我，又是一番寒暄。

服务生替我拉开椅子，我落座，忍不住朝身边瞥了一眼，身畔的人沉静端坐，白底黑色细格子衬衣挺括领子，瘦削清俊的侧脸，他感受到我视线，温柔的目光望来，我呼吸缓缓一窒。

劳家卓轻轻握了握我的手。

保姆伺候着绮璇抱了小宝贝出来，宾客纷纷上前，赞美恭贺之声不断，一派热热闹闹。

宴会过半，我借着上洗手间的空隙走出大厅透透气，露台上的晚风徐徐吹拂，我走过去，昏暗灯光之中，手臂忽然被人狠狠拉住。

我回头，看到一张熟悉的脸庞。

"你怎么在这里？"我们两个人异口同声。

唐乐昌神色比我更为惊异。

唐乐昌继续问："你与劳家是什么关系？"

他眺望宴会大厅，又仔细看看我，似乎明白了，脸色有些煞白。

我也有些怔住："唐乐昌，你是何家公子？"

我知道这场宴会能持邀请函进来的人身份背景都不简单。

我在脑中想了一转，如果他是劳氏交际圈中的后代，为何之前我从未见过他。

他面上没有一贯的轻佻嬉笑，面无表情地说："别猜了，我没什么家世。"

"嗯。"我轻轻点头，既然他不愿说我也不欲多问。

"改日再叙。"他朝我挥挥手，转身走开了。

经过一场完满宴会和专业公关统筹之后，劳家再次体面地成为传媒焦点，劳家骏怀抱着婴儿微笑的温馨照，更是上了当周财经报刊封面。

首页上醒目红色大字：劳家王朝的传承。

我和韦惠惠正在午后的咖啡馆翻八卦杂志。

韦惠惠突然问我："映映，你男朋友，是不是劳家卓？"

我心底一跳，抬头看她一时没有说话，因为我并不习惯撒谎。

她仔细瞧我神色后说："竟然是真的。"

"你怎么知道的？"我舔舔唇，索性承认。

"是杨睿逸说的，"韦惠惠说，"他其实也不确定，只是说有点像。"

"映映，我知道你家世好，只是没想到这般好。"她起初的震撼过后，很快回过神来，倒也不显得十分意外。

她笑嘻嘻搂着我说："我看他长得一点也不比老大差，哪天让我们杂志采访一下他，肯定风采更胜一筹。"

她倒是见风就使舵，我拍拍她的脑袋："你们不是娱乐杂志吗？该干吗干吗去。"

"那些小明星……"韦惠惠八卦热度即刻高涨，兴奋地说，"怎么会有货真价实、身家过亿的名门世子有噱头，更何况还是一个天杀的帅哥。"

待她海阔天空吹嘘了一番后，我认真地对她说："惠惠，我和他的事，请你勿宣扬。"

韦惠惠神情一愣，然后很贴心地点点头："嗯，规矩很多吧？"

我说："总有一些事要顾虑。"

"映映，"韦惠惠侧着头，"记得你读高中时，说过要早早结婚生足半打孩子。那么，劳先生是否会满足你这个愿望？"

我心中涌起一股暖意，我知道她是什么意思，她关心我幸福，担心我一入豪门深似海。

我对她笑笑："过来，有八卦给你看。"

韦惠惠立刻丢下咖啡杯，挤到我身边的沙发来。我摸出手机，伸到她面前，韦惠惠看了一眼，随即一把抢过我的手机，她瞪着屏幕，然后又看看我，这次她是真惊讶得下巴都要掉下来了。

"老天，上帝！"她叫道，"你你你——"

"何时的事？"

我有些羞赧："有一段时间了。"

韦惠惠手指不断地在我手机上点，啧啧称奇，看得两眼放光。

我手机中有一个隐藏文件夹，收藏着几张我们婚礼时的照片。

韦惠惠翻来覆去看了几遍，然后对着我叫："姐姐，姐姐，你还辛辛苦苦画图画到半夜，次日交上去还要被教授训得灰头土脸、屁滚尿流爬出来？去去去，马上回去跟他拍桌子说你不干了。"

我乐了："姐姐，我们毕业了。"

韦惠惠鼓起脸颊猛呼气："气死了，怎么现在才告诉我，你早该趾高气扬，然后让我跟在后面沾点光。"

"惠惠，"我靠在她身上，慢慢地说，"我有时也有点不安。"

"怎么了？"韦惠惠问。

"我也不知道。"我低下头想了想才说，"可能有点患得患失吧。"

"不要紧，"韦惠惠安慰说，"嗯，映映，还是得自己做事吧，时代不一样了。"

我点点头，表示同意。

安适的时光总是流逝得飞快，空气中最后一丝炙热在夏天的尾声缓缓离开，我开始习惯早晚在裙子外披一件开襟外套，劳家卓终于趁着工作稍稍轻松时决定休一周的假。

"映映。"他下班回来，上楼来唤我，声音有些欢喜。

我从房间里走出来，替他解开领带，斜睨着眼笑问："二少爷，何事如此高兴？"

"唔，我渴了……"他松开袖扣，坐到沙发上，缓缓松了口气。

我转身给他倒了杯水。

劳家卓接过杯子喝水，然后抬眸望我，眼底晶晶亮亮，有隐约流动的笑意。

我望着他，他也笑而不语地望着我，我紧望着他眸中蕴藉流溢的光彩，慢慢觉得仿佛有一个小怪兽在心底不安地翻滚躁动，我突然从地毯上跳起扑向沙发，劳家卓迅速地伸出手臂，稳稳地将我抱入了怀中。

"映映，我过两天放假，"他声音有些低缓，带着淡淡愉悦，"你大学毕业我都没有给你庆祝，现在补上好不好？"

"真的吗？你工作没关系吗？"

"还好，我总有休假的。"

我高兴地蹭他下巴："去哪里度假？"

他抱着我坐到沙发上："嗯，你喜欢去哪里？"

我琢磨着："让我先想想。"

"好吧。"他摸摸我脸颊，站起来走去浴室。

家卓洗完澡，头发湿湿的，他走进来，我将他拉到椅子上，接过他手中的毛巾替他擦头发，又腾出一只手递给他一枚飞镖。

"干什么？"家卓问。

"看见那里没有？"我指向书柜。

"嗯。"他顺着我手的方向，书架上一格满满的国家地理杂志。

"扔过去，扔中哪里我们就去哪里。"

劳家卓被我逗乐，笑着问："当真？要是坦桑尼亚你去不去？"

"哥哥，去！只要你扔得中，去喂狮子我都去！"我信誓旦旦。

"你来。"他将飞镖塞回了我手中。

"来就来。"我站起在沙发上，用手指握紧飞镖，对着书架猛力掷了过去。

红色的镖针稳稳地插在了书刊中。

劳家卓走过去，拿出杂志，翻到插着飞镖那一页，只看了一眼就笑出了声。

"是什么？"我跳下来从他手中抢过了杂志。

我一看，顿时傻眼。

这是一本经典之作。一九九九年，美国国家地理《旅行家》杂志出了一本特刊，一经发行，数十年来经久不衰，是全球所有出行者的圣经，叫《一生中一定要去的五十个地方》。其中世间的美景有很多，比如意大利的阿马尔菲海岸，又比如塞舌尔群岛，远至秘鲁，近到岘港。可是，这些都跟我没关系，我的飞镖插进去的那一页，赫然是眼熟得不得了的维多利亚港的璀璨夜景，城市空间排名第二的都会——中国香港。

这也太近了吧！

我立即耍赖："我可不可以再扔一次？"

劳家卓朗声笑得更开怀："你说扔哪里就去哪里。嗯，香港不是挺好的？"

我气得跳脚，直接跑回房间。

"映映。"劳家卓软声叫我。

我将抱枕砸了过去，他眼疾手快一把接住。

"好了……"他伸手抱住我，笑着额头抵住我的鼻子，亲吻落下了来。

接下来的两天劳家卓都在公司忙碌，我听到他说苏见去了澳门出差，他手边的紧急公事需提前处理完毕，又将大小事宜交代清楚给几位助理和秘书。

我晚上在家里看电视发呆。其实现在局势不算得好，老爷子忙着抱孙子几乎不管公事，劳家骏频繁往返美国和本埠，一次在总部办公时和劳家卓谈论公事，两人观点不同在办公室起了争执，也许有员工走漏风声，两兄弟不和的消息很快有小报扭曲夸张地报道出来，但此类消息很快被压了下去。

这段时间苏见与他几位助理和公司高层经常来家里，二楼尽头的那间客房已经改成了小型会议室，有时我外出回来刚好碰到他们在，劳家卓从不避讳我，偶尔还让我送饮料进去，但我也无欲窥探他的公事。

只是隐隐觉得平静表象之下有一种山雨欲来的压迫之感。

劳家卓这天下班得早，我正在厨房煲汤，他进来说："映映，我们明天的飞机。"

吃完晚饭后我又问他："你这样走开了，公司没事吗？"

"你就这么不相信我的能力？"他微微拧着眉头安抚我，却是有着内蕴笃定的自信。

"好吧，好吧，二少爷，请问要带什么衣服？"我走进去给他收拾行装。

清晨我醒来得早，劳家卓一向浅眠，我轻微动静就将他吵醒了。

"映映，"他模模糊糊唤我，"醒了？"

"我睡不着，"我亲他脸颊，"我起床，你再睡一会儿。"

很快劳家卓也穿着衬衣走下楼来，一边走一边打着电话。

他对着手机："嗯，什么事这么急？"

他简短吩咐："我在家里，你直接上来。"

劳家卓挂了手机温柔唤我："映映，上去换件衣服，苏见有急事过来。"

"嗯。"我点点头，朝楼上走。

我在楼梯间听到劳家卓打开大门，对着门外的人说话："刚下飞机怎么不回去休息？这么早打电话过来。"

然后是苏见的声音："嗯，抱歉，吵到你了？"

"没事。"劳家卓声音淡淡地说，"进来再说。"

我在卧室待了一会，检查了一遍行李，看了看时间，也差不多该出发了，便走下楼去。

刚一走到楼梯口，就听到苏见声音：“家卓！”

苏见面容有些激动，着急地说：“真的就这样？”

劳家卓神情平静如常，沉稳的声音：“先放着，待我回来再说。”

苏见声音有些急：“时机很难说的，现在不处理……”

劳家卓说：“现在未必是恰当时机，再等等。”

“你要忍到何时？这样的好牌都不发，大少一日比一日逼人太甚，你还想怎样？”苏见激烈的语气慢慢转成了迷茫，“你再这样下去这几年的辛苦不是白费了？领导行政还要带着几个资管部门，为了顾全客户，事必躬亲做得那么辛苦。家卓，你知道我们对你的期待，而我一直以为你也认为自己能有更大的成就。”

“苏见，你冷静一点，”劳家卓镇定地说，“我没有说要收手。”

苏见望着他，脸上是掩饰不住的失望之色。

“现在局势未明朗，”劳家卓说，“苏见，你明白我，不到万不得已，我始终维护家人。”

苏见点点头：“好吧，可是你一定要在这时候走开？”

“我答应了映映。”劳家卓话锋一转，“我走开，不用我交代，你们应注意到平时的……”

“这个你放心。”苏见坚持还想说，“可是……”

“苏见。”劳家卓不轻不重地唤了他一声，脸色沉了下来。

苏见觑他神色，张了张口，还是噤了声。

“这一趟辛苦你了，你先回去休息，再跟朱碧禅说一声，可以过几天销假回去上班。”劳家卓温和地说。

苏见倒不惧怕他：“你走开了，我们怎么敢松懈。”

“好了，”劳家卓拍拍他肩头，“多得有你们。”

苏见点点头，告辞离去。

劳家卓回头来望我：“收拾好了吗？”

“发生了什么事吗？”我有些担忧地问。

劳家卓脸上一点异样表情也无，仍是一派的从容优雅，他泰然自若地答：“没事，我们按时走。”

我们自然没有去观光圣教徒会，后来决定去的地方也并没什么新奇之处，劳家卓在美国读书时，在三藩市的Noe Valley（诺尔谷区）购了一栋房子，环境非常清静幽雅。

劳家卓提议带我去住一周。

我也很乐意，他平常工作已经够累，难得休假，我只盼望他能好好歇一歇。

下了飞机司机开车过来接我们，行驶在异国的街道上，远处房子在山坡中的起落中犹如一个个形状分明、色彩鲜艳的格子，明媚的风光顿时冲去了长途飞行的疲累。

“你在这边住，去上课不是很远吗？”我有些不解地问家卓。

他大学时念GSB（商学院），离三藩市有三十英里（英制长度单位）。

“嗯。”劳家卓靠在座位上闭着眼休息，只轻缓答，“开车过去也不远。”

“旧金山华人多，中餐馆也多一点，可还是极为想念国内的食物。”

我握住他的手，心底泛起温柔的疼惜。

可以想象他忍受着丧亲的苦痛，独自在异乡求学的艰难。即使物质富足，可那种心底的孤寂和凄凉，是再多的金钱也无法排解的。

汽车在兰达街一百四十号斜坡深处停下来时，这所房子我一见就非常喜欢。

是一幢很普通的平房，可胜在独门独户，屋后有一个小巧且精致的庭院，碧绿草坪，两侧的灌木丛将整栋房屋都隐遮了起来，有一种远离尘世的清静之感。

抵达的第一天晚上，窗帘垂下掩盖了窗外绿树婆娑，我睡得分外香甜。

一觉醒来，竟已是次日中午。

我起来找劳家卓。

劳家卓含着笑走进来：“起来了，我们得出去买点东西，这里空置太久，什么都没有。”

我看见房间里站着的他，忍不住弯起嘴角露出笑容。

我们驱车去附近的超市，买了生鲜的肉，还有蔬菜和水果，鳕鱼子面包、西班牙火腿，奶酪和坚果。

我每天起来给他做饭，对着菜谱研究汤式，在睡醒午后做水果沙拉。

每晚相拥而眠，醒来亲吻，对着庭院喝咖啡。劳家卓喜欢坐在沙发上看书，有时看得困了就缓缓睡过去，我从房间里出来给他搭一条薄毯。

时光那么安静。

早上天气凉爽舒适，我穿着牛仔裤和布衬衣，挽起袖子在花园里修剪树枝。

劳家卓只在走廊下的安乐椅上懒懒地躺着望我。

我们不看电视，只偶尔在晚上昏暗的灯光下并肩坐着看电影，我有时看得感动忍不住泛起泪光，劳家卓细白的手指轻轻抚过我脸颊，笑着将我抱在怀中。

他偶尔跟国内联络，但都是言简意赅交代几句，不似在国内为公事所牵绊，劳家卓睡得充足，整个人显得神采奕奕。

傍晚我们沿着斜坡散步，他偶尔放松下来，平日身上那种深沉莫测的气质在清凉的晚风中消失殆尽，浑身散发着一种干净的朝气。

我看他如此轻松，怎知有一日我们坐在路边的露天咖啡馆，他忽然看着我感慨道："年轻人真是干净得纯粹。"

我听到，抬眸看他："怎么，你又不老。"

"老了。"他低叹一声。

他拉过我的手，看着我露在阳光下上的肌肤，仿佛吸收了光芒，莹莹透亮，劳家卓的手指轻轻地覆在上面抚摸而过，仿佛掠过稀世珍贵的瓷器。

我侧目望他，他穿着茶灰细条纹衬衣，眉目清俊，脸庞白皙如玉。

他是全天下唯一令我心折的男子。

我只微笑着低下头，心里每一个缝隙都被暖暖的幸福填满，带着沉甸甸的充实安稳之感。

生命以一种富足安盛的姿态，缓慢拔节，清风雨霖，完满流转。

我们仿佛隐居在世外桃源一般，时光在此停留。

夜里劳家卓电话响，他起身走去外面接电话。

我迷糊躺在床上，好一会外面低低的说话声静止了，都未见他进来。

我只好起床走出去，看到浓深夜色中，檐下的安乐椅上躺着一个人，那身影是安静寂寞的。

我轻轻走过去，站在后面摸摸他脸颊："怎么了？"

劳家卓慢慢回头，将脸倚在我手掌中，轻轻摩挲，脸上带着迷茫的脆弱。

在这个无眠的夜晚，我们坐在宽大的沙发上，打开落地窗，对着一庭树影憧憧，喝一点小酒。

“映映，”劳家卓忽然开口说话，声音低微，飘忽在夜色中，“如果有一天我不在劳通了……”

“如果我不再倚靠劳家出来自食其力，经济没有现在这么宽裕，你会不会介意？”

我心底隐隐惊跳，我知道他不会无缘无故说出这样的话。

“家卓，怎么了？”我压抑着不安，柔声问他。

“映映，回答我，如果真的有这么一天，你会怎么办？”他坚持地问。

我想不透他为何突然这么问，一时沉默了几秒。

他望着我神情，眉宇之间慢慢浮起一层萧索的薄凉。

“二少爷，”我回过神来，眼波投过去斜睨他，懒懒散散地开口，“我没有开百万名车，也没有设计师手工定做的西服衬衣，日费万钱尤无下箸处的也不是我。”

劳家卓原本有些消沉的脸色缓缓舒展，他凑过来眯着眼微微笑着问：“嗯，这么听起来是我铺张奢侈得过分？”

眼光之中有一种不动声色的危险锋芒。

我急忙狗腿地道：“没有没有，副总裁位高权重繁忙劳碌，理所应当，理所应当。”

他低着头喝了一口酒，没有理会我的胡诌，只望着夜色有些出神。

“家卓，”我说，“我不干预你任何决定，只要你愿意，我会一直陪着你。”

劳家卓沉默地握着我手。

我看他心事重重的模样，实在是不忍心，说：“做得这么辛苦又不开心，何不干脆移权让予大哥？”

“我若是直接放手，劳通只怕……”他顿了顿，然后握住我的手简单地说，“你不要担心，我会处理好的。”

那时我以为，我们同进同退，即使是只能共喝一碗热汤，也足以抵挡世间万种寒凉。

后来才知，原来竟是我太天真。

我们在屋子里懒散住了几天，天气晴朗得让人不忍浪费，我们换了衣服出去，手牵着手在街上闲逛。看到金发的忧郁男子在台阶上独自抽烟，远处的小广场上街头艺人的表演赢来阵阵口哨和掌声。夜晚他开车带我去城中吃饭，我们找了一间小酒吧，爵士蓝调音乐风情荡漾，我们只温柔地拥舞。

一日下午天气阴沉，我不知为何有些失眠，有些懒懒地窝在客厅沙发里打盹，听到房间里劳家卓的电话响起，劳家卓走过去接起，才说了一句，他的声调顿时一沉：“几时的事？”又接着问，“现在怎么样？”

我从困倦中清醒过来，扭头看到他握着电话在房间中来回走动，蹙着眉神情不好。

劳家卓挂了电话，又打了几通，断断续续地讲了许久才回来起居室。

“怎么了？”我已经坐了起来，望着他问。

“映映，我们要回去了，爷爷突发高血压昏迷。”

我手一震，腾地从椅子上站了起来。

他按住我：“不要急，刚刚已经抢救过来了。”

“我已吩咐秘书订机票，”他还是沉稳道，“我们收拾一下，坐最快一班飞机回去。”

外面下起了雨，已经是深秋初冬的时节，冷雨一落骤时寒冷许多。

司机过来载我们去机场，我穿着毛线外套仍瑟瑟发寒，劳家卓握住的我手：“不要担心，没什么事。”

深夜机场，旅客都是一脸倦容，我们坐在候机厅，劳家卓和国内联系，询问了爷爷病情，刚转头和我说了两句，又有电话进来。

他接起：“碧禅，是我。”

朱碧禅不知在那端说了什么，劳家卓脸上的怒气一现即隐：“人事调动令谁签的？”

“找的什么借口？”他压抑着问。

“除了彼德，还有谁降级？”

“先执行吧，等我回去再说。”

“嗯，你让苏见过来，我下飞机再联络。”

他皱着眉头收了线，抬手用力地按了按太阳穴，转头看到我在一旁看着，他随即微微笑一笑。

我摸摸他手，他身体的温度很低。

我有些担心："家卓，冷不冷？"

他指指身上的外套："够暖了。"

他打开手提电脑，温柔地说："映映，抱歉，我得忙一会儿。"

我点点头："嗯。"

他笑笑，随即专注看屏幕，他打开网站，LTB 熟悉的菱形标志弹出，我瞥了一眼，邮箱里整页都是密密麻麻的商务讯息。

直到登机前他才关掉电脑，长途飞行中我睡过去，醒来时，身上盖着毯子，劳家卓一动不动地对着窗外发呆。

我握住他手："睡一会儿吧。"

他笑容里带着倦意，轻声安抚我："睡不着，没事，你睡吧。"

途中我们在首尔转机，我因为长途奔波晕机，有些轻微反胃，去了一趟洗手间，吐得泪水都呛了出来。

劳家卓办好手续回来，看到我瘫坐在候机厅椅子上，他掏出手帕将我脸上的冷水擦干净，伸手托住我的脸，让我靠在他的身上。

我混混沌沌中听到他有些心疼的声音："映映，要不要紧？"

我摇摇头，将身体蜷缩在他怀中，身后是巨大停机坪回旋着冷风，身边是陌生的国度和陌生的语言，我们两个人紧紧依偎，颇有些相依为命的感觉。

下了飞机，苏见等在出口处，我们脚步匆忙，苏见只来得及寒暄几句，便迅速将行李塞进后备厢，往医院疾驰而去。

我们到达医院，从车库的电梯直上五楼，一出电梯郭叔就迎了上来："二少爷，映映小姐，可算回到了。"

劳家卓边往里走边问："爷爷怎么样？"

郭叔道："老爷子还在加护病房观察。"

说话间郭叔在门前停了下来，推开门，瞬时一屋子的目光转过来。

我看了一眼，这应该是医院的一间宽大会客厅，老太太坐在沙发中间，劳家骏站在窗前，还有劳家骏父母，以及数位劳家叔伯和公司高层领导。

劳家卓走上前："奶奶，我们回来了。"

我跟着上前，随着同各位长辈打了声招呼。

老太太开口："医生说老爷子病情稳定，应该很快会醒来。辛苦大家了，一切事宜等老爷子醒来再说，各位先回去吧。"

于是家族里疏远一些的亲属和公司下属告辞离开，很快房间里只剩下寥寥数人。

这时，劳家骏转过头，玩味的目光看了看家卓。

老太太朝我招招手："映映，过来坐，搭飞机累了吧。"

劳家卓说："我们先去看看爷爷。"

"嗯。"我点点头，对着奶奶道，"爷爷情况好不好？"

劳家骏母亲看着我们，保养得宜的脸上浮出一层粉白的笑，她说："急什么，先坐坐吧，老爷子还没醒呢，不急着展孝心。老爷子都这样了，都还忙着度假呢。"

她的话仿佛一根刺刺入心底，我觉得很不舒服，身旁的劳家卓只沉默地拉着我转身朝病房走去。

一家人心神不宁地等了一天一夜，老爷子在次日下午醒来了过来。

众人慌忙抢前上去看望，护士在门口礼貌出声制止："病人刚醒来，不允许太多人探望。"

劳家骏扶着老太太："奶奶，我陪你进去。"

老太太点点头，在护士和医生的陪同下走进消毒室。

我们在外等了约莫半个小时，老太太走出来，面上一直强撑着的威仪此刻显出了疲态，她侧过脸悄悄抬手抹了抹眼角。我觉得有些心疼，忍不住走上前轻唤："奶奶……"

老太太欣慰地扶住我的手。

我搀着她，怎么样也是七十多岁的人，即使精神矍铄，平常倒好，突遭变故，就显出了苍老之态。

"奶奶，这里有我们呢，你先回去休息吧。"我说。

老太太点点头："好的，你们两兄弟仔细照看些。"

本市权威心脑血管专家和特护二十四小时轮流照看，老爷子的病情逐步趋于稳定，到醒来第四日拔去胃管后能进些流食，精神也好了许多。

医院终于允许家属进入探视，劳家骏母亲拉着劳家骏站在床头，语气是天大的担心和喜悦："爸爸，真是老天保佑，可教我们担心死了。"

老爷子刚刚做完检查还有些虚弱，一时说不出话，只皱了皱眉。

老太太走上前："还有哪里不舒服？"

劳家骏母亲又接着道："让医生再过来看看。"

护士过来提醒，病人刚醒来，不宜探视太久。

劳家骏母亲又忙着道："是是是，让爸爸好好休息，我们都出去吧，"

老太太俯身："我让小郭回去吩咐厨房给你炖点汤。"

劳家骏父子站在病床前，跟着小心问候了几句，也起身离开病房。

我和劳家卓被阻隔在外，正要随着众人往外走，忽然听到老爷子沙哑的声音："老二，你留下。"

前面一行人走动的脚步一僵，劳家骏的母亲更是直接回头，如临大敌地望着老爷子，脱口而出："爸爸！"

老爷子又说了一遍："老二留下，其他人先回去吧，我没什么事。"

劳家骏母亲的脚步在病房门前停住，她丈夫拉了一把，她方不痛不快地走了出去。

劳家卓在病床边坐了下来，眼睫低垂，轻声叫了句："爷爷？"

"劳通股价怎样了？"老爷子开口问。

劳家卓一怔，迟疑了一下说："爷爷，您刚刚醒来……"

"老二。"老爷子出声。

劳家卓望了望他："美股昨日收盘跌了近三成，今日开盘略有涨势。"

"爷爷您身体硬朗，且安心休息，"家卓说，"昨日公关部已知会媒体那边您身体康复的消息，不过是一个小波动，局势正在好转。"

"嗯，"老爷子点点头，"这几天见过汪部长了吗？"

"还没来得及拜访，"劳家卓温和地说，"不过因为情况紧急，冒昧地和他通过几次电话。"

老爷子望着他，锐利的目光带了些许温情，忽然开口说："你今年多大？"

"二八？嗯，是二十八，"老爷子自问自答，神色中有些回味的怅惘，"我二十八岁才不过是劳通一个部门主管，你却已做到了行政副总，还做得这般出色。"

"我们老一辈的思想老套了，如今时代不同，劳通要继续做大做好，还得靠你们这一代，家卓……"老爷子缓缓开口，"劳通在你手中……"

"砰"的一声，病房的门骤然被推开。

“老爷子！”家骏母亲激动地喊，“你要把家业给他？！”

一群人重新涌入病房。

宽大的病房顿时显得有些拥挤，家卓站起来退到了一旁。

劳家骏母亲口不择言地道：“老爷子，你莫非病糊涂了不成？”

老爷子眉头一皱，脸上带着不耐烦的怒意。

那妇人平日优雅的脸庞因为情绪波动显出扭曲的皱纹：“家骏是你长孙啊！这么些年孝顺又能干，曾孙都生出来给你抱了，你怎么这么偏心！老二算个什么东西！”

“你说的是什么混账话！”老爷子怒目一瞪，气势迫人，“老二怎么了？老二也是我劳家子孙！只要有才能继我劳家家业，老二来做又怎么了？”

劳家骏母亲脸色一变，声音蓦地拔高，尖锐得如同一地破碎的玻璃：“爸爸，你想清楚了没有？你要给他？给这个杀死自己亲生父亲的孽子？！”

劳家骏听闻，连忙出声阻止：“妈妈！”

然而话已迟，偌大的房间中瞬间沉默死寂。

劳家卓的身体微不可察地轻轻一晃，旋即站定，脸色惨变，煞白如雪。

劳家骏望了望周围，咬着牙呵斥：“妈妈，你少说两句！”

我仿佛完全没有听懂他们的话，头脑中“嗡嗡”作响，只怔怔站着。

在一片难堪的沉默之中，老太太有些苍哑的声音缓缓传来，带着让人无法忽视的威严：“佩玲，注意你的言辞，你是我劳家长媳，家卓是你小辈，你不关心爱护且算，还红口白牙地胡言乱语，英杰泉下有知，只怕是不知道多么伤心你这么说他留下的独子。”

劳家骏母亲脸上青一片红一片。

老爷子阴冷地道：“我都还没死呢，就忙着争家产？”

“好了。”老太太挥手，“都回去吧。”

劳家骏率先推开门，不管身后如何，大步往外走去。

我走到劳家卓身边，他身体僵硬，紧紧抿着唇，脸上不见一丝血色。

“家卓……”我还没来得及说话，他忽然转过身拉住我的手臂，无比冷漠地说，“走。”

我被他拽着走到门口，有些迟疑地在医院走廊上停住了脚步，回头犹豫地望着奶奶："家卓，可是……"

他脚步不停拖着我往前走，我脚步拖拉，他略微用力，我却站着不动。

劳家卓回头，额角隐隐跳动，强忍着怒气冷冷喝我："江意映！"

我心头血管突突地跳动，我从未见过他这样的神色，看我的眼中全是嫌恶。

劳家卓大步走出医院，按着手上的钥匙，滴的一声，汽车的灯光在远处亮起。

他走向车子，一把拉开车门，我爬上车还未坐定，他便迅速发动，引擎在底下低微轰鸣，转出医院大门。他踩着油门，车子如同离弦之箭轰的一声在宽阔的马路上飞速驶过。

他紧紧捏住方向盘，一言不发，全身绷得很紧，眉心是深深的褶皱，不知是忍受着怒气还是疼痛。

等到家推开大门时，他的脸色已经是一片骇人的惨白。

他穿过客厅直接走向楼梯，脚步很快，身形却不稳，刚抬脚上了一步楼梯，突然撑住楼梯扶手一阵猛烈咳嗽，脚下却丝毫不停，咬着牙踉踉跄跄地上了楼。

我跟在他身后关好门，脱下外套又迅速洗干净手，飞快跑上楼。

房间内黑暗一片，家卓沉默地坐在沙发上。

他背对着我，我看不清他脸上神情。

我走去坐下来低唤他："家卓……"

他没有应我。

我陪着他坐了一会，家卓倚在沙发上，脸色越发难看，苍白之中隐隐透出一种青色。

"家卓，"我忍不住出言，"是不是不舒服，去躺着休息一下好不好？"

听到我说话，他身体轻微一震，忽然抬头望我，阴郁之中闪着一丝颓败的光芒。

"你不问我吗？"他忽然开口，幽冷的声音在黑暗之中，轻微擦破空气带来一种诡异的冷酷。

我有些犹豫地望着他，不知道该如何回答他。

"你不想听听我是如何杀死自己父亲的？"他露出一丝冰冷的笑容。

我只觉得牙齿在微微颤抖，如果说刚刚我在病房中听到的只是幻觉，这次我听得真真切切。

“家卓，不……”我无力地出声，却不知自己在否认什么，我对这一切根本一无所知。

他眉心之中的颓败更盛，声音却冷硬如铁：“我气得他心脏病发作，眼睁睁看着他在我面前痛苦挣扎也不呼救。”

他神色冷漠得仿佛事不关己：“然后他就死在了我面前。”

劳家卓扶着沙发扶手，似乎再也无法忍受情绪的震荡，他勉力站起想要离开，却完全站不稳，强硬撑起身子走了两步，忽然眉头一皱，他抬手仓促地揪住前胸，双膝一软狠狠摔倒在地板上。

我整个人还处在怔愣之中，匆忙伸出手却来不及扶住他，只能慌慌张张跳下来抱住他：“家卓，家卓，你怎么样？”

劳家卓手握成拳下意识地按在胸口，下一秒却强迫自己收了回来，他将头紧紧抵在沙发边缘，无力地跪在地板上，呼吸紊乱成一片喘息。

我慌得方寸大乱：“家卓，我请医生过来好不好？”

他说不出话，只死死捏着我的手腕阻止我的动作。

我试图从身后抱起他，声音带了哭腔：“你去床上歇一会……”

劳家卓挣开我的手，撑起身子靠在沙发上，侧着脸背对着我。

我又惊又怕浑身都在发抖，却死死地咬着唇让自己不要哭出来。

劳家卓坐了好一会才缓过一口气来，但脸色还是面白唇青，他用尽了全身的力气咬着牙站了起来，扶着墙壁摇摇晃晃地走回卧室。

深夜，我坐在沙发上，落地灯从房门的门缝透出一缕暗淡的光线。

卧室内一片寂静，想必劳家卓已经睡着。

我弯曲起膝盖将自己紧紧抱着，心头一阵阵恐慌袭来，他究竟是有多少面，是我所不知道的？

我熟悉的那个沉稳温雅的劳家卓，从未对我说过一句重话的劳家卓。

可我从未见过这样的劳家卓，浑身散发着的戾气，是仿佛要与全世界同归于尽的恨意。

我的眼泪流下来，却不敢哭出声，只好抽出纸巾捂住口鼻，哽噎着大颗大颗的泪水还是落了下来。

我不知坐了多久，恍恍惚惚地睡了过去。可实在太累，在梦里觉得冷却不愿醒来，只迷糊着在沙发上辗转，睡到半夜感觉有一双熟悉的手臂动作轻柔地将我抱起来，他胸膛的温度有些凉，却是我无比眷恋的气息，我安心地闭上眼蹭了蹭。

劳家卓将我放到了床上，我终于惊醒过来，他坐在床边，脸色还是不好。

我忽然之间有点怕他，看着他没有出声。

“映映，是我情绪不好迁怒于你。”他低微的嗓音带着歉意。

那种不安的恐慌再次贯穿我身体，我眼泪又流了下来。

他俯过身从床头柜上的盒子里抽出纸巾，想要擦我的眼泪。

不知为何我的泪水完全止不住，我将头埋在双膝中狼狈痛哭，身体哆嗦着发出呜咽声。

劳家卓慌了，勉力撑起身子过来抱着我：“映映，映映，别哭，对不起……”

他细致温柔地吻去我脸上的泪水，一遍又一遍温柔地安慰：“映映，别哭了……”

我抽噎着慢慢平静了下来。

劳家卓终于停止，将我抱紧，头轻轻伏在我肩上。

他双肩在我身上微微颤抖，发出让人心疼不已的断断续续的低咳。

我将他扶在床上躺好，这样彻夜无法安眠折腾下来，他的精神明显不支了，却坚持将我抱在怀中：“映映，你睡一会儿。”

我眼前一片模糊，只顺着他的意思点点头。

我贴近他的胸膛，闭着眼听他有些微弱的呼吸，不知道过了多久，我们都睡了过去。

金鳍花园中央的劳家大宅，树荫下撑着太阳伞，初冬暖阳照射在修剪得精致整齐的草坪上。

我对着保姆怀中的小宝宝挤眉弄眼，逗他："小哈，小哈……"

劳小哈穿着浅蓝的婴儿装，咯咯笑着伸出来小指头摸我额头。

我乐得一直亲他。

绮璇笑着看我："映映，受不了了，送给你和家卓养好不好？"

我嘛起嘴巴亲他的粉嫩脸颊："你舍得？"

绮璇说："半夜哭闹起来简直是魔王转世。"

我笑："大一点就好了。"

这段日子老爷子病倒，一家人都忙，大宅冷清许多，绮璇留在家里照顾小哈，因此经常邀我来做伴。

我看看时间，起身说："绮璇，我得走了，家卓准备下班了。"

"嗯，你是回家还是去医院那边？"

"要陪家卓过去看一下爷爷。"

绮璇抱起宝宝："小哈，跟小婶婶说再见。"

司机开车过来，下来打开车门，绮璇陪着我走过去："映映，你多过来玩，我待在家里快要闷死了。"

我和她并肩走着，笑着答："好。"

绮璇身上的香水气息混着淡淡奶香，生产后她身段略略丰腴了一些，但依然是美丽的女子。

我上了车，朝绮璇笑着挥挥手，朝医院开去。

上车后我打电话给劳家卓，他很快便接通："映映。"

“下班了吗？”

“嗯，我现在已经在医院，你过来吗？”

“我现在过去，一会儿见。”

“嗯。”他温润的嗓音带着淡淡疲倦，收了线。

这几日劳家卓公司和医院两头来回跑，所幸老爷子恢复情况还算理想，劳家卓私下咨询过主治医师，医生并无隐瞒，毕竟是老了，身体的很多器官功能已经退化，老爷子也该好好颐养天年了。

老爷子醒来后，曾叫律师谈论过遗嘱的问题，又分别秘会过公司几位元老和几位分行高管听取过意见，劳通改朝换代的日子不会太远了。

劳家骏那边得到的消息想必不会比家卓少。

我走出电梯，高级病房区域无比宽敞，偶尔有一两个医护人员安静走过。

门半掩着，我走过去，老爷子坐在沙发上，劳家卓和劳家骏站在他跟前，有隐约交谈声传来。

我看见他们在谈正事，停住了脚步站到一旁。

老爷子刚好在说话，声音有些沙哑：“我老了，我跟你奶奶身下就你们两个孙子，劳通无论谁做，都必须得好好继承劳家的家业。”

“本来你们两兄弟分开管理不同区域，都做得很出色，但劳通始终要一个人来掌舵，这样拖下去不利于集团内部的安定，我也不想被人骂老糊涂偏袒谁。最近银江总理给我打过电话，他们公司的上市审批已经通过了，预计明年在港上市，所以要找一间金融机构合作，过段时间他们戴总会亲自来考察，银江无论是融资和发展潜力也不用我说了，你们谁能谈下这个案子，就是凭本事坐上总部三十八楼的办公室吧。”

劳家骏飞快看了一眼劳家卓。

劳家卓只静静站着，神色平静地略微垂眸。

老爷子瞥了两人一眼，严肃的脸庞有一丝不易觉察的感慨：“那个位置，也不是那么舒服的。”

劳家骏拍了拍劳家卓肩膀：“爷爷，姜还是老的辣，有您在，我们就只能全力以赴了。”

老爷子点头：“行了，做什么事都记得别丢劳家家门的脸。”

劳家卓走出来见到我，说：“映映，进去跟爷爷打个招呼，我们回家。”

同老爷子告辞出来，我们走出医院，他的司机在外面等。

“你没有开车？”我问。

“嗯，”劳家卓点点头，“这两天有点累。”

“晚上要吃什么？”劳家卓坐在后座，握着我的手问。

司机将车泊在皇都酒店前，我们搭电梯到十楼，这是一间私人会所餐厅，靠窗的安静雅座可俯瞰整座城市的璀璨灯火。

侍应生带着十足笑意迎上来：“晚上好，江小姐，劳先生，好一阵子没见您两位了。”

侍应生半侧身引座，替女士拉开椅子，然后递上餐牌，动作恭敬得一丝不苟：“两位要吃点什么？”

我们点了圆贝，蒜香骨，蟹肉芥兰和鱼汤，劳家卓又替我点了一份香橙苏芙喱。

菜开始上时，服务生轻敲门：“劳先生，您上次存放着的那支82年的拉图醒得刚好，今晚要不要给您取来？”

劳家卓望着我，眼神有略略征询的意思。

我轻声道：“昨晚上不是还有些咳嗽吗？不要喝酒了。”

劳家卓颔首示意，服务生点点头鞠躬退了下去。

菜色精致可口，但劳家卓吃得不多，神色有些疲倦。

我知道他很忙，可这两日他却尽量抽出时间陪我，也许那晚我在他面前崩溃大哭吓到了他，他虽然不说，但还是不免带了淡淡愧疚地宠溺着我。

我吃到一半，忍不住问：“家卓，你跟大哥这样，胜算大不大？”

他一愣，随即了然地说：“你听到了？”

“嗯。”我点点头。

“映映，我不知结果如何，”劳家卓说，“不要因为我有情绪负担，我尽力做到最好。”

我望着他，轻轻地说：“我很希望可以替你分担一些。”

劳家卓神色微微动容，眸中浮现出些许暖意，他伸手替我拿起小汤匙：“现在替我好好把这份甜点吃掉。”

这么久以来，我见到的他遇事素来从容镇定，游刃有余，仿佛天大的事情也并不萦挂在心。不管如何我都会陪着他，胜败又有何干系，我想了想，渐渐放下心来。

我低下头来，勺了一口点心，入口滑腻香软。

劳家卓喝汤，碗碟碰撞传来细细的清脆声响，我们静谧安好。

养和医院住院部大楼。

我望着不远处的空地上，停着各式名贵车子。

今日老爷子出院，前来迎驾的除了家里亲属，还有数十位公司高层。

我等在一楼的走廊下，脚踩在大理石的地板上，不停地绕圈子。

等了一会，终于看到那辆熟悉的卡宴驶进来，直接泊在楼前空地，家卓从车上下来，穿过大楼前的道路，冷风吹起他的黑色大衣。

他今日有商务谈判，穿得正式，白衬衣黑西装，荧蓝丝领带，眉宇之间略带倦容。

他越走越近，我心底却忽然一阵惶然，有一瞬间甚至看不清他的脸，只觉得他仿佛离我越来越远。

劳家卓走过来握住我手，嗓音温润："映映，怎么出来了，外面这么冷。"

他牵着我的手走进大楼，进入电梯，直到停在五楼，他放开我的手。

迎面有公司职员走来，神色恭谨："副总。"

劳家卓矜持点点头，身畔下属有事跟他汇报，他微微倾身专注听着，不时简短地回复。

我只安静地跟在一行人身后。

穿过走廊，劳家卓放慢脚步，家里的司机从会客室走出来："二少爷。"

有人替他推开门，劳家卓在门前站住了，然后回头找我。

我走到他身前，他略微扶了一下我的手，让我先走进房间中。

劳家骏和绮璇坐在沙发里，家卓点点头："爷爷呢？"

绮璇轻声答："病房里，医生还在里面。"

我看了一眼，问道："绮璇，奶奶没来？"

绮璇答："嗯，在家里等着。"

郭叔在一旁道："二少爷，先坐坐吧，还得等一会儿呢。"

劳家骏走到外面去吸烟。

劳家卓坐了一会儿，电话响起，他出去外面接电话。

我和绮璇坐着聊天，好一会仍未见他们进来，我便出去找家卓。

穿过病房外的宽敞走廊，一旁是露天阳台，风呼呼地灌进来。

我忽然听到劳家骏低低的笑声："脸色不太好啊，保重身体要紧，不用这么辛苦。"

我皱皱眉退了几步，正要走开。

"大哥言重了，"忽然听到一个人回答，"既然大哥胜券在握，我不如静待佳音。"

我脚步定住了

劳家骏哈哈一笑："老二，今时今日谁要是再敢对你掉一分的轻心，那就是傻。"

"那是我的荣幸，"劳家卓话锋一转，直接问，"张彼德调去深圳分行，是你的意思？"

劳家骏望着劳家卓，嘴角露出一个挑衅笑容："怎么了，我还不能调动一个区区行政助理吗？"

劳家卓毫不客气冷冷地道："大哥，你要怎么样随便你，但我警告你，别动我的人。"

劳家骏丝毫不掩气焰嚣张："张彼德是劳通职员，不是你的私人员工，你还真以为劳通是你的不成？你不想想在整个劳通总部董事层，你以为你能得到什么支持？"

劳家卓早已看见了我，他不再理会劳家骏，转身拉着我想要走开。

"还真是恩爱啊……"我们身后传来劳家骏的声音，夹着一丝奢靡隐秘的嘲笑，"只是不知道风流品性会不会遗传呢？"

"劳家骏！"劳家卓转过身，皱着眉压抑着怒意。

劳家骏靠在墙上闲闲地道："怎么？这么担心我天真无邪的弟妹听到？"

劳家卓笑容淡漠，浮起不动声色的讥讽："大哥这么爱谈私事？不如我们来谈谈你这段日子在澳门做的好事？"

劳家骏脸色大变："你说什么？"

劳家卓迎上一步，回敬他轻慢之意，低沉的嗓音带着杀意："我手上刚好有一份精彩纷呈的调查报告想跟大哥分享一下。"

劳家骏面色变了又变，勉强咬着牙挤出两个字："胡扯！"

"是吗？"家卓嘲讽笑笑，"明日我让秘书印一份送去办公室给你过目。"

劳家骏额头青筋隐隐跳动，忽然间大踏几步上前，猝不及防地一把揪起劳家卓的衣服，重重地将他摁在了墙壁上。

我惊呼一声："家卓……"

劳家卓嘴角仍是淡淡的笑容："大哥，别忘了，外面隔间就是一屋子的公司高管，你确定要演一出好戏庆祝老爷子出院？"

劳家骏双目暴射出熊熊怒火，一拳朝着家卓挥了过去。

劳家卓敏捷地侧身闪过。

我不敢喊叫唯恐惊动外面的人，只心惊胆战地看着劳家卓在下一秒伸出胳膊挡开劳家骏的拳头，似笑非笑着轻道："大哥，你冷静一点。"

劳家骏愤怒地按住他的肩膀，低声咆哮："老二，你最好小心点。"

绮璇从走廊转角跑出来，看到他们，尖叫一声："家骏，你们在干什么？"

劳家骏陡然松手放开了他。

下一刻，从走廊走过来数人，目光纷纷投射在两人身上，脸上表情各异。

劳家卓一边整衣一边望着诸人笑笑，依旧是风雅容仪，可脸上笑容陌生得连我都心惊："没什么事，大哥和我开个玩笑。"

劳家骏挽住绮璇，脸色铁青地走了过去。

我们走回会客室，老爷子已收拾妥当，病后不宜走动，劳家骏推着轮椅，医生陪着他走到电梯，一群人浩浩荡荡地送着老爷子走了出去。

待老爷子上了车，劳家卓问我："映映，我下午还有事，司机送你好不好？"

我点点头："嗯，你忙吧。"

劳家卓轻握我的手，等司机开车过来，他将我送上了车，才返身朝自己车子走去。

我看着家卓的车率先驶出大门，转上了大道，才对前面的司机道："徐哥，请等一等。"

司机将车停在了路边。

我从车窗里看了一会儿，方推门下车走向了路边，开口唤："绮璇！"

绮璇正拉开车门，回头见是我，露出灿烂笑容："映映！"

我走过去："绮璇，下午有没有事？"

"没事，家骏有应酬，"绮璇笑着望我，开口说，"来来来，我们去喝茶。"

我笑笑："搭你车好不好？"

绮璇拉开车门坐上驾驶座，热情地道："快上来。"

我转身朝徐哥说了一声，绕到一边坐上了绮璇的车。

她将车开到君悦华庭，本城的许多贵妇都钟爱这家的下午茶。

我们落座，绮璇熟络地应付了侍应生，我倚在柔软沙发上，露天的玻璃屋顶洒下点点阳光，有一种浮生若梦的感觉。

绮璇坐在我身旁，眼光朝我示意某个方向，对着我耳朵悄声道："映映，那边。"

我侧过头顺着她的目光，看到一张经常出现在电视上的年轻美艳脸孔，那位女明星身边是一个略显肥胖的中年男子。

"陪的是新城国际的总制片人，"绮璇笑着轻声道，"有一阵没见到她了，听说要出演岁末大片，原来是这样。"

我低声道："终归不容易。"

这时服务生送饮料上来，绮璇适当转移了话题："映映，我们试下新出的戚风蛋糕，看起来很好吃。"

我们喝着茶，闲聊了一会儿，绮璇笑笑："映映，怎么了，你有事找我？"

看来她也不是糊涂的女子。

"嗯。"我索性直接开口问，"刚刚他们兄弟俩怎么了？"

绮璇倒不忧虑，依然含笑："我也不清楚，应该没有什么事。"

她语气轻快："家骏脾气急躁得很，家卓性子闷，有时是惹得他这样，过了就好了。"

"嗯，那就好。"我点点头，她倒是乐观。

我喝茶，状似无意地问起："绮璇，家卓的父亲，是怎么一回事？"

她侧着头，托腮有些沉思："老一辈的事情我不是很了解，你知道的，奶奶动不动就来家门规矩，我听得……"

我不禁笑了起来。

绮璇娓娓述来："我记得那时我与家骏订婚不久，经常过来大宅，有一次家卓不知为何同老爷子吵架，其间似乎提到他父亲，惹得老爷子勃然大怒，痛骂他不孝子。"

"家卓那时脾气可真是硬，年轻气盛，一直顶嘴。"

“老爷子拿家里的尺杖，把他打了一顿，扬言要将他赶出家门。”

“家卓倔强得死都不肯认错，带着一身伤走了。”

“他们两兄弟读书时为了方便都在大学附近买了公寓，家卓离开大宅后回公寓住，奶奶不放心，让郭叔跟着过去，郭叔回来说看到他如常去上课，一家人才放心下来。”

“老爷子本来就在气头上，听到他没事，更加放了狠话，命令谁也不准去管他。谁知道将近半个月过去都未见他身影。”

“我觉得有些不妥，就去央求奶奶，老太太本来也不放心，我一说她就直接让郭叔去了他公寓，家卓那时，真是……唉，人躺在床上已经快不行了，他根本不管自己的身体，身上的伤未痊愈，止痛药就大把大把地吃。”

“他心悸一直很严重，胃也不好，各种病一起来，人消瘦得脱了形，在医院养了大半年身体都没恢复。”

“老太太心疼得不得了，将老爷子狠狠骂了一顿。”

“就是那段时间，他性格变得很孤僻。”

我鼻头酸楚，眼泪几乎要掉下来。

我没想到绮璇这么慷慨讲述旧时事，一时回神不过这样的灰色往事。

绮璇握住我的手：“我只知道家卓父母亲去世对他打击很大。你也看到了，家骏有父母出头，可是他……什么都没有。”

难得她这么中肯。

“映映，还好有你，”绮璇笑着，“你嫁进来后奶奶不知多满意。”

她朝我眨眨眼：“有你在，她也不会整天盯着我了。”

我心底有些感动：“绮璇。”

“好了，其实都过去了。”绮璇说，“无论如何，家人都是最重要的。”

“他们男人的世界，”绮璇笑得甜蜜，“我们不用理会。映映，我上次在崇光看见一双靴子，你穿一定漂亮极了，来来来，我们吃完去试试看。”

我明白她的自信，绮璇心无旁骛，因为她笃定老爷子会传权予劳家骏，是以如此轻松快活。

深夜，白纱帘幕低垂，睁开眼有微微光线。

我睡眼惺忪爬起来，走廊深处的会议室还亮着明亮灯光。

我坐在客厅喝了一杯水，看了看时间，已经凌晨两点。我穿了外套走过去，房间的门半掩，桌面叠放着文件，几个人对着电脑，都熬得双眼通红。

为了应对银江的上市案，公司里的几个助理轮流带着报告和方案过来，劳家卓已经连续几天都几乎熬到通宵。

我轻轻敲了敲门。

劳家卓按着桌子站起来："映映，怎么醒了？"

"嗯。"我笑笑，"还不休息？"

他的助理小姜正在收拾文件："正要结束了。"

苏见对着我微笑，对家卓说："Presentation（报告）我带回去修改，戴总后天的飞机，我已联络他的秘书。"

劳家卓颔首："你先陪他吃个饭，让他给戴勤传个话。"

苏见点点头，几人告别离去。

劳家卓走过来拉住我的手，我们回房间去，他进去洗澡出来，我给他吹头发，还没干透，他倚在我肩上睡着了。

三天之后，银江公司一行人抵达，翌日开始会见本埠各间知名会计事务所和金融机构，劳家骏代表劳通亲自在皇都设宴接待，随后在劳通会议室做了融资和上市的方案陈述，戴勤离开劳通大楼出来时，大方表示了对劳通的满意。三天后，戴勤本人接受了劳家卓的约见。

劳家卓日日早出晚归，忙碌万分。

我取到设计师执照已经有一段时间，一天深夜，劳家卓回来时我跟他商量我是否要出去找一份工作。

劳家卓正坐在书房沙发上，他这段时间工作得晚，夜里喝大量的咖啡提神，有时累得就在书房的椅子上睡了过去，我晚上熬到深宵照顾他，早上都是睡到日上三竿。

劳家卓柔声说："映映，先等等，你如果做事早起上班太辛苦。"

他手抚摸我头发，爱怜地说："连累你了，等我忙过这一阵子再说。"

我永远不会逆他的意，只顺从点点头。

我白天无事可做，陪着韦惠惠出去跑新闻，好在岁末娱乐圈热热闹闹，去了几个电影首映，看着形形色色小大明星打扮得光鲜亮丽轮流登台，这段时间萦绕在心中的担忧和愁绪被冲散了一些。

一日，韦惠惠和我去电视台看一个新生代偶像歌手的演唱会，我们持记者证得意扬扬地从大批歌迷丛中穿过，我乐得惬意坐在台下，看那个涂得唇红齿白有着精致脸孔的小男生大唱幼稚情歌。

忽然我大衣口袋中的电话响起。

我接起，说了几句，转头对正拿着录音笔的韦惠惠低声说："我有事要先走。"

我出去拦了一辆计程车，直奔市区。

午后的咖啡座没什么人，绮璇站起来对我挥手："映映，这边。"

我搁下手袋，点了一杯拿铁，才问绮璇："绮璇，怎么有空约我？"

绮璇淡淡笑了笑："奶奶和保姆在家，不用照顾小哈。"

她穿一件雪白薄裘衣，淡淡的粉黛气色不错，但仔细看发现眼皮有些浮肿。

"嗯。"我点头，"我刚陪同学看演唱会，吵得要命。"

"真羡慕你，永远这么朝气蓬勃。"她搁下杯子望着我。

我说："哪里，下午好一点儿，早上困倦得要命。"

"怎么，睡眠不足吗？"

"家卓夜夜晚归，"我似真似假抱怨，"每夜空等他回来。"

绮璇没有似以往一样取笑我，只有些哀愁地望着我："映映，听说家卓亦在极力争取银江的上市案。"

我有些斟酌："他们的公事我不是很了解。"

绮璇低着头，好一会儿都未见抬起头来。

我觉得有些不对劲，忽然看到桌面上有点点水滴落下，她的双肩开始颤动。

我急忙站起坐到她身旁："绮璇，发生什么事了？"

她抬起一张布满泪痕的脸："你没有听家卓说过？"

我抽出纸巾给她，摇头表示不解。

她按住脸颊，呜咽出声："家骏前段时间去澳门，多次豪赌，输了很大一笔钱。"

"他并未用真实身份入场，不知道家卓怎么会调查到此事，他已说准备直接跟老爷子汇报……"

绮璇饮泣："家骏真是疯了，竟然拿公司的资金去赌，钱且不算，他竟然做出这么荒唐的事。要是传出去了，别说继承劳通了，爷爷只怕要打死他。"

她惊慌失措抓着我的胳膊："映映，我害怕得要命……"

眼前的人发丝微乱，双眼红肿，她是一贯活在糖罐中的女子，遭此变化，似乎完全不知如何应对。

我安慰道："绮璇，你先别慌，只要爷爷不知道，这件事我们好好解决就行了。"

"对……"她仿佛痉挛般的地握住我手腕，如抓到海中唯一浮木，"你帮帮我好不好，你去求家卓，让他千万别告知爷爷……"

我一时语结，有几分迟疑："我……"

她望我神情，怔住摇摇头，泪眼又落下来："对不起，局势已经如此，这是家卓最好的机会……"

我不知道该如何回答她，只好轻轻地拍她肩膀。

好一会绮璇才止住了哭泣，低低地说："他们两兄弟这一次竟闹得不可开交，不知道最后会如何。"

我们坐了许久，两个人都各怀心事，很多事不知道当不当说，又都难免心有戚戚焉。

将近傍晚，我扶着绮璇走出咖啡店，她含着泪苦笑："映映，我只是不知道该和谁说，多谢你。"

司机将车驶过来，她跨进了车内。

我站在咖啡店门口，对着她挥挥手。

晚上劳家卓回到家，我在二楼客厅，他解下领带，坐到我身旁来。

我闻到他衬衣领口里混着一股酒气。

"晚上有应酬？"我问。

劳家卓冷得脸色发白，掩着嘴低咳点了点头。

我起身给他倒热水。

劳家卓接过水杯喝了几口，表情稍稍放松，他动手解开袖扣。

我伸手过去，他自然而然地将手搭在我身前，将头倚在沙发背上，有些疲惫地闭上眼。

我低下头摆弄他手腕边上的那枚镶嵌在铂金暗蓝扣子："家卓。"

"嗯？"他依旧闭着眼，轻轻应我。

我小心地开口："最近这么忙，上市案顺利吗？"

"怎么突然问起这个，"他略微张开眼，有些探究地望了一眼我，"映映，你一向对这些事不感兴趣。"

我说："家卓，无论你或者大哥做，都是劳通的项目，谁做真的那么重要吗？"

他手撑在沙发上，略微坐直了身体："你想说什么？"

我索性单刀直入："你握有大哥在澳门输钱的消息？"

他语气听不出什么情绪，声音很平静："你从哪里听来的风声？"

我只问："回答我，是不是？"

劳家卓声音有些冷："你问这个做什么？"

"既然是家人的事，不能在家里解决吗？"

他看我一眼，轻描淡写地道："映映，不要理会这些不关你的事。"

我说："家卓，你一定要夺得劳通，甚至不惜兄弟反目成仇？"

"你何来如此念头？"劳家卓面色微变，"不至这般严重。"

我心头闪过一丝战栗："爷爷不是说要各凭本事吗？这样不够磊落。"

他骤然转过身来，低微幽冷："你这样看我？"

我恍惚张口："没有，只是你可不可以不要……"

"不要怎样？"劳家卓截住我的话，冷冷地说，"不要不择手段？还是不要卑鄙无耻？"

他有些疲惫地坐在沙发上，姿势未有丝毫改变，浑身却缓缓散出一种冷漠的锋芒。

劳家卓声音低微没有什么力气，却带了沉如雷霆的压迫："你后悔现在才知道我是这样一个人？"

他素来待我温柔溺爱，我是以不明为何他身旁下属对他恭敬到甚至带着一丝害怕的态度，原来他身上那种冷静到让人捉摸不透的气息，声音低幽得仿佛是从时间深处传来："你是我身畔的人，拿从外面听来的风言风语回家来质问我？映映，够了。"

我被他训得面无人色，小声地道："可是……家骏要是怎样，绮璇和小哈，他们怎么办？"

他面容冷淡，如薄薄的冰峭，似乎将我阻隔在千里之外："劳家饿不死两个妇孺。”

我觉得浑身发冷。

我欲同他辩解：“家卓！”

他站起身来：“江意映，我的事你少管！”

这句话真令我生气。

我砰的一声丢下手中的杂志走出客厅。

他自己取了睡衣进浴室。

屋内气氛莫名冷淡下来。

夜里我擦完脸，进去睡房躺到床上，家卓倚在床头用手机看电邮。

他细长手指按着屏幕，指尖有些发白，皱着眉头一直轻轻低咳。

我拉过被子，闷声说：“我要睡觉了。”

他一言不发，抬手熄灭了床头灯。

我躺在宽敞大床的另一侧，离他远远的，闭着眼专心睡觉。

很快劳家卓睡下，我听到他在床那一头蜷缩着低低咳嗽。

我绞着自己的手指听了许久，终于忍不住坐起来：“你怎么了？”

语气似乎没有那么温柔。

他根本没有睡着，听到我说话几乎是马上就起身，声音有些哑：“抱歉，吵到你了，我去睡客房。”

我伸出手欲挽留他，他却决然走开了。

次日劳家卓没有回家，他平日有时也会这样，太晚了便在办公室里的休息室过一夜，但这次他没有打电话给我。

隔天夜里我守在大厅看到他回来，他神色平淡如常，却并不多说一句。

我看着他换衣、进书房、打电话，然后深宵进睡房来，我不出声，他便当我透明。

倘若比起硬心肠，这个男人胜我十倍。

如此僵持两天，我已经快要崩溃。

我独自在家，凄凉望着渐渐黑起来的夜，屋子一片寂静，连电话却未响过，甚至干洗店的电话也没有一个。

想到又要一个人面对不知如何打发的漫漫长夜，我望着大门呆坐许久，终于咬咬牙跑上楼拉开衣橱。

我下出租车时，看到唐乐昌等在剧院门口的复古大理石廊柱下。

夜色浓深，他穿着一件红黑格子外套和深蓝仔裤，仰着头仔细地看海报。

流光溢彩的灯火映照他的脸庞，精致得如希腊神话中临水照影的水仙花少年。

如此当前美景，光影的变幻给了人错觉，饶是我也看得怦然一动，怪不得这么多女孩子追着他跑。

他转头望到我："看来我电话打得时机不太对，你看起来不太开心。"

我撇撇嘴："我见到你总是不太开心的。"

他不以为意，拉过我："想看哪一场？"

我答："你选好了。"

我不过是想找个热闹的人群之地谋杀掉我自己的愁绪。

唐乐昌看了看剧目表，让我去一旁避风的角落，自己去窗口排队买票，然后走过来，对我抬抬下巴。

周围人声嘈杂喧哗一片，我只顾低着头跟着唐乐昌走过走廊，踏上木头台阶，在中排的红色座椅上坐下。我心情苦闷，唐乐昌一向爱和我说笑，见我兴致不高，便住了嘴。

他只安静妥帖地将一杯热咖啡放在了我手中。

圆形舞台不是很大，但灯光效果非常好，仿佛回到大学时熟悉的场景，我心情渐渐平复，喝了一口热饮专心等表演开场。

唐乐昌选的这出戏非常别致精彩，甚至某些时刻，我投入得暂时忘记了自己的心事。

散场时，我们并肩挤在人群中，我对着唐乐昌说："多谢你。"

他一本正经地答："不用谢。"

我仰起头望望他，有一段时间不见，他的气质竟有些迥然不同。

我疑惑："唐乐昌，我觉得你跟以前有点不一样。"

他问："哪里不一样？"

我琢磨着："似乎成熟了一点。"

他扬眉笑："难得你看得起我。"

"男生变成熟，一般两种途径，"我头头是道唬他，"生活挫折或失恋打击。"

他笑了一声，又恢复了几分我当初认识的倚栏探花、风流倜傥的唐乐昌，他说：“你看我是哪一类？”

我摇摇头：“我不知道。”

我的思绪已经转到了别的地方去。

他原本含笑的眼睛看我一眼，忽然眉宇之间就多了几分无奈：“江意映，你何时才学会对着我时专心一点。”

我们走出剧院大门，唐乐昌说：“你等我一会儿。”

过了片刻，他开了一辆朴实的日产车停在车道上。

我走过去，唐乐昌下车来替我推开车门，我问：“你买车了？”

“家里人的，”他似乎不愿多说，“刚好在外面，见你语气不好，所以就直接开过来了。”

我无欲窥探他隐私，只道时间太晚要直接回家，唐乐昌送我到楼下，我在花园的车道和他道别时，看到廊下熟悉的身影一闪而过。

楼下的人看见我走进走廊，径自转身率先走回了电梯。

我推开门，一楼客厅灯光明亮，却空无一人。

我慢吞吞地换鞋，脱下外套，坐在沙发上看了一会儿根本不知所云的电视，才忐忑地起身上楼。

二楼的卧室和书房都没有人影。

我走过走廊，会议室的门开着，他默然坐在椅子里，黑色衬衣白的脸孔，身边是散落的文件，手边一杯水，早已冷却。

我一动不动地站在门口。

劳家卓沉默地望见我，见我丝毫没有走进来的意思，有些吃力地撑着桌面起身。

他慢慢走出来：“怎么这么晚？”

我竖起了自己全身的刺：“不过晚一点点，和彻夜不归相比好多了。”

“前两天是临时有事走不开。”劳家卓温和说，“抱歉我忘记跟你说。”

我最受不了他对着我来这一套，劳先生有一打的秘书和助理，每日行程精确到以分秒来计算，有什么事情是不记得的？明明是要故意晾我，却要做得客气周到，听起来谦和得要命，却是拒人千里的尊贵。

只教人满心感动恨不得俯下来吻他靴子。

“没事，”我转身往走廊走，“我也没怎么注意。”

“送你回来是唐乐昌？”他道，“女孩子太晚在外面不好。”

“别装了。”我不耐烦地打断他，一心想戳碎他的风度翩翩，“你不是看见了吗？”

劳家卓终于显出一丝心烦意乱：“映映，请你勿与他走得太近。”

我不服：“你之前不是大度表示不管束我交友？”

他口气骤然强硬：“今日不同。”

我狠狠顶嘴：“劳先生日夜繁忙，何时有空理会我与谁看场戏？”

他被我气得脸色发白。

我只觉得痛快。

他扶着墙，有些艰难地开口：“你知道唐乐昌是谁？”

我扬眉望着他，并不说话。

劳家卓低声说：“他父亲是周煜国。”

我心底不是没有震动惊诧，周煜国是本市的司法界一把手，唐乐昌竟是如此权势家世，但他为何不随父姓？

我装得无动于衷地说：“那又如何？”

“江意映，”他冷冷地喝，“你有没有听到我的话？”

我不耐烦地说：“我听得到。”

他有些失望地说：“我一心要你不要搅浑进这些事，你却偏偏肆意任性。”

我低着头不说话。

他怔怔地看我一阵，心灰意冷地苦笑：“是我自作孽，是我宠得你无法无天。”

我何时见过他对我如此疾言厉色，一时呆在原地。

劳家卓不再看我一眼，转身“砰”的一声摔上了书房的门。

我怔怔站着，有一瞬间呼吸不过来。

不知在客厅麻木站了多久，我又累又困走进卧室，衣服也未脱直接躺在上面，闭着眼睡了一会儿，我站起来走出客厅去看看，书房的门依然紧闭。

我醒来，看了无数次，劳家卓依然独自待在里面。

我没有勇气去敲门，想起他疲倦带着失望的眼神，抬起手捂住了滚烫的眼角，匆忙地将头埋入了被中，直到意识迷茫、精疲力竭地睡了过去。

我是深夜被书房的动静惊醒的。

我躺在床上辗转难眠，迷糊跳下地板朝对面跑过去，书房的门半掩着，劳家卓只穿了一件单薄衬衣，房间里暖气没有开，他伏在桌上，瘦削的双肩剧烈颤动，咳得撕心裂肺。

我走近他身边，将手搭在他的背上，声音不禁放柔了几分："怎么了，咳嗽得这么厉害？"

他恍然抬起头来，见到是我，伸手揽过我的腰，将头轻轻地贴在我身上。

我抚摸他黑色短发，他苍白的脸孔，微闭着眼，睫毛低垂覆在下眼睑，连唇都是淡色的。

他倚在我怀中，神色疲倦，声音没有一点力气："映映，让我靠一会儿。"

我怀中柔软暖和，他轻轻地蹭了蹭，我伸手环住他的身体。

他低低咳嗽一阵，终于缓了下来。

我忍着心头的疼，柔声说："家卓，我们不要吵架了。"

他半个身子依偎在我怀中，好一会儿才说话，声音虚弱无力："是我不好，我们为什么要为了旁人吵架？"

我紧紧地抱着他。

他闭着眼休息了一会儿，扶着我的手站起来，缓缓走回了房中。

我给他盖好被子，拉着他的手焐了很久，待到他冰冷的手掌有了暖意，我才模糊地在他身旁睡了过去。

不知过了多久隐隐觉得身畔人的温度异常，我伸手摸过去，发觉他开始发烧。

我整个人顷刻清醒过来，爬起来瞧他："家卓？"

他不知何时已经醒来，拉过我的手安慰性地握握："我还好。"

我跳下床找电话。

他拉住我的手："映映，不要紧，早上医生会过来。"

我去倒水，又给他量了体温，家卓喝了水，吃了几颗药片。

他烧得有些昏沉，我不敢大意，在床边守着他。坐了一会儿困倦袭来，我打了个盹，迷糊中感觉到劳家卓的手指轻轻触摸我脸颊，声音沙哑："映映。"

"嗯。"我低声应。

"地上凉，起来。"

我蜷缩在床边的地毯低着头："对不起。"

"没有对不起。"他伸手抱起我，"我们之间永远不用说对不起。"

他烧得难受，却不愿我担心，只微微皱着眉头一言不发地躺着。

等到凌晨五点，劳家卓拗不过我的恳求，允许我给医生打电话。

我待在房中，杨医生过来给他做了检查，确认只是着凉发烧。

劳家卓低垂着眼帘，安静地由我握着他的手放在床边，我挽起他的袖扣，露出手背白皙的皮肤，医生配好药水取出针管，撕破塑料袋，消毒后一枚尖锐针头精确利索地扎入他手背上的淡蓝血管。

我紧紧咬住了下唇。

"映映，"劳家卓一直静静闭眼躺着，忽然对着我说，"你到隔壁房间去睡。"

"嗯。"我轻声应他，又磨蹭着待了一会儿，药水滴落下来，他渐渐模糊睡去，医生守在客厅，我才略略放心地去补眠。

下午回到家，我进屋轻声掩了门，进厨房放好买来的牛奶和果蔬，顺手整理了冰箱，餐桌上放着城中名贵餐馆的外卖盒子，我今天早上有事出去了，刚刚回来时看到苏见的车停在楼下，想来是劳家卓叫他们来，应该又是忙了一天。

我走上楼去，意外地看到劳家卓和苏见在二楼的小厅悠闲喝茶，不远处的客厅内在放莫扎特，降B大调钢琴曲，走廊上一地如水的音乐流动。

我走上前笑着道："今天不用工作？"

"回来了？"劳家卓含笑望我，"刚刚忙完。"

我对苏见点了点头招呼一声，搁下手袋坐到沙发上。

劳家卓接着话题说："彼德什么时候回来？"

"下礼拜。"苏见答，"家卓，等彼德一回来……"

"嗯。"劳家卓对苏见轻轻做了个暂停手势，转头温柔对我说："映映，我让碧禅定了艾薇轩的点心，应该快送到了，你下去看看可好？"

"嗯，我下去看看。"我点点头起身下楼，他明显要支开我。

我听到苏见催促的声音："家卓，无须再等，现时是时候了。"

"大少一倒，劳通除开你，再无第二人有资历可胜任执行总裁。"苏见的声音带着稳操胜券的笑意，"总算出头了。"

劳家卓没有说话，我在旋转楼梯处悄悄转头，看到他眉宇间拢着沉沉云雾。

"喂，家卓，"苏见拍了下他的肩膀，"你何时这么优柔寡断了？"

这时助理小姜从会议室出来，对着劳家卓恭声道："副总，文件已经按苏先生的吩咐整理好了。"

劳家卓道："嗯，辛苦你，坐下来休息一会儿吧。"

苏见轻快地道："小姜，喝杯茶。"

似乎感染到了苏见的快活，小姜也不如平时在家卓面前那么恭谨，笑着接过苏见递过来的茶杯说："这上下三十五楼再也不用看人脸色了。上个月在南非的那个开发案，我们评估预算和策划都做得非常完美，送到上面去，结果大少一句话就否决，要不是副总是我们直属领导，开发部的同事简直要集体引辞。"

"放心，"苏见拍拍他肩膀，踌躇得意，"家卓一上去，马上主持开展这个项目。"

我听着听着，一不小心差点踩空了楼梯。幸好及时扶住了扶手，我稳住脚步，安静地绕过玻璃茶几。

应付了西点店的外送小姐，我将几个精美盒子提到餐厅内，返身回来坐在沙发上按着遥控器换台，努力使自己的注意力集中在电视上，不再分神去听楼上动静。

这时，劳家卓下楼来，站在那道华贵的花岩石墙下寻我："映映？"

"我在这里。"我站起来。

眼前的人脸庞精致，隐隐倦容，眉宇间心事重重，脸色还是白得过分。

我不放心地伸手探他额头："有没有好一点儿？今天一直在忙？"

劳家卓配合地微微俯身，我摸了摸他额头，忍不住皱眉，触手还是很烫。

劳家卓病了两天，发烧咳嗽一直没好，今天早上才稍稍有点精神，却又马上开始工作。

他安抚地拉住我的手："给我一杯水，早上忘记吃药。"

"你先看一会儿电视，"他从我手中接过水杯转身要上楼，"还有点事要处理，很快就好。"

我迟疑地喊了一声："家卓……"

劳家卓回头看我犹犹豫豫、欲言又止的神色，缓缓开口，语气是温和的严厉："映映，我再说一次，劳通的公事你不必过问。"

我立即噤了声，再也不敢多说一句。

他看了我一眼，有些不忍心，声音放柔了几分：“你上次不是说喜欢艾薇的草莓果酸，送到了吗？”

我慌忙挤出愉悦的笑容：“唔，看到了。”

宽敞明亮的餐厅，我取出精致的甜点，娇滑蛋糕表面的洒着一层可可粉，我吃了一口，觉得嘴里发苦，只好放下了叉子。

我在餐桌旁不知坐了多久，直到苏见下来，站在客厅和我打了声招呼告辞离去。

我起来开门送他们离开，寒暄几句，苏见语气愉悦，步伐壮阔。

我想到劳家卓，想到他在挣扎之间的迟疑，想到他掀开劳家骏底牌后劳家即将到来的狂风暴雨。

我坐在餐桌旁，对着光洁透明的橱柜，几乎咬破了手中的汤匙。

我觉得头脑涨痛发热，思绪一片混沌，想了许多事情，却越来越纷乱，四下一片安静，我累得动都不再愿意动。

椅子上的手机乍然响起。

我猛然惊醒，看了一眼，天不知何时已经黑了。

电话那端是劳家卓的声音，声音微微低哑：“你还在楼下吗？”

“嗯，我现在上去。”我迅速地倒出牛奶加热，趁着空当儿收拾了一下杯盘狼藉的餐桌，然后端了牛奶上楼去。

墙角开了一盏浅黄透光云石壁灯，劳家卓独自躺在沙发上。

我踩着地毯走近，他闭着眼没有察觉，修长的手指一下一下地按着眉心。

“怎么了？”我轻柔地握住他的手腕，“头痛？”

他立刻将手放了下来，轻轻点点头，又说：“还好，有一点。”

我给他按了一会儿太阳穴，他扶着我手臂站起来，走进房中躺下。

我逼着他喝了半杯牛奶，他倦倦推开说不要，便将头枕在我腿上闭起眼睛。

我倚在床头，怀中的人倦容苍白，他身体不适又带病坚持工作，这段时间也熬得够辛苦了，我为什么还要惹他心烦。

我心底细细的柔软泛起，仿佛一个一个微小的泡沫软软地发酵膨胀，游走充盈在我身体的每一个细胞血管的神经末梢。我忍着身体里那种发软疼痛的幸福，小心抬起手指，沿着他的轮廓，在空中细细抚摸他的脸，光洁饱满的额头，高挺秀气的鼻梁，微阖双眸敛去了平日的清澈柔和，却也掩盖了逼人精锐和沉沉郁悒，只是眼角迤逦着细细的憔悴，是我看一辈子都不够的沉静疲倦的睡颜。

我永远不会告诉他，我守着他的每一场小憩，仿佛是走过了一场天长地久。

劳家卓并没有睡很久，八点多醒过来陪着我吃了点晚餐，医生过来给他挂水，有些不满地看着拖了数天还是持续低烧的病人，终于忍不住开口叮嘱他不要过度劳累。

我们躺在床上，我靠在他肩头，陪着他静静地等待吊瓶的药水一点一点地滴落。

大约是十点多，劳家卓接到电话，我窝在被子中，听到他语焉不详的几个字："怎么了？"

"你在哪里？"

"好。"

"你等一会儿，我马上过去。"

劳家卓刚刚拔了针，原本正恹恹地躺在床上养神，却忽然起身换衣服执意要出去。

我不好也是不敢出声劝阻，爬起来坐在床上看着他换好了衬衣，只好进衣帽间给他取了一件羊毛线背心，替他将钱包放进衣兜，随着他下楼穿上大衣，递给他车钥匙然后目送他开门离去。

他脚步匆忙，转身简短一句："映映，你先睡，不用等我。"

我慢慢走回客厅，透明落地玻璃窗下，正好看到楼下的黑色汽车飞驰而去。

我按亮屋顶水晶吊灯，一屋明亮灯光并没有驱去我心头的不安怅惘，我了无睡意地在屋子里逛来逛去。

我胡思乱想许久，一步一步地朝劳家卓的书房走去。

我仔细聆听楼下的动静，多希望他下一刻就推门回来。

但直到我走到书房门前，屋子依然一片寂静，我闭了闭眼，狠下心一把推开了虚掩的门。

我快步进去，强迫自己迅速地翻了一遍桌面，劳家卓的办公桌是一组半圆形简洁素雅的白色桌柜，左边是一叠公函，中间放着记事本和笔筒，旁边搁着咖啡杯，台式电脑的显示器在中间略微倾斜，一角还贴着我用绘图铅笔写的便笺，叮嘱他吃药的时间和剂量，劳家卓一直没有撕下来，宽大右边桌面是堆积成小山的文件，文件夹都塞得满满，但归档整理得条理清楚，我找过了一遍，然后拉开抽屉和书柜，都没找到我要的东西。

我蹲在地上，按下电脑的启动按钮。

才不过短短几秒钟，我心跳如鼓，感觉脊背上密密麻麻的冷汗渗出来。

电脑屏幕亮起，我颤抖着伸手去摸鼠标，无线鼠标不小心被我碰落，摔在地上发出一声巨响。

我吓得差点跳了起来。

我脑中一片混乱，甚至还有一瞬间的空隙埋怨劳家卓为何不喜欢在书房铺地毯，我一边拼命控制我的杂乱念头，一边慌慌忙忙地打开他的电脑，点开了几个硬盘，他办公事的文件夹密密麻麻，我乱点一通，也看不到什么头绪。

我勉强镇定心神，按键盘搜索隐藏文件夹，一秒后一个文件弹了出来，命名为Maca。

我点击打开，文件需要密码，我试了几下，竟然顺利打开了。

那一瞬间我五味杂陈，有松懈、有感动、有懊悔，更多的是却是窒息和难过。

那几个数字很简单，是我的生日。

上面一份文件和图片文件夹赫然在目。

里边是几份劳家骏在澳门消费的明细账单，各间酒店、各家夜店一应俱全，甚至详细到一夜的酒水价格。

其中最显眼的还是在新世界厅一掷千金的奢豪赌资。

我关闭界面点开了剩余的一个图片文件夹，瞥了一眼过去，忍不住惊呼了一口气。

照片里背景糜烂模糊，镜头底下的劳家骏和一个艳丽女子放肆露骨地湿吻。

女子穿得暴露，动作性感挑逗，两人都是目光迷离，不知是不是吃了药，劳家骏的手已经伸到了女子短裙下的大腿根部。

如果这种照片抖出给媒体——几代独享尊荣的劳家家门，只怕一夕之间沦为本埠豪门笑柄。

我想到若是奶奶和绮璇看到这些……便再也不敢往下想。

我不知何来勇气，果断地插入移动硬盘，将那份文件拷走。

然后继续随手新建了一份空白新的文件夹，命名为Maca，修改成隐藏属性，然后关闭了计算机。

我生平第一次怕得如此厉害，只觉得自己犯了滔天大罪，抽出纸巾擦干了我手心的汗，战战兢兢地走出书房时，膝盖都是软的。

我张着耳朵听楼下动静，唯恐劳家卓回来。

事实上我的担心完全多余。

我躺在沙发上，一直不断乱跳的心脏都平息了，他仍未回来。

我走出客厅往楼下看，高楼下花径外的宽阔的车道上，不时有车灯打亮驶入，但都不是他。

我再次走进书房仔细检查了我的作案现场，确认没有留下什么可疑痕迹，才心神不安地走出露台的花园外吹了一会冷风，回来洗了个热水澡，又坐了半晌，终于支撑不住睡倒在床上。

睡得昏昏沉沉之际，听到楼下大门打开的声音，整个人顿时惊醒过来。

劳家卓上楼来，在客厅逗留了一会才朝卧室走来，我听到他低低的咳嗽声，逃避地闭着眼睛。

他俯下身子替我拉上被子，声音柔和："映映，怎么还没睡？"

我握了握他冰凉的手，马上取来遥控器调高了暖气温度："嗯，睡不着，你去了哪里？"

他掩着嘴轻咳几声："有点事。"

我起来替他更衣，解开衬衣扣子，凑近他的衣领时，忽然闻到了淡淡的香水气味。

诚然我不是第一次在他的身上闻到香水味，之前他许多次的晚宴应酬归来，身上都是酒味混着杂乱的女士香气。

但劳家卓如果是在酒会归来，无论多累，回到家便立刻换干净衣服。

可这一次，他领口上只有一种香水味道。

我可以想象，深夜幽会佳人，临别的一个拥抱，她在他的肩上眷恋不舍……我悄悄吸了吸鼻子，嗅到尾调余下的淡淡柑橘香气，是凯莉驿马车。

我认得这款香水。

我原本惊惶不安的心一点一点地凉下去。

劳家卓奔波一夜，泡了个澡在我身旁安稳睡过去。

我靠在他身边，睁着干涩双眼一夜未眠。

次日劳家卓早上起来，我跟着起床，却完全睁不开眼。

他按住我："映映，不用理会我，你再睡一会儿。"

他动作小心地在房内走动，临出门前过来从床头柜拿起手机，然后吻了吻我的额头，轻手轻脚地下楼去。

待到他出门，我躺在床上，不知为何觉得非常伤心难过，怔怔流下泪来。

他做事这么辛苦，已面临悬崖无路可退，我却在背后恶毒地推了他一把。

我心头涌起一阵绝望，我觉得我们完了。

我下楼时，看到落地窗外的天色阴沉，苍茫的天空飘着冬日的细雨。

我裹了一件防水外套顶着黑眼圈潦草地出门。

出楼道时雨并没有很大，我没有带伞出来，谁知走出了花园车道时，雨势突然变大，我踟蹰犹豫，困在楼下想了许久决定先回家。

一辆停在对面街角的黄色的出租车逆行绕道我这边的街道上。

我还未招手，车子已在我身旁停了下来，司机探出头来："小姐，下雨了，打个车吧。"

我只好拉开车门："北京路。"

司机是一名中年男子，熟练地转动方向盘向前开去。

车子在午后咖啡门前停下来。

我疑惑地问："你怎么知道我要来咖啡馆？"

司机愣了一下，随即说："小姐，你刚刚说过了。"

"哦。"我睡眠不足，整个人头昏脑涨，低头找零钱包，他伸手过来接时，我目光望去，那是一双修饰得非常整洁的手，中指上有淡淡的墨水印。他掏出钱包找我零钱，我多看了一眼他的钱包。

到了咖啡馆，侍应生礼貌地拉开门，我走进去，看到坐在咖啡座的女子。

我坐下来取出纸巾擦干脸上的雨水，绮璇妆容精致，漂亮的大眼睛紧张不安地望着我。

我满心倦意地取下挂链上的移动硬盘推给她。

绮璇眼睛一亮，不疑有他，接过上前紧紧拥抱我："映映，真的谢谢你。"

我盲目地任她搂着，面无表情，肢体僵硬。

绮璇眼眸闪闪发亮，诚挚地说："映映，感谢有你，劳家不会因为家骏蒙羞。"

她可真会安慰人，我轻嗅她颈后，藤本月季，含羞草，晚香玉的中调，散发着优雅独特女人香。

熟悉的香气围绕着我，我觉得一阵晕眩袭来。

绮璇看我脸色不好，担忧地说："映映，你怎么了？"

我低头道："我有些不舒服，先回去了。"

"你脸色不好，"绮璇体贴地扶着我，柔声说，"让司机送你回去。"

"不用了，我搭计程车很方便。"我拿着包包起身。

绮璇陪着我走出街口等计程车。

"映映。"我走出街道时，绮璇追上来，"这次这么为难你，我心里很歉疚。"

我觉得有些累，思维一时迟钝，不知如何作答。

"我会好好劝家骏，劳通家业那么大，外人做难道好过自己兄弟做？"绮璇握着我的手，"别担心家卓做事的手腕和能力，除非是他自己放弃，否则他不可能也不会败的。"

我勉强点点头，告辞她走到街道旁，在街道转角，我下意识地回头，看到了一辆名贵的白色轿车停在咖啡馆旁的泊车处，车牌是LT188。

劳家骏的车。

接下来的一个礼拜，劳家卓非常放松，他每天准时下班回家，吃了几天药后他身体基本康复，苏见他们不再频繁在家里出入，我们平静美好地过起了甜蜜的二人世界。

劳家骏那边一反前段时间拼命避开媒体的奇怪行径，这段时间出现在各种商业活动和应酬异常高调，他先是密切与戴勤一行人出入劳通大楼，而后又在名流出入的餐厅做东招待戴勤。晚报财经版拍到两人在席间谈笑风生频频举杯，俨然似多年老友，接着劳家骏又赴港出席了银江的上市庆祝典礼。

劳家骏全权代表劳通银行出席各种活动，笑容意得志满，言辞之间似乎已大权在握，一时风头无限。

劳家卓仿佛对这一切毫不介怀，不动声色，如常上班。

新年前他按照工作日程出差巡视了国内几间分行的工作，然后在元旦放了一天假，好好地陪我过了一个假日。

那天晚上我们在外面吃晚饭回来，一起窝在沙发上看电视，我按着遥控器换台，转到新闻频道。

经济台晚间新闻正在重复报道银江集团在香港举行盛大启动仪式，劳通作为最有望与其合作融资银行，劳家骏受邀出席，画片不断捕捉到劳家骏和戴勤的握手谈笑，画外音反复强调银江将和劳通银行签订了一份价值达数亿元的合作协议。

劳家骏潇洒大方应对采访的媒体：“银江集团市场潜力雄厚，劳通能参与合作这次的上市案，非常荣幸。”

戴勤在一旁笑容满面：“劳先生诚意十足，贵行在资产评估和证券投资方面的经验更是一流。我们公司秦总指示了，这次的合作案如果能顺利谈下来，将聘请劳通银行为我们集团长期的投资顾问。”

劳家卓眼皮动都未动，饶有兴致地看完了这则新闻，然后直接换了频道。

我小心地觑他神色，他含笑看我：“怎么了，怕我失落？”

我问：“家卓，真的没事吗？”

“没事。”他搂着我肩膀，“不是你说的吗？无论谁做，都是劳通的项目。”

我一时哑口无言。

“家卓……”我不敢望他，只好移转目光盯着电视屏幕，“我有件事想和你说……”

“嗯，什么事？”劳家卓的脸已经贴近了我的脸颊，轻轻地蹭着，然后是温热的吻。

“是……”我要推开他，努力地积攒勇气，“是……”

“好了。”他一手撑在沙发靠背上，惩罚性地加重了亲吻，“你亲爱的先生就在眼前，你竟然这么不专心？”

我被他压在沙发中间柔软抱枕上动弹不得，劳家卓柔软的舌强势地侵占了我的唇齿，我不自觉地缠住了他的脖子，回应他的热情：“唔，家卓，等一下好不好……”

“什么也不等了，”劳家卓伸手搂住我的腰让我贴在他身上，声音沙哑中带着诱惑的笑意，“美色当前，我何时有空顾得了其他？”

他身上清新洇润的气息激起了我本能的反应，我低下头轻轻吸吮他脖子，手从后腰伸进他衬衣，抚摸他瘦削的脊背。

劳家卓舒服地呻吟一声，重重地深吻我胸前的柔软处，不可自抑地道：“你这个坏姑娘。”

我躲在他怀中偷偷地笑。

劳家卓一把将我打横抱起，朝卧室走去。

我跌倒在大床上的下一刻，劳家卓的身体马上眷恋地贴了上来，他温柔而执着地吻着我的脖子、肩头、锁骨，带着一寸一寸的温热和流连。

我整个身体和灵魂都在他身体之间辗转缠绵。

劳家卓咬着我的锁骨：“映映，你美极了。”

哪管外面洪水滔天，只有在这个时候，他才是我的。

卸下伪装的，心无芥蒂的，美得摄人心魄的，属于我私人的劳家卓。我们的每一寸骨骼血液都为彼此紧紧缠绕，我将脸埋在他的胸膛，在末世一般的激情中，紧紧闭上眼锁住了满眼的泪光。

刻骨的痛。

以及幸福。

劳家卓稍有空闲时间，我们周末便驱车去南大附近的石门公园牵手散步，只因为我们都很怀念那条落满黄色树叶的林荫道，更多的时候是早上慵懒地醒来，如果我先醒来，便倚在床头随手取来一本书看，等着劳家卓醒来，又是一场缱绻温柔的亲吻。

日子安闲下来之后，我重新看设计相关的招聘广告，劳家卓提议给我介绍一家公司，遭到我的否定之后，他也不再坚持，只偶尔有时间陪着我看看网页，还不时给我提点建议。

劳家卓对我温柔体贴，但我经常觉得冷，非常的寒冷。

我知道他早已察觉，只是他什么都没有说。我已经想了很久要对他坦白，只是不知如何开口。他看起来那么若无其事，又那么笃定从容。

新年过后，金匠集团的城投地产开发项目——森海豪庭大型海景别墅区举行开盘启动仪式，一向不爱出现在媒体视线范围内的劳家卓竟然应邀出席。

虽然劳通银行负责森海豪庭的投资贷款和发放按揭，这个工程更是劳家卓亲手经办，但我听到他说金匠新上任的地产开发负责人和他私交匪浅，因此愿意出席也不过是为了给他捧场。

城北一望无际的海滩被拉起的红色条幅围了一圈，五彩旗帜在风和日丽的天空中飞扬，各式车辆停满了长长的海岸线公路，入场处大批的记者媒体聚集，劳家卓身旁隔着大批助理和保安，只是行色匆匆地在镜头前简短地露出几秒。

但记者抛出的一连串问题却是很尖锐："劳先生，请等一等，外界传言劳家骏先生将会接管劳通，请问此事属实否？"

记者挤成一团，相机咔嚓声不断响起，有人提问："请问你今后的工作方向有何打算？"

"您对劳通近期来高层主管的人事变动，有何看法？"

"请问劳通银行是否真的与银江公司签署上市合作，这个案子是否由您经手？"

劳家卓由助理护着，神色未动地快速走过通道，他眉目沉静，仿若对一切充耳不闻，直到走入口处，他缓缓停顿，转身笑对镜头。

他今日不是来工作，简单的条纹衬衣配深灰灯芯绒休闲西服，瘦削脸庞英气逼人，不露声色地抬头扫视了一眼周围。

记者圈顿时一片安静，间或有镜头的闪光灯亮起，劳家卓温和开口："劳通自然非常希望能和银江合作，但还有一些细节有待磋商。今天我是来参加金匠集团的启动仪式，无论是项目开发还是人事调动，都是为了劳通的发展，至于我个人……"他停顿了几秒，清晰地说，"无论担任何种职位，都不过是劳通全球三十九万职员中的其中一人，谢谢大家的关心。"

他对着人群轻微点头示意，随即转身走进大门，保安迅速地隔开了人群。

我坐在沙发上，看着画面中不断播送的热闹盛世，脑中浮现他的影子，他的雍容清贵，他的沉稳优雅，决然转身侧影动人得简直教人屏息。

我手指蜷缩轻轻地颤抖，我第一次觉得，这个男人，我是留不住的。

劳家卓在等，我直觉地觉得他在等，他并非表面上看起来的那么闲散被动，他只是在等。

却不知他在等什么。

等我和他坦白，或者是别的什么，我不知道。

一日下午我在家午睡醒来，纱帘缝隙一角露出窗外灰暗的冬日天空。

我躺在床上接到韦惠惠电话，电话那端是她兴奋莫名的声音："映映，有空吗？过来陪我跑个大新闻。”

我今天早上起来有点头昏脑涨，睡了一个中午也不见好，原本想推辞，不料韦惠惠却接着说：“映映，我一个人去有点害怕。”

新闻行业压力巨大，临近年关，工作压力骤增，人人都在为业绩做最后的奋斗。

我明白她的心情，我去过她家，三个兄弟姐妹挤在城郊的一套房子内，房内狭窄仅容转身，她和妹妹的衣服都堆在地上的纸箱子内。

读书时需为一条新裙子与母亲磨破嘴皮到后来早早去便利店打工兼职，她早练成了圆融世故，她不是那种多余自尊心的人，我们出去经常是我买单，我难过失落时她却愿意陪我去外沙海滩，请我吃一顿海鲜大餐。

那顿饭差不多花掉她三分之一的工资。

我喜欢她的仗义热情，我有时拉她去室内工艺品陈设展，她也不嫌闷，只怡然自得地买杯咖啡和建筑系的腼腆工科男生搭讪。

她跟我说领了年终奖后，打算明年和杨睿逸租个房子从家里搬出去住，如此一来，也算有个小家了。

“在哪里等你？”我握着电话，模糊着挣扎爬起来。

我出门时已经近七点，天色渐渐变黑，我站在公车站牌下，韦惠惠下车来，手上提了一个巨大的包。

我惊讶问：“你这是要干什么？”

韦惠惠嘿嘿一笑，拖住我的手：“先跟我来。”

我和她搭公车到太子广场，这是本城最繁华的酒吧街，数间豪华夜店集中区域，此刻华灯初上，七彩的霓虹灯在漆黑的夜空中闪着魅惑的光芒。

她拉着我走进附近一家大型购物商场，直接绕道走进洗手间。

半个小时后，购物中心的侧门走出来两个浓妆的妖娆女子。

迎面就是一阵冷风呼啸而来，我匆忙拉紧风衣，但外露的脖子和黑色丝袜包裹下的长腿却迅速渗入冰冷，我冷得直跺脚：“你发什么疯？”

“映映，你穿这样美死了，”韦惠惠上下打量了我一番，满意地冲上来捏我的屁股，“再摆个 pose（造型），风情万种。”

韦惠惠脸上咖啡色眼影和银色唇彩在夜色中闪耀着光泽，眼神里带了七分迷蒙三分诱惑，在店里他们就管这种，叫“辣妹”。

韦惠惠在我身旁咬耳朵悄声说：“据说‘莉莉玛莲’有许多明星都喜欢光顾，甚至有些刚出道的女明星如果被尊贵的客人看中，可以开价带出场，我们去拍几张照片，新闻足够轰动。”

我听得皱眉，忍不住说：“惠惠，你一个堂堂名校新闻专业毕业生怎么沦为狗仔之流。”

韦惠惠也不生气：“我要生活，我又不是你，仅靠一个男人，想穿一条牛仔裤就可以拥有一橱柜李维斯限量版。”

我轻叹一声，不再说话。

我们踩着高跟鞋朝着不远处的莉莉玛莲走去，此刻正是夜店人流开始聚集的时候，酒吧门口摆了几圈椅子，各色人种坐在此等人、邀人，还有一桌在打牌，我们走过，传来陌生男子尖锐的口哨和笑声。

日系打扮的男服务生脸色白得不似人类，躬身欢迎我们走进五光十色的店内，迎面而来就是一整片发亮的LED（发光二极管）墙面，复古欧式吊灯忽闪忽暗，脚下的黑色水晶混着隐约震动耳鼓的音乐声，我一时忘记了此行目的，职业习惯让我忍不住细细欣赏起店里的装潢设计。

我们装得轻车熟路地摸进去，在立体吧台上点了一杯长岛冰茶，装模作样地随着音乐扭动身体，我问韦惠惠：“楼上做什么的？”

音乐声太大，韦惠惠凑近我身旁大声说：“楼上我们进不去，会员制开放。”

莉莉玛莲不愧是本城最知名夜店和最奢华交际场所，随着渐渐夜深，人潮堆满了各个角落，我放眼望去几个区，入眼尽是头发颜色各异的俊男美女，舞池中挤满了纵情狂欢的人们。

不断有陌生男子过来搭讪，都被韦惠惠打发走了。

一直待到晚上十一点多，我已经喝光了几杯酒，百无聊赖地转动着吧台上的高脚椅子，忽然目光穿过人潮看到楼梯口，慌忙地碰了碰韦惠惠的手肘，压低声音道：“那边……”

我们转头看到一个中年男子，穿件黑色夹克，搂着一个长相清纯的女孩子经过吧台。

我正在纳闷：“那个男的怎么有点眼熟？”

韦惠惠早已看得两眼放光：“这不是圈内知名导演吗？”

她若无其事地转动手腕，挂在手机链上装饰成吊坠的小型摄影机对准了那对男女。

我们开始充满战斗激情地打量着人群，过了好一会儿，韦惠惠拉着我，道：“看……”

我们不远处的一个漂亮女孩已经有些微醺，正在舞池中大跳热舞，身边一个男人搂着她，手不安分地在她身上游走。

我瞧得有点眼熟，疑惑地问：“她是谁？”

韦惠惠激动地捏住我的手臂，控制自己身体的颤抖：“是张曼薇，还在读艺术学院大四呢，新上档一部贺岁片出演了一个女配角。”

我看了看说：“旁边那一桌似乎是他们熟人。”

韦惠惠注意力转到旁边座位上一直对着他们尖叫的一群人，已经惊讶得说不出话来，她愣愣地望着，好久才低声说：“这样不太好。”

我看着那群醉态百出、奢靡拥吻的男女，跟镜头前完美照人的形象相比真是天差地别，我对着她点点头：“有点过了。”

韦惠惠把手机收了起来。

我们正打算结账离去，身旁却忽然传来一声沉闷如雷的大喝：“喂！你们两个，在干什么？”

我没察觉我们身边不知何时坐下了两个彪形大汉，并且身后站着一个面色阴暗的年轻男子：“你们手中拿着的是什么？”

韦惠惠故作镇定，拉着我跳下椅子寻找门口的方向：“没……没什么。”

我感到她的身子一直发抖。

男人猛然伸手一把扯过韦惠惠的手机，迅速撕破挂链上一只毛绒熊公仔，露出了里面的微型机器。

我和韦惠惠面面相觑，那一瞬间还来不及害怕，只知道一切完蛋了。

旁边的两个男人即刻抓住了我们的手。

其中一个染着金黄头发的人，对着跟前的男子请示：“辉哥，你看？”

叫辉哥的阴沉男子看来是他们的头，他吩咐道：“我还有事，先送到楼上找间包厢关着。”

我感觉到男人的双手像铁丝一样死死缠着我，我完全动弹不得，两个人一左一右地押着我们，我用眼神暗示韦惠惠镇定，我们若是在人家的场子上强来绝对不是人家的对手。

黄头发男子抢走了韦惠惠的手机，然后粗声问我：“喂，你的呢？”

我佯装懊恼地答：“我手机前几天掉了，还没有钱买呢。”

他在我穿着暴露的身上巡视了一番，还趁机摸了一把我的腰，确定找不到，才说了一声：“小妞身材不错。”

我咬着牙低着头，韦惠惠斜眼狠狠地盯了他一眼。

黄头发男子立刻大声地喝骂：“看什么看！你们来闹事的吗？记者？你不知道这场子是谁罩着的吗？”

他扭过韦惠惠的脸凶神恶煞地问：“哪个报社的？”

韦惠惠吓得瑟瑟发抖，泪光闪闪，抖着嗓子装傻：“记者？什么记者？”

“少装可怜！”男人眼光一直瞄着韦惠惠的胸部，“你们进来这里拍谁？”

“我们不是记者！”韦惠惠恍然大悟，“帅哥，误会了……”

“张曼薇是不是在你们店里做公关？”她接着咬牙切齿地骂道，“我就是要来看看这个小贱人，怪不得导演来学校选角色的时候看都不看别人就选她，原来早已经爬到了人家床上去了，我要发到网上去让她身败名裂！”

旁边的两个男人听得兴致勃勃，咧开嘴哈哈大笑。

“喂，小妞，”旁边一直没有说话的男人说，“你跟张曼薇什么关系？”

韦惠惠捏捏扭扭地说：“一个系的同学。”

那男人来了劲，挑拨地道：“不就是一个小角色，犯得着跟她过不去吗？像你这么漂亮的女孩子，我给你介绍几个知名的制片人和导演，好多都喜欢在我们店里玩。”

韦惠惠顿时激动地叫了一声：“真的吗？要不是我不认识什么大人物，哪轮得到她这么嚣张！”

黄头发男人推了他一把，威胁地道：“你小子别急着乱来，你在门口守着，等我请示一下辉哥。”

两人推推搡搡地走了出去。

等大门上了锁，我跳起来朝墙壁周围看了一下，四周封得严严实实，这是一间装修豪华的 KTV 包厢，应该没有什么偷拍摄像头。

我蹲下来从靴子里摸出手机，韦惠惠眼睛一亮，雀跃地小声说：“映映，醒女（聪明的女孩）。”

“撒谎眼睛都不眨，”我狠狠瞪她一眼，“你真是害死我。”

我匆忙打电话给家卓。

可他电话一直忙碌。

我只好致电苏见。

苏见好一会儿才接起："映映，怎么了？今晚上有几间特区分行的负责人过来述职，劳先生今日有要事处理。"

"苏见，我……"我急急地说，偏偏这时有脚步声走进来，我慌忙挂了电话攥在手心中。

刚刚那个辉哥走了进来，阴鸷的目光在我们身上上下巡视了一番，指了指韦惠惠："这个带下去给琳娜小姐看看。"

他对着我："这个留下。"

我恐惧地抬起了头。

韦惠惠说："我们是一起来的……"

"你少废话！"跟在他身后的男人不耐烦地吼了一声，走上前去要拖走她。

我靠着韦惠惠，用身体遮掩，将手机偷偷塞到了她手里，

韦惠惠被用力往前拽，回头用口型轻声说："等我。"

几个人拖走韦惠惠以后，重新锁上了门，宽敞的包厢里顿时安静下来。

男人悠闲自得地坐在宽大的红色沙发上，燃起了一支烟。

我脑中转了千万个念头，却没有一个脱身之法。

"坐下吧。"辉哥开口。

我只好隔着他有一段距离坐下。

"你叫什么名字？"他问。

"静静。"我随口编，"陆丽静。"

"嗯，静静，多大了？"

"二十。"

"你们是艺术学院学生？"

"嗯。"

"你们是来偷拍张曼薇的？"他透过烟圈打量我。

"嗯，我朋友……"我觉得身上的冷汗不断冒出来，"听到系里有人说，是在莉莉玛莲勾搭上了……"

我并不清楚其中情况，只好含蓄地住了口，佯装羞怯地低下头。

“静静，你也是学艺术的？”辉哥问。

“嗯。”我随口答道，只好见机行事了。

“你们也想和薇薇一样？”

“我想凭自己能力，有实力总不会埋没的。”

男人轻笑了一声，透出的是不屑的讽刺。

“静静，”辉哥漫不经心地说，“这人讲究的是眼缘，很多事情是看缘分的，新城影城的曹总经常来我们店里，我跟他还算有点交情，要是我推荐你给他试试镜呢？”

“真的吗？”我装得半疑半信地问。

辉哥笑了笑趁机挪动坐到了我身旁：“真是聪明的女孩。”

桌面放着酒瓶和杯子，我倒了一杯：“辉哥，我先敬你一杯。”

我自忖酒量还成，如今能拖一时是一时。

他面上泛红，想来今晚已经喝了不少，却依然接过我手上的杯子一饮而尽。

他和我断断续续地互相敬了几杯，还故作亲切跟我聊了几句。想来此人自诩君子，想吃个柔顺小白兔。

在我一直故意拖延装傻之后，他终于趁着酒意搭上我的腰。我轻轻扭开身子闪过，楚楚可怜地道：“辉哥，你看我们这一次，是不是……”

“只要你乖乖的，我保证你们什么事也没有……”他再度攀上来搂住我肩膀，将唇凑到我的脖子间。

陌生男人肮脏的气息令我瞬间涌起一股恶心，我无法控制力道一把推开了他。

他没有防备一下撞在了沙发边缘，随即恼怒地道：“不识抬举！”

男人面露凶光，再不多费口舌，一把扭过我的肩头，扑在我身上，将我按到了沙发上。

我在倒下的瞬间快速地伸手准确地抓住了桌上的洋酒瓶，下一秒，酒瓶子砸在了男人的脑袋上，发出沉闷的一声响，我甚至还记得避开了要害位置，我趁着他捂着脑袋的空当，一脚踹开他跳起来用尽全力往外冲，门外守着的两个人来不及反应，被我奋力撞开一道缝隙。

我拢了拢散乱的衣服，踢掉了高跟鞋朝着走廊出口处一路狂奔。

我冲下楼梯，挤进人群，身后迅速聚集起一群人大声地吆喝朝我奔跑追过来。

额头上的汗滴下来渗入我眼角，我感到一阵火辣辣的痛，只能盲目地跌转撞入人群，撞翻了侍者手上的酒盘，满满一盘的饮料酒水飞溅开来，摔碎在地上，年轻的女子尖叫起来。

我早已看不清眼前的事物，只发了疯一般盲目地朝着大门冲过去。

一辆黑色的轿车疾驰过来在门口刹车，车未停稳一个人熟悉的人影就跨了出来，我匆忙跳下阶梯颤着声音喊了一声："家卓！"

劳家卓冲过来伸开手臂将我一把接住。

这时另外一辆车驶来，停在门口，一个男子摇下车窗，对着骂骂咧咧追出来的几个高壮男人阴沉一声："吵吵嚷嚷，成何体统！"

劳家卓迅速把外套披在我身上，声音焦急："映映，你怎么样？"

我心脏剧烈地跳动，眼前一阵阵晕眩，勉强发出声音："我没事。"

他握着我肩膀，声音低颤："对不起 ，我在开会没有接到你电话……"

我的手心被玻璃划破了一道长长的口子，鲜血横流，劳家卓掏出手绢按住我的手。

我眼前渐渐清晰起来，看到一个穿一件貂绒长衣的瘦高中年男人站在门前，几个男人对他齐齐鞠了个躬，转身走进了店里。

男人转头望着立在台阶下的我们。他大约四十出头，容貌英俊，只是因为瘦，显得脸有些长，一条长长的法令纹从鼻翼延伸到嘴角，我不期然地碰上他的视线，手一抖低下了头，那是一双鹰鹫般锐利嗜血的眼神。

劳家卓瞬间敛去眸中泄露的一丝心焦，恢复成了如常的优雅淡定："洪爷，有劳你跑一趟。"

"平生难见劳二少英雄救美，不虚此行、不虚此行啊。"他对着我笑笑，那笑容竟令人生生打起寒战："江小姐爱玩游戏，下次可先跟我打声招呼，底下人狗眼不识贵人，磕着碰着了我可难对二少爷交代。"

听着这暗藏锋机的话，劳家卓却是四平八稳接过话："是两个小女孩年轻不懂事，惊扰了洪爷的生意，我向你致歉。"

"年轻人常常喜欢在场子里谱写点小插曲，不妨事，"洪爷虽然在笑，语气却冷冷淡淡，"只是伤了我的人，这台面上就不太好看了。"

劳家卓依然是镇定的语气："洪爷请卖我一个面子。"

洪爷这时方才点点头："有二少爷这句话，那就好办了。"

洪爷客客气气："二少爷既然来了，就进去坐坐？"

劳家卓欠身："洪爷，不好意思，我还有点琐事，改日再登门道谢。"

洪爷这时才深深看我一眼："好说好说。"

一众手下随着洪爷走进了莉莉玛莲的大门。

劳家卓随即拉着我朝一旁的车走过去。张彼德站在其中一辆车前，我看到韦惠惠坐在车里，她衣衫不整，双眼红肿，狼狈不堪。

想必我也好不到哪里去。

我问："惠惠，你有没有怎么样？"

劳家卓冷冷地接话："她没事，彼德送韦小姐回去。"

张彼德双手抱胸，瞪了我一眼风凉凉地说："江小姐真是好本事，整个会议室的公司高管和分行行长望着顶头上司大惊失色仓促离席。"

我羞愧得白了脸。

劳家卓用眼神制止了他的说话，将我扶上了他的车。

他顾不上手掌上的血，直接握住方向盘，引擎低鸣，他猛踩油门，车子飞驰出去。

我伸手要抽出纸巾给他擦擦。

"坐着别动，"他抛过来一个冷冷的眼神，"按住你的伤口。"

他白皙脸孔带着薄薄怒气，我不敢再出声。

车子飞驰地开去了最近的医院大门，我拉紧衣服走下车，赤着脚踩在冰冷的地面上我仍不禁地抖了一下。

劳家卓面无表情地开口："你的衣服呢？"

"惠惠存在购物中心的储物箱了。"我老老实实地答。

劳家卓将外套披在我身上，他白色衬衣外仅套了一件薄薄的茶灰色线衫。

他转头望我一身破烂衣裳，紧紧皱眉，目光又惊又怒，我望着他脸上至为震怒恼火的神情，简直以为他要动手教训我，我瑟缩一下往后退了一步，劳家卓无奈地咬了咬牙忍着怒气一把抱起我往急诊室快步走去。

伤口有些深，所幸没有碎玻璃扎入皮肉，医生给我消毒做了包扎。

劳家卓俯下身又要抱我出去，我说："我自己走。"

他充耳不闻，冷着脸避开伤口将我抱起。

劳家卓将我放在副驾驶座坐好，转身绕过来上了车，他一手握着方向盘，却忽然侧了头低咳起来。

我解下身上的外套："家卓，把衣服穿回去。"

他低沉道："我让你坐着别动。"

我看着他一手撑着方向盘咳嗽了好一会儿，才缓缓深吸了一口气发动车子。

"啊……"走进电梯时，我突然轻轻地叫了一声。

家卓站在我身旁转头望望我。

我轻声说："我手机落在惠惠那里了。"

"明天换一部，"劳家卓又恢复面无表情地望着的金属电梯壁，"一个月内不准再和她出去。"

我小声说："我也没想到会这样。"

劳家卓怒斥我："你们两个真是胆大包天，那个夜店是什么背景，你以为莉莉玛莲是中山路夜市吗？"

我低着头不敢回话。

他原本提高的声音忽然低沉了下去："要是我来不及……"

我抬头望他："你不是来了吗？"

电梯的上升让我觉得晕眩，我靠在墙壁上闭上了眼。

劳家卓靠近来看我脸色不好，声音柔和了几分："怎么了？"

我低声哀求："家卓，对不起，不要生气。"

"要是我来不及……"他忽然紧紧抱住我，勒得我胸口都发痛。

我那时真是胆大，一生之中仗着劳家卓庇护，恃宠而骄，竟是天不怕地不怕。

那时恃仗着年轻气盛，未曾有机会领悟，极盛必反这种道理。而等到我漂浮风凄雨冷的广阔人世，磨灭了心中最后的一丝柔软暖和，终于明白世上唯可依仗的只有自己，早已是一切无可挽回心碎散场的异国天涯。

劳家卓自然没有真的对我禁足，这天早上我送他上班，替他系领带时，他摸摸我脸颊："我让徐峰送你去医院换药。"

"不用了。"我摇头，"你工作太累，让他开车吧。"

"那我中午回来送你过去？"他温柔地问。

"家卓，"我嗔他，"我有手有脚，我自己去。"

他微笑接过我手上的西服外套："那自己小心点。"

我从医院出来时接到韦惠惠电话。

我和她约在市中心一间露天咖啡馆碰面，她将手机还给我。

已经过去了两天，我们两个人看看对方，彼此都是一脸沮丧。

韦惠惠看我包裹着纱布的右手："对不起，连累你。"

我摇摇头："算了啦，惠惠，你还是老老实实领点工资吧。"

我们喝了一杯饮料，韦惠惠下午还要上班，坐了一会儿起身告辞。

韦惠惠拿起包包，临走前歉疚看我，又一次说："映映，对不起。"

"我听到了，啰唆。"我拉拉她的手，权当安慰，"都发生了还能怎么样，我看了几家公司，等你有空了陪我去面试。"

她点点头："嗯，打电话给我就好。"

我们两人都灰头土脸，待到韦惠惠走后，我情绪不佳地独自坐着，喝光了几杯咖啡。

我拿出手机看了看时间，心里默数了一下时差，拨号码打电话给妈妈。

"映映？"母亲大人的声音传来，低醇中带着温柔的迷人。

我忍不住微笑，轻喊："妈妈，妈妈……"

威尼斯不过是早上七点多，我听到她低声对丈夫说了几句，几秒后才回答我：“乖女，怎么了？”

“我闯祸了。”我垂着头答。

“嗯，怎么，”母亲大人听起来毫无意外，“劳二少没有收拾你的烂摊子？”

“就是他收拾了，我才觉得难受。”我闷声说。

“拥有这么英勇的骑士，你应当觉得万分殊荣。”母亲大人低声笑。

“妈妈！”我不禁恼她。

“映映，”她忽然说，“你太爱他了。”

我怔了一下，没有出声。

妈妈在那边缓缓说：“我原本期许你找一个同龄的男孩子，简简单单干干净净谈一场甜蜜恋爱，那么将来即便分开了，也还是值得回忆对方的美好。”

“谁知道你执意要嫁给劳家卓，面都没见过几回就成婚。劳家豪门深重关系复杂，你根本无法企及他的人生阅历和全部世界，更何况嫁给一个心思深沉似海的男人。映映，你迷失了自己。”

我低声说：“妈妈，你当时未和我说，现在才说这些有什么意思呢。”

“你当时听得进去吗？”妈妈答，“诚然他的品识和家世都相当好，只是我希望你幸福。”

“妈妈。”我有一下没一下地搅拌着咖啡，“我爱他，可常常也不懂他。”

“映映，没有人能够完全看透一个人，如果人人都似一张崭新的水粉纸，那还有何乐趣可言？”

“映映，你先是一个独立的人，然后才是一个男人的爱人。”

“如果在一起彼此欢喜，那就好好待他，如果真的不合适，那不如分开。”

我听到分开两个字就觉得难受，急忙和她转移话题，道：“嗯，婚礼日期定了？”

“嗯，大约五月。”她答。

“结婚多累，还要结两次。”我半真半假地调侃她。

“我见你当时不知对劳家卓是多么一心一意，你小姑姑这么恨我，都愿意致电来让我劝你……”母亲大人岂容我放肆，一字不落地回敬我，“怎知你当时一心奋勇献身，执着盲目得简直胜过波吕克塞娜。”

“小姑姑也是性格耿直一些而已。”我想替她们圆融。

“嗯，我知道。”妈妈不再提小姑姑，只说，“老西蒙很喜欢你，订机票过来吧。”

妈妈说：“培养一点感情让我们母女俩的名字争取在他遗嘱上出现。”

“歹毒的妇人。”我怪叫一声。

她哈哈大笑。

旁边传来西蒙的声音：“映映宝贝儿，说什么逗得你妈咪这么高兴？”

和母亲大人讲完电话，我结账离开，然后提着包慢慢地走，从城市的朝阳南路，走过三千公里的仕径大道，我一个人沿途想了很多事情，关于劳家卓，也关于自己的未来。

走了三个多小时，终于回到了家里。

我在晚上对家卓坦白了我在他书房做下的错事。

他正坐在茶几旁专心切一片柳橙，动作没有丝毫停顿，只神色平淡地说：“我还以为你会一直不敢说。”

我低着头不敢看他：“你不怪我？”

“你是怕我放给媒体致使劳家脸面难堪？”他淡淡地说。

“对不起，我应该先和你说这件事。”

他将果盘里一排整齐漂亮的去皮水果推给我，站起身来语气舒缓道：“给了她也好，反正这种事情传出去，丢的是劳家自己家门的脸。”

我抬起头看他，劳家卓神色如常，脸上没有一点不高兴的痕迹。

我原本一心想着他至少稍有不快或是干脆骂我一顿，但他如此的无动于衷，我们之间忽然就莫名的生分起来。

夜里我躺在床上，一动不动望着天花板。房间里暖气开得充足，可我觉得如坠冰窟。

劳家卓在我身旁轻轻辗转，他也睡不着。

过了好久，劳家卓轻轻伸手握住我的手。

我害怕似的手指轻轻一颤。

“映映？”他模糊低沉地唤我一声，然后抱住我。

我整晚全身一直在不断发抖。

“怎么了？冷吗？还是手痛？”他温暖的下巴抵在我的发丝间。

我心里惊怕：“家卓，你是不是，准备要离开我了……”

他轻轻一震：“你怎么会这么想？”

我将头埋在他怀中，全身力气尽失，只紧紧地贴在他胸口不再说话。

我们都难以入眠，只在黑暗中互相依偎着。

“映映，”不知道过了多久，劳家卓忽然开口，略微有些沙哑的声音在静谧的房间中如同沉沉的叹息，“如果……如果有一天我们真的分开了，你会不会爱上别人？”

我全身的血液和骨骼骤然僵硬，一颗心直直落下去，坠落在永无尽头的深渊。

沉默在我们之间横亘。

久远得仿佛过了一个世纪，我咬着唇故作轻巧：“可能会吧。”

劳家卓无言以对。

我眼里的泪水滑落，只好悄悄动了动，怕它洇染了劳家卓的衣服。

劳家卓抱着我无措地说：“映映，我该拿你怎么办好？”

我忽然情绪彻底崩溃，紧紧抱着他说：“家卓，我不爱别人，我谁也不爱，你要是不要我了，那给我一个孩子，我要把他生下来过一辈子。”

“傻瓜。”他叹息。

我们各怀惆乱心事无言地拥抱，在长夜里借着彼此的体温汲取一点点的暖意，却又很快惊醒，闭着眼感觉到窗外传来的光亮，身畔的位置是空的，远处的浴室传来水声。

我躺在床上觉得头痛欲裂，迷迷糊糊爬起来走进隔壁衣帽间。

“映映，”劳家卓走进来，“怎么起来了？”。

他接过我手上替他挑好的衬衣和领带，不由分说将我拉回床上：“我自己来就好。”

“家卓，”我叮嘱一句，“今天不是要开三季财会吗？晚上又得出去应酬吧，穿暖和一点。”

他低声应道：“嗯，放心，乖乖再睡一会儿。”

窗外夜色浓厚，宽荡的大房子里只有开着的流行音乐台播放的歌声。

我将下巴抵在膝盖上，短暂地失了一会儿神。

晚上劳家卓有应酬，已经提前知会我他需晚归。

我赤着脚窝在宽大的椅子里，对着电脑修改设计图。

这几天寄出了一些应聘的电子邮件，在等待公司回复的空暇，我从网上接了一些零散的单子，虽然没什么报酬，可总不能教技艺生疏。

连续对着电脑工作几个小时，双眼酸涩无比，我关掉电脑起身。

在浴室泡了澡，出来坐在床上，不知为何有些心神不宁。

我握着手机看了一下时间，已经接近午夜。

倚在床头看了一会书，不知不觉靠在枕头上睡了过去。恍惚睡去不过十几分钟，我的心脏忽然猛地抽搐一下，整个人顿时惊醒过来。

我直觉伸手要去摸手机，仿佛有心灵感应。此时，放在身边的电话在这一秒铃声大作，我抓起来看到屏幕上面闪烁着家卓的号码。

我按下接听键，温柔开口："家卓？"

电话的那头不知为何竟无人说话。

"家卓，是你吗……"我隐隐担忧，咬着唇再唤他。

电话那端依然沉默如海。

我心底焦灼慢慢翻涌而起，甚至有一瞬间怀疑自己的双耳是否失聪，以至于听不清那边的声音。

隔了好一会，我才听到那头传来劳家卓几不可闻的一个气音："映……"

我努力凝神仔细分辨，话筒里传来他虚弱的喘气声，仿佛黄昏最后一缕光线中缓缓退去的潮水。

疲惫的、低弱的、无能为力的、丝丝缕缕的，仿佛即将彻底陷入黑夜之中的呼吸声。

我脑海里轰的一声炸响，全身的血液瞬间都在往下落。

我死死压抑着不让自己显出担忧和心急的声调，只轻声问他："家卓，你怎么了？"说话间我已经跳下床冲进衣帽间迅速拿出一件外套穿好。

劳家卓喘着气挣扎了好一会儿，我急得将话筒紧紧压在耳朵边，仔细聆听才分辨出他低弱不堪的声音："映映，你在家？"

"是的，我在家。"我站在房间里，手扣在冰冷的窗沿，试图使自己冷静下来。

他咳了一声，勉强地说："听着，从床头柜的第三层……"

我几乎听见了他胸腔之中被撕裂一般艰难的喘息。

"蓝色标签的白色瓶子，我在楼下……"

我扑到床边拉开床头柜，满满一柜都是劳家卓的备用药，我翻遍几个抽屉，找到了好几瓶蓝色标签的白色药瓶，塑料玻璃的大大小小好几个瓶子，我不管三七二十一，全部抓起来塞在大衣兜里，旋即往楼下冲。

鞋也不及换，我穿着拖鞋飞奔进电梯。

我一直紧紧握着电话："家卓，我找到了，我现在下楼，你等我……"

"家卓，你坚持几秒……"

我脚下没注意，在电梯口被绊了一下，整个人一个趔趄狠狠撞进了电梯。

劳家卓被我这边撞到金属门的砰然巨响吓到，气息微促提高了声音："映映，不要急……"

可下一秒，他的声音在我耳边戛然而止。

"家卓？家卓？"我惊吓得三魂六魄都已飞散。

不过是短短几秒钟的下降，我却犹如一世纪那么难熬。

电梯门只打开了一道缝隙，我便奋力挤出，狂奔着冲过走廊，一跃而下几级台阶，看到那辆黑色的卡宴斜斜地停在楼下的花园停车道上。

我扑在车门前，看到熟悉的身影枕着手臂伏在方向盘上，握着手机的右手无力地垂在座位上，整个人仿佛已经了无生息……

我深深吸气让自己镇定，却完全无法控制颤抖的双手拉开车门。

我轻轻地伸手扶起他的脸："家卓？"

尽管已经做足心理准备，他脸色坏得还是令我狠狠地倒抽了一口气。

车内暖气很高，但他一张脸惨白如纸，嘴唇变成了淡淡的青紫，渗出的冷汗打湿了鬓角，领带解开丢在了副驾驶座上，衬衣解开了两颗扣子，胸前的衣料凌乱而皱褶。

我唯恐他已失去意识，连声唤他："家卓，你怎么样？"

他的手指略微动了动，我立刻握住他的手，劳家卓闭着眼模糊应我："嗯。"

他人还是清醒的，只是没有力气说话。

我扶着他起来，身体只略微移动了一点，他随即抬手按住胸口，紧紧皱着眉忍住了痛楚。

"怎么了，胸口疼？"我伸手探他脉搏。

劳家卓听不到我的话，只喘着气无力地瘫软在我的身上，目光有些溃散，应该是忍受着身体的晕眩和耳鸣。

我迅速地掏出了衣兜中的药："家卓，哪一瓶？"

劳家卓勉力挣扎抬头看了一眼，吐出几个字："中间，三粒。"

我拧开瓶子倒出药片，放入他嘴巴里，然后从车前找矿泉水。

我一手托着他的头部，一手帮他轻揉着胸口："家卓，用一点点力气吞下去。"

他费力地吞咽，终于将水混着药片吞了下去。

下一刻劳家卓却突然咳嗽一声，但他随即抬手按住了嘴，低头在我的肩上忍了几分钟，努力地忍住了没有将吃下去的药呕吐出来。

我等到他剧烈错乱的呼吸平缓了一些，扶着他在座椅上躺平，从后座翻出毯子盖在他身上。

劳家卓躺了一会儿，也许是药效渐渐发作，他脸色缓和几分，虽然还是苍白得厉害，至少没有那么灰败可怕。

他闭着眼躺着休息了片刻，终于恢复了些许力气，动了动身子想要坐起来。

我扶着他的背，劳家卓坐起倚在我身上休息了一会儿，他睁开眼看着我，勉强对我露出一个笑来："没事了。"

我柔声问："我送你去医院好不好？"

他轻轻摇了摇头。

"那我请医生过来给你看看？"我又问。

他这次面色上明显不悦，耐心全无地打断我："不要。"

这人生病时脾气真是坏得可以。

我还来不及说话，劳家卓低声说："我们回家。"

语罢他就要推开车门，我慌忙拉起他的手，随着他缓缓地朝电梯走去。

不过几步的路程，他走了大约十分钟。

我一手撑着他的手臂，一手刷开电梯门。

电梯离地上升的瞬间，我看到他又不自觉压住了胸口。

我紧张得呼吸都忘记了，不禁握住他胸口的手一起轻轻揉着。

所幸几秒钟，电梯门叮的一声打开了。

我打开门，劳家卓强撑着力气走上楼梯，到二楼的客厅外时，人已经支撑不住，半个身子靠在我肩上。他高我许多，我抱着他甚为吃力，好不容易小心翼翼地将他半抱半拖放到卧室的床上。

只是劳家卓的身体甫一躺平，眉头便又紧紧皱起。

我给他垫了两个软枕，扶着他半躺在床上。

这么一番折腾下来，他又开始虚弱地冒冷汗，神色痛苦至极。

我取来毛巾擦拭干净他一身的冷汗，替他仔细盖好被子，然后坐到床边，伸到被中握住他的手，大气地都不敢出，小心翼翼地观察着他每一个细微的神情。

劳家卓躺了一会儿，双唇的紫气慢慢褪去，变成毫无血色的淡白，只是眉头依然紧蹙。

劳家卓不知是昏迷还是睡去了一阵，身上舒服了一些才醒过来。

我转身给他倒了一杯热水。

他喝了一口，然后摇摇头。

我顺手把水杯搁在一边。

劳家卓倚在床头静静望我，依然是温和清澈的眼神，只是我望着他眼眸深处，我曾熟悉的湖绿白云倒影的干净眼波越来越寡淡阴暗，是大片大片我说不出的哀伤和疲倦。

我将头凑过去："还要什么？"

劳家卓没有说话，只凑过来在我额头印下轻轻的一个吻。

我对着他露出一抹虚浅的笑容。

"映映，"家卓低低地说，"害你担心了。"

我摇摇头，伸手抚摸他脸颊："不会。"

刚刚发作的一场病耗尽了他的心神气力，他不再说话，将头依偎在我掌心疲倦睡去。

他平日里的那种沉稳自持的雍容气度放松下来，清峭眉目之间都是满满的眷恋和依赖。

房间里一片寂静，唯有我们两个人悠远绵长的呼吸声。

我以为他睡着了，正要悄然起身。

"映映。"床上的人却忽然出声，劳家卓的半张脸埋在锦缎枕中，只看得到苍白的利落下巴。他的声音依然气力不继，却带了沉沉的郁郁寡欢，"我不值得你待我这般好。"

我面无表情地揪紧了衣襟。

他说完这一句，再无声息，我一动不动地坐在床前，待他慢慢熟睡，才将发麻的手臂轻轻抽了出来。

劳家卓太浅眠，我唯恐惊醒他，走出露台上关了门给他的私人医生打电话。

一接通，杨宗文电话周遭是大分贝的音乐混着酒瓶碰撞声，他本人语气甚为不悦："喂？"

"杨医生，你好。"我礼貌地说，脑中浮现那个隐藏在斯文眼镜后有着一双狭长勾魂凤眼的男人——现在的医生都这么精力旺盛吗？半夜还在外面鬼混。

"什么事？"他听出是女人声音，语气稍缓，"你是哪位？"

"不麻烦你的话，是关于家卓的健康问题，我想耽误你几分钟。"我客气地问。

下一刻他身畔即刻安静了下来，只是口气还是懒散地说："你是他老婆映映？"

"嗯。"我低声应。

他讥笑一声："久仰大名，他发病？什么症状？"

我无暇计较他的态度，努力地回想那几乎要令我肝胆欲碎的一幕："胸口疼痛，呼吸困难，手足厥冷，应该还伴有晕眩和耳鸣。"

杨宗文很快答复我："他心悸的毛病也不是一两天，控制得好死不了。"

我陈述："他几乎昏倒在楼下车中，幸好及时打电话给我。"

电话那头的男人毫无同情心："让他喜欢逞强死撑，迟早受点教训。"但他又立刻接着问，"现时如何？"

"吃罢药，睡过去了。"

"让他好好卧床休息，如果没有再发作，就没有什么问题。"他轻描淡写的语气倒是跟劳家卓一模一样。

"杨医生。"我低声细语，"家卓，他身体情况究竟怎么样？"

我几乎是带着恳求的意味。

杨宗文考虑了几秒，才慢慢地答："一般般。"

真是该死。

我简直要骂脏话。

劳家卓身旁的所有人都在防备着我。

我握着手机说不出话，是那么的无能为力，感觉细细的水流在脸颊落下来。

杨宗文终于叹了一口气："映映，你该明白他体质不算很好，英国那次无疑雪上加霜，肺部的损伤始终是留下了病根，平时一定要做好保暖、注意保养。他心血不足的现象是先天遗传的，有时过度疲劳、忧思过重，或者情绪的剧烈起伏，都有可能引发他的心悸，如果发作得太频繁，迁延不愈，则有可能会导致更严重的心脏疾病。"

我咬住了下唇，想起来那天夜里他因为我的一场胡闹而担忧和震怒的脸庞。

"映映？喂喂？"杨宗文在那端叫，"喂，劳二心爱的Barbie doll（芭比娃娃），你没有吓晕吧？"

"杨医生，如果要照顾好他，请问我平时要注意什么？"我回过神来，不理会他无礼的嘲笑，只简单地问。

杨宗文语气也放正经了："清淡饮食，少喝咖啡，酒更不允许喝，控制情绪，少生气，更忌七情过极，还有平时尽量不要让他感冒。"

我在心底默记一遍。

"如果你还不放心，"杨宗文对我说，难得带了点儿安慰，"说服他来我这里做一个详细的心电图检查。"

晚上七点，大门推开的声音响起时，我已经站在玄关的廊灯下。

劳家卓进来看到我，清倦白皙的脸庞露出笑意："映映。"

我笑着拉拉他的手，替他打开鞋柜，他低头换鞋。

劳家卓搁下外套，我们并肩上楼，走进客厅后，我抬手替他解开领带。

"今天工作累不累？"我微微仰着头望他。

"不要担心。"他低下来吻吻我脸颊。

我笑笑不肯说话，倘若再像上次那样他在我眼前倒下，只怕我真的会崩溃。

劳家卓语气轻松地安抚我："苏见被你恐吓一番，连日在二十五楼召所有的助理和秘书开了会，碧禅这几日下午六时准点催我下班。"

我终于展颜一笑："苏见兄办事稳妥，甚得我心。"

"嗯，映映……"他笑容加深，看着我一字一顿抑扬顿挫，"你说什么？"

"啊，没有。"我即刻领悟，搂着他的腰谄媚地道，"我说二少爷每天都早早回家，甚得我欢心。”

他被我逗乐，摸摸我头发，上楼换衣服。

我绕进厨房。

刚洗手取出了碗筷出来，劳家卓就出现在餐厅门口，他换了深色长裤和亚麻衬衣，外面是一件宽松毛线衣，整个人斯文又干净。

他脸上是心满意足的神情：“做了饭？”

“早上出去顺路买了菜。”我答他，又说，“过来帮忙拿碟子。”

劳家卓皱皱鼻子，有些孩子气的表情：“好香。”

我的手艺完全是临时班底，惠惠做得一手好菜，我经她速成培训几次，然后认真将她所教的菜谱手抄了一份，贴在冰箱上对照着做，花色少了点，所幸的是煲汤学得不错。

劳家卓很少有空在家里吃饭，但每次都很捧场地将我做的饭吃干净。

吃完饭，劳家卓要洗碗，我将他推出厨房，他便坐在餐桌旁和我闲聊。

连日来寒流袭港，冻雨连绵不断，我们一起窝在温暖的家里就已觉得万分满足。

晚上劳家卓进书房看文件，出来时我早已缩在了床上，抱着被子对着墙上巨大屏幕上看得专注。

劳家卓坐到我身旁，我忍不住在掌心中焐了焐他有些凉的手。

他戴着看文件的那副眼镜，隐藏在镜片后的眼眸带着微微笑意，任我揉搓了一会儿然后将手抽了出来。

他走进隔间取衣服，我转头继续看电影。

过了一会儿劳家卓擦着头发的水走进睡房，我坐在床上捧着一个盒子吃海苔饼。

我吃得无比欢畅，他只是温和笑笑。

他那么爱干净的人，容忍我这样的坏脾气。

“家卓。”我示意他走过来，劳家卓凑到我跟前，我笑着将一块饼干塞进他嘴里，“低糖，高维生素。”

他无奈地咀嚼，顺手抽纸擦了擦我嘴角的碎屑。

我爬下床穿上拖鞋去洗手。

给劳家卓吹着头发时，我放在客厅外沙发上的手机突然响起来，简单悦耳的铃声回荡在屋里，劳家卓起身走出去替我拿进来。

唐乐昌三字在屏幕上一闪一闪。

劳家卓神色未动，只随意擦了擦半干的头发，坐进安乐椅上继续看电影。

他洗澡出来穿得单薄，我起身将一方薄毯盖在了他身上，走出去接起电话。

刚按下接通键，喧嚣的音乐声先传了进来，唐乐昌的声音在吵闹中有些模糊："江意映？"

"嗯，干吗？"我问。

"有空吗？"他情绪有些莫名的低沉，"我在廊桥，出来陪我喝酒。"

廊桥是我们读书时经常去厮混的一间文艺小酒吧。

我暗自疑惑，这家伙受了什么打击，口上却对他一点也不客气："已经很晚了，你又发什么疯？"

唐乐昌又叫："喂，出来。"

我看了看卧室里的劳家卓，低声说："我现在不方便出去。"

唐乐昌声音大，震得我耳膜难受："喂，你怎么这么没有义气，我又不要你做什么，出来陪我坐一下。"

想起他多次在我失落时的陪伴，我不禁有点内疚，放低了声音："唐乐昌，明天好不好，真的，我现在……"

我话还未说完，电话断了。

我望着暗下去的屏幕，无奈地转身走回去，劳家卓转头征询地望着我。

我望着他笑笑："是唐乐昌，不知在哪里饮醉了。"

劳家卓没出声，只点点头："嗯。"

我心底有些不放心，轻声道："我再打过去问问。"

我再拨过去，电话通了但一直无人接听，反反复复响了好久。

终于电话接通，先是一阵玻璃碰击的清脆声响，然后那边有人说话："你好，这伙计喝醉了。"

我不禁皱眉，我认识的唐乐昌从来都是小人得志的猖狂形状，怎会也有借酒消愁的时刻。

那边兴许是吧台酒保，听到是年轻女子声音致电一个半夜买醉的男人，语气都暧昧起来："你是他家人还是女朋友？"

"都不是。"我答，"他怎么了？"

“已经醉到男女都无法识别了，只是一直打电话给你。”

“我没空理会他，帮他叫计程车。”

“小姐，请勿吝啬一点同情心，”酒保半真半假地调侃，“他烂醉如泥，无人理会我们便将他扔出大街。”

“喂喂——”我忙不迭叫。

那边已经挂了电话。

我拨过去，只是再无人接听。

劳家卓一直看着我。

“家卓……”我望望他，咬着唇低唤。

“这么晚，你一定要出去吗？”他已经先开口。

我低下头，的确是不太放心，我不认识唐乐昌其他朋友，如若他真无人理会，恐怕我也会有一点良心不安。

我干脆站起来：“我去看看，替他叫车，马上就回来。”

劳家卓一时没有说话，按着眉头低咳一声。

我怕他生气，小心地赔着笑脸：“我很快回来。”

劳家卓叹了一口气，起身替我找外套。

我穿好衣服凑过去吻了吻他的嘴角：“你早点睡。”

劳家卓走到衣帽间右边，一边拉开衣橱一边问：“我送你过去？”

“不用。”我急忙否决，他一日下来工作劳累，晚上再冒着冷风奔波，要是受寒生病，我岂不是罪该万死。

他也不坚持，陪着我下楼：“小心点。”

我不敢回头望他，只感觉到他淡淡的目光一直随着我打开大门，才走进了楼梯间。

我下楼去叫了一辆车直奔廊桥。

穿过门口的绿色藤蔓走进去，酒馆里灯光迷离，一支小乐队在上面演奏不知名的怀旧歌曲。

唐乐昌趴在吧台的桌面上，手上还握着一个酒杯。

我大步走过去，坐在高脚椅子，一把推了推他：“喂，唐乐昌。”

身畔的男人动了动，转过头望望我，眼底闪过一抹欣喜，嘴角却露出一个玩世不恭的笑来："你怎么来了，不是说不来的吗？"

"我以为你被人剥光丢街，特地来围观。"我没好气地答，我有些纳闷地看着他，脸颊和嘴角似乎有几处瘀青。

唐乐昌依旧意态潇洒地扬起一个笑容："你这么想看我剥光？"

我狠狠拍他脑袋。

"哎——"唐乐昌忽然皱了皱眉头，"轻点儿。"

昏暗的灯光下，他神情有些惨淡。

"你干吗了？"我问。

"没事，"他懒懒散散地靠在吧台上，"既然来了就喝点吧。"

他转头吩咐："Paul（保罗），给这位小姐上杯酒。"

我看着他："还喝？你不是喝醉了吗？"

唐乐昌说："笑话，我什么酒量。"

我恼火："那刚刚接我电话说你烂醉的是谁？"

"刚刚我上洗手间，我怎么知道谁接了电话？"唐乐昌似乎不知情。

下一刻我们齐齐转头一起瞪那个酒保，那挑染一头蓝发的英俊男人无辜又暧昧地笑着。

我陪着唐乐昌喝了几杯，既然他没事我打算告辞，他也不反对，结账和我一起走出了酒吧。

外面冷风呼啸，已经过半夜。

路灯明亮照耀下，我才发现他脸上狼狈糟糕，眼角也肿了。

"你脸怎么了？"我觉得他今晚一直很不对劲。

"磕了一下。"他无所谓笑笑。

"破相了。"我取笑他。

"随便了，"也许酒精作祟，他口气随便了几分，"反正你又不喜欢我。"

我瞥了他一眼："你女朋友太多，怎么轮得到我上位。"

他微微苦笑。

我们顺着台阶走下，唐乐昌走得很慢，还剩最后两级，他忽然一个踉跄，我匆忙伸手扯住了他的手臂。

他一时控制不住，痛叫出声。

我低头看到了他棉衣的袖口渗出的点点血迹。

我惊诧："哪里受伤了？"

"没事。"

"去找个诊所包扎一下？"

"没必要。"

我不耐烦："那回家去，你家在哪里？"

"家？"他讥笑一声，面色一缕凄凉，"我在这里没有家。"

我张了张口，不知道该说什么。

唐乐昌转过头，倔强地走进阒寂无人的深冷长街。

我跟在他身后，走过了两条马路，脚都酸了："唐乐昌，如果你准备走到天亮，你自己玩，我不奉陪了。"

"陪我再待一会儿。"他语气带着一丝哀求。

我实在不忍心拒绝这么狼狈的他，只好快步跟上他。

"江意映，"唐乐昌和我静静地走了一段路，才万分不情愿地开口告诉我，"我可能不久就要出国了。"

"这么快？"我一早就知道他准备出国的，但真正听到还是有些惊讶，"申请好了学校吗？"

"嗯，可能读乔治敦大学。"他凑过来，"你就当陪我最后一个晚上。"

"我冷死了。"我忍不住抱怨。

"找个地方喝杯热饮。"唐乐昌答，随即往前面走去，他也不管我跟不跟上来。

我跺跺脚，恨恨地咬牙随着他挤进计程车里。

下车时劳家卓打电话过来："映映，还在外面吗？"

"嗯。"我含糊地答，"可能要晚一点。"

"这样。"劳家卓未说什么。

我软软地说："你先睡好不好，我晚一点就回去。"

劳家卓"嗯"了一声，收了线。

唐乐昌在我身旁，一直看着我。

我们在路边的一间二十四小时咖啡馆坐了下来，我往窗外望去才发现我们到了鑫泽区中心，对面街口是劳通银行总部，高耸的大楼在夜色中闪着幽幽的光芒。

服务生看到一张顶着猪头脸面无表情诡异飘入的唐乐昌，神色抖了一抖，立刻充满戒备地盯着他。

我们在角落的位置坐下，我坐下来也不愿动，只管对唐乐昌道：“美式拿铁，谢谢。”

唐乐昌点点头，朝前台走去。

“晚上好。”躲在咖啡机后偷偷背英文单词的女孩子抬起头，礼貌地说。

唐乐昌忽然眨了眨眼，开始讲英文。

我也是认识他之后才知道他每年的假期大半时间都是在国外度过的。

柜台前的女孩子露出了甜美笑容：“Sure,what can I do for you？（嗯，我能为您做些什么？）”

这姑娘应该是附近高校兼职大学生，英文讲得不错。

“Grande caffe americano and doppio Espresso.（大杯美式拿铁和浓缩咖啡。）”

“For here or to go？（在这里吃还是打包？）”

“Here.（就在这里。）”

唐乐昌望着柜台后的女孩子，一手撑在台上，笑得风流倜傥：“I just thought you should know that you have a really nice smile.（我觉得我应该告诉你，你的笑容真是太美了。）”

女孩子瞪大眼睛看着他。

我趴在桌面上笑得气结，这人落魄至此还保持着有趣的幽默感，真是乐观。

我喝了一杯咖啡，又吃了一个三明治。

已经是凌晨三点。

我开始觉得困，唐乐昌喝了一杯咖啡却来了精神，拉着我陪他聊天。

我敷衍了他几句，倒向桌上：“我困了，让我趴一会儿。”

唐乐昌不满地推了推我：“喂，春宵苦短，你就打算如此搪塞我？”

“别吵我！”我挥手拍开他的手，唐乐昌忽然倒吸一口气。

我看到他眉头打结，忙问：“撞到你伤口了？要不要紧？”

他摇头：“皮肉伤而已。”

我问：“谁打的？”

他耸肩：“我爸。”

我点了点头："哦，原来执法者喜爱动用私刑。"

唐乐昌问："你知道我爸是谁？"

"偶尔听说。"我平淡地答。

"嗯。"他也不奇怪，只顺着我的话轻描淡写地说，"你或许没有听说，我是他的私生子。"

我眼神微动，原来如此。

我此前也一直有所揣测，媒体写出来的本市司法院长乃政界楷模，工作兢兢业业一身清廉，家庭生活幸福和谐，唯一的女儿已经出国留学。

唐乐昌自然是随母姓，母子俩注定只能躲在大众的视线范围之外。

我想要开解他："终究是父子，何事需要闹到动手？"

唐乐昌道："我与他争吵，我骂他无良无德，玩弄女人。"

出生在这样的家庭，父子关系的确敏感，我说："于是招来一顿狠揍？"

"他气得大骂我是孽种。"唐乐昌答，"是啊，拜他所赐，我是一个见不得光的孽种。"

他无所谓地笑了一下，眼里却闪过泪光。

"喂，你……"我有点不知所措地看着他。

"不用安慰，"他无赖地靠过来，"借我抱抱就好。"

"不要。"我马上推开他。

唐乐昌放开我，露出一抹无奈笑容。

放在桌面上的手机响起，我拿过来，是劳家卓给我发信息：映映，我先睡了，注意安全，有什么事给我打电话。

劳家卓处事方式一贯简洁利落，他是很少发信息的人，不知道他如何踌躇等到了凌晨的四点多。

我的心疼起来。

唐乐昌看着我的神情，忽然开口："江意映，你知道吗？我有时真的很遗憾。"

"遗憾什么？"我还沉浸在自己思绪中，不解地抬头看他。

"遗憾太晚遇见你。"他的目光静默，"当我遇到你的时候，你的心，已经是满的了。"

我低下头，不知如何回应他。

后来，唐乐昌终于对我说：“映映，我昨日在老头子那里见到一位你的熟人。”

他语气有些悚然，我抬起头，不解地望着他。

唐乐昌的声音清楚地传来：“我父亲在私家别墅接待的是令夫兄，劳家骏先生。”

不知不觉之间天色亮起，我已经困倦得不行，唐乐昌提议吃了早餐送我回家。

我的手机在清晨时分没电，我问换早班的侍应生借到了型号合适的充电器，将手机插在卡座上开了机。

滴滴的声音不断响起，有几通信息和几个未接来电，我看了一下，都是劳家卓的。

还未来得及细看，电话几乎是在同时进来。

苏见的声音是我熟悉的温文和气：“映映，为何一直打不通你电话？”

我答：“抱歉，没电了。”

苏见说：“劳先生很担心你，今早上开例会前还打你电话，你知道上次在酒吧出了那件事，他……”

“我没事，”我答，“他在哪里？”

他客气地说：“他现在在会议室，你一会儿打个电话给他。”

我答应了一声，挂断了电话。

唐乐昌见我呵欠连连：“我送你回去吧。”

“嗯。”我点点头，懒懒的不愿起来。

很快电话重新响起

我看了一眼号码，接起来问：“苏见，还有事？”

才相隔不过几分钟，苏见这次的语气却异常严肃：“江小姐，你在何处？”

“外面一间咖啡馆。”

“我派司机马上接你回家，请你保持冷静。”

“怎么了？”我心中升起不祥预感。

“是劳先生……”他迟疑了一下。

我绝望地望了一眼的对面的唐乐昌，瞬间明白一切都已经太迟了。

苏见语气紧急，措辞也不容他多做斟酌，只直接说："刚刚高院检署过来，要求劳先生配合调查一起经济案件。"

我拔腿朝外面冲了过去，跨下台阶时，我双膝发软，差点一头栽了下去。

唐乐昌伸手拉住我："你小心一点。"

我脑中一片空白，只知道沿着马路一路奔跑，冲过车流和斑马线，朝街口对面的劳通总部大楼狂奔而去。

我看着眼前一片人声鼎沸的劳通银行大楼，心里的不安不断扩大，不知为何竟有大批媒体提前得知消息堵在劳通大厦的广场前，还一直有采访车不断驶入。

远处高高台阶上的大厅，大批保安已经出动，挡住了蜂拥而至的记者。

我听到身边记者的交谈声："是劳家卓？消息确定吗？"

"怎会是假，刚刚东方财经已经有人亲眼见到，据说只可惜没有拍到图片。"

"现在劳通有人出面吗？"

"还未见，似乎措手不及。"

外景女主播声情并茂："主播好，各位观众大家早上好，现在我在劳通大厦前，劳通银行今日爆出丑闻，劳通银行亚洲总部在对金匠房地产开发有限公司森海豪庭项目发放按揭贷款的过程中，累计有约六点四亿元巨额资金因虚假材料申报形成风险，其中涉及十二名高级管理人员有受贿嫌疑，其中包括劳通集团亚洲区总裁劳家卓先生，相关部门已经涉入调查。据悉劳先生今晨已经被检察机关带走，鉴于劳通银行与银江公司的上市案已经进入关键阶段，因此事件是否会对此次合作产生影响，会不会波及今早开盘后劳通的股价，本台将为你追踪报道。"

我处在这一片激动莫名的人潮中，觉得整个世界都在坍塌。

唐乐昌用力拽着我的胳膊："你冷静一点。"

这时司机给我打电话："映映小姐，你在哪里？"

"我在劳通门口。"

"好，我现在不方便开劳先生的车，我过去接你，车牌是SU202，请你稍等。"

唐乐昌一直跟在我身旁，直到司机将车开到了车道旁。

我匆忙和他道别，拉开车门上了车。

“徐哥，怎么回事？”我急急地问。

“我也不知。苏先生急召我，我也是刚过来。”

我在车上开始拨电话，家卓的，苏见的，朱碧禅的，一律无人接听。

我六神无主之中忽然灵光一现，想起了林宝荣。

林宝荣电话一直占线。

但很快她便回拨给我。

“大姐……”我还未说话，已先哽咽。

林宝荣声音干练镇定如昔：“映映，我正要找你，请你放心，老爷子已经在公司，家卓的事有人会处理。”

“究竟怎么回事？”

她说：“不要太担心，没什么事。”

我勉强平定心神：“谢谢大姐。”

林宝荣放低声音：“苏见现在不方便接你电话，待他下班后请你与他联络，我告诉你号码。”

我在深夜才在一间公寓见到了苏见，屋中还有几位劳通的高层。

“映映，”苏见将我引入，“先进来坐一坐。”

“他如今在哪里？”我呼吸都艰难。

苏见给我倒了一杯水：“律师还在检署，晚一点会过来。”

我接过水杯喝了几口，努力使慌乱的情绪平静：“是为了什么？”

这时电话响起，苏见望了一眼，张彼德走去接起。

“映映，情况还好，不用太担心，”苏见对我说，“起因是金匠公司海景别墅的案子，上周董事会对家卓的投资有质疑，不知谁将我们内部账目供了出去，这个地产项目家卓跟得很紧，不会有太大的问题。只是现在我们没有料到银监会（中国银行业监督管理委员会）涉入调查，年初开始监管部门对商业银行风险的监控力度在加大，存贷比控制和存款准备金率都管得很严，这个项目前期的投入资金过于巨大，这也是董事会质疑的地方，偏偏大少前几日找借口调走了亚洲总部的大笔现款，现在亚洲回笼资金不足，如果监管部门拿这点发难，事情可大可小。”

“那怎么办？”我心急如焚，听得一知半解。

“老爷子总不至于不管，但假如大少插手的话，变数还是很大。”苏见一向温文，此时也有些烦躁，“家卓在传媒和公众形象一贯良好，外界对他接管劳通也持乐见态度，如果此事处理不好，他的信誉度恐怕受损。”

这时有人敲门。

“郑律师。”苏见站了起来。

一个中年男子提着公文包推门进来，他坐在沙发上：“苏见，给我拿杯喝的。”

苏见应了一声就去拿喝的，张彼德走过来拍拍坐着的那几位年轻男子的肩膀：“小姜，你们先回去吧，没什么事。”

屋中的人起身告辞。

苏见回来时，房间里中余我和张彼德两人。

“老郑，他还好吗？”张彼德问。

那律师掏出手帕擦了擦发亮的脑门，松了松领结才道：“不会有什么事，只是上头来了通知，据说要彻夜调查，精神上恐怕不会太好过就是了。”

我似乎看到四面惨白冰冷的墙壁，头顶是亮得刺眼的灯光，心理上还要高度防备地忍受整夜的煎熬……他昨夜一夜没睡好，身体怎么受得了……我低下头眼泪控制不住流下来。

张彼德站了起来：“映映，我让司机送你回去休息。”

我抽出纸巾擦干眼泪：“等一下，如果是江氏储入，会不会有疑问？”

苏见神色一亮：“江氏的资金一直都是在劳通流通，自然不会有任何问题。”

我忍着抽噎，说：“数目大概需要多少？”

苏见迟疑了一下：“映映，劳先生一直不希望你卷入劳通公事……”

张彼德拍了拍苏见肩膀：“如今非常时期。”

苏见考虑了一下，也不再反对。

我点点头，站起来：“我回家去问问爹地。”

江家大宅依然灯火通明。

汽车刚刚停好，爸爸就迎了出来：“映映，一直在等你的消息，现在事情如何？”

一家人都还在客厅等着，奶奶神色焦急地拉着我坐了下来：“怎么样了？”

连累长辈担心，我甚为愧疚。

我直接地说："爸爸，存款准备进率不足，家卓需要回笼资金。"

爸爸直接指示下属："将江氏所有可用资金转入劳通亚洲。"

我不禁哭出来："爸爸，谢谢你。"

爸爸抚摸我头发："我女儿的幸福最重要。"

第二天一早，林宝荣亲自出面应对媒体。

劳通大厦二楼奢华的宴会大厅，本城数家重要报刊媒体持特别证件进入，记者会上的林宝荣妆容宜人，笑意盈盈，连摄影记者都忍不住多拍了几张特写。

林宝荣笑着说："关于金匠房地产开发有限公司的森海豪庭项目，劳通亚洲所经手的所有按揭和房贷手续都是正规的，更不会形成烂尾工程，稍后金匠集团同仁将会就此事召开一个记者会，敬请各位传媒界的朋友帮忙关注。"

"至于劳家卓先生，各位的报道未免有些太过敏感了，检察机关只是有些事情请副总配合调查，当然劳通银行的管理层更加不存在任何收受贿赂的现象，感谢各界的关心。"

"我相信为了金融市场的稳定繁荣发展，政府会给商业银行一个公正公平的信贷环境。"

"在此次记者会之后，希望各位媒体朋友据实报道，"林宝荣依旧笑得大方得体，却带了几分冷意，"我们将保留通过法律手段维护公司形象的权利。"

镜头带过去，整个劳通银行总部秩序井然，职员神色平静，高素质的危机应对让人心生佩服。

局势正在好转。

我情绪却完全紧绷着，一整夜无法安睡，心神不宁地等在家里。

下午时分，检署高耸大楼的门前。

经局长亲自将劳家卓送至门口，两人风度翩翩地握手，笑对镜头。

局长笑得万分诚恳："感谢劳先生的通力合作。"

劳家卓微笑着说："不客气。"

大批的记者涌上前采访，劳家卓未发一言，只在律师和助理的拥簇下，快速地上了汽车。

这时金匠公司报道已经出来，别墅工程首期顺利开盘，一派欢腾昌盛景象。

这一仗干得真是漂亮。

苏见给我打了一个电话："映映，他还有些公事要处理。"

“嗯，”我低声说，“我明白。”

苏见说：“他没时间给你打电话，别太担心。”

晚上八点多，我从落地窗外看到一排闪亮的车灯在楼下花园车道闪烁，便立刻从沙发上跳下来冲了出去。

我跨出电梯时，几台车子正好停在楼下。

苏见率先走了下来。

司机走到中间的那辆车，躬身拉车门，劳家卓从后座出来，我隔了一小段距离看过去，除了有些倦容，精神看起来倒还好。

只是他下车时已经有些站不稳，张彼德伸手扶了他一把。

我觉得眼眶滚烫，连忙深吸了一口气，对着他微笑。

劳家卓露出轻浅的笑意叫了我一声：“映映。”

他轻轻推开张彼德的手，站在台阶上。

我这时才看到了后面还有一辆车驶进来。司机躬身上前，将老头子从车中迎出来，我上前打了声招呼。

老爷子一头银发梳得一丝不苟，嘴角抿出威严的纹路：“映映，陪老二上楼来。”

下属拥着老爷子往前走。

我站到劳家卓身旁，挽住他的手臂，他卸了一些力，轻轻地靠在我身上。

走进客厅时，老爷子也不坐，只是直接地问：“在公司不方便说，到底怎么回事？”

劳家卓站在他面前，沉默以对。

老爷子皱眉：“你做事一向严谨，怎么会牵扯到受贿？”

劳家卓淡淡地道：“我以后会更加仔细。”

老爷子再问：“是不是得罪了什么人？”

劳家卓不温不火，却仍然道：“我不清楚，要查一下。”

老爷子额角一块褐色寿斑跳了跳，他看了看劳家卓，终于还是忍住了，只简单地问：“脸色差得很，里边为难你？”

劳家卓忍不住轻咳一声道：“还好。”

老爷子说：“家骏签下银江的案子后，他妻儿都在本埠，他回来接我班子，我调你去香港。”

屋内突然一片寂静。

张彼德脸色微变，按捺不住朝前跨了一步，苏见连忙一把扯住了他。

劳家卓平和地说："我听从公司安排。"

老爷子点点头，抬脚朝外走："好好休息。"

大门关上的那一刻，劳家卓轻轻呼了口气，身子骤然一晃。

我伸手搀住他，他身子已然支撑不住。

苏见急声道："映映，扶他坐下来。"

劳家卓一手扶着我的手臂，一手撑着沙发无力地跌坐了下去。

"家卓……"我慌忙道，"怎么了？"

他握着我的手，露出一个微弱笑容，抬手按着额头，闭着眼轻吸了一口气。

好一会他才勉强睁开眼，看了一眼仍站在客厅里的数人："都坐下来吧。"

苏见几人坐在了沙发上。

杨宗文将手上提着的箱子放在客厅茶几上，一手探了探他的脉搏，简单地说："躺下来。"

劳家卓抬手阻止他："只是有点累，宗文，没什么事。"

苏见忍不住问："是谁签的调查令？"

劳家卓语气很低，显出了一丝幽冷："周煜国。"

"有没有问你什么？"

"没有，"劳家卓靠在沙发上，倦倦地说，"他们没掌握什么实质性证据。"

我斟茶出来，听见他们还在谈公事，他熬了一天一夜，真不知哪里来的精力。

劳家卓站起来："上楼书房说吧。"

"等一下，"杨宗文喊住他，"家卓，你最好先打一针。"

"宗文，辛苦你，你回去休息吧。"劳家卓说。

"我也很忙，你要是半夜生病自己叫救护车。"杨宗文毫不客气。

"没有这个必要。"劳家卓说，不带任何情绪。

"脉搏迟缓，血压很低，是不是还伴有胸口持续性闷痛？"杨宗文不耐烦地道，"你要是想现在就倒下去，你就继续死撑。"

劳家卓冷着脸不理会他，朝楼上走。

"家卓。"苏见劝不住他。

“先让医生看看吧。”张彼德站在劳家卓身前，“你老婆昨天担心你身体，哭得梨花带雨的……”

张彼德拉拉我：“小映映，再哭哭。”

劳家卓转头瞧着我，面上露出温柔神色，牵住了我的手：“对不起。”

“你们先在客厅坐会儿，”杨宗文趁机马上道：“映映，给他喝点温水。”

我从厨房上去时，劳家卓躺在二楼的沙发上，杨宗文给他挂点滴。

劳家卓接过我手中的杯子喝了几口水，伸手摸摸我脸颊：“映映，你先去休息一下。”

我放下杯子，看了看他的脸，将他扎着针的手小心放好，然后绕过他的肩膀，紧紧地搂住他的脖子。

“好了，”劳家卓抱住我，轻轻拍我的肩膀，“没事了。”

我吻了吻他的脸庞，为了不妨碍他们，我走进卧室。

一会儿我走出来看他。

劳家卓对我招招手，示意我在他身旁坐下：“苏见他们自作主张了，无论如何，替我谢谢你爸爸。”

我问：“家卓，怎么会无缘无故调查你，究竟是谁做的？”

他咳了一声：“映映，已经过去了。”

我定定望着他：“别瞒着我，是大哥是吗？”

他皱皱眉：“你怎么知道？”

我低着头不说话。

劳家卓转头望着他的下属，嗓音低柔：“彼德？”

张彼德耸肩：“不是我告诉她的。”

“是唐乐昌告诉我，”我坦白地答，“他说他父亲接待过大哥。”

劳家卓眸光料峭轻寒：“唐家公子对你还真是言无不尽。”

他不再和我说话，只转头吩咐苏见：“去我书房，拿左边第二排上面抽屉的东西。”

苏见面有疑惑，但还是点点头起身去书房。

苏见很快回来，手上拿着一个普通的牛皮封面笔记本。

劳家卓点点头示意，张彼德接过来翻开，脸上疑惑，抬头看看苏见。

苏见凑过来看了一眼，神色顿时变了。

张彼德更是双眼发亮："老天，这样的资料怎么会在你手上。"

劳家卓缓缓地说："周煜国的妻子李竹的移民申请已经批准，她已经准备和女儿定居海外，她娘家背景本来就显赫，周煜国对妻女冷淡，据说已经有差不多十年来都是和情妇一起住，恐怕李竹也是忍到了极限。"

"劳家骏逼人太甚，"劳家卓看了我一眼，复又转头望着茶几上一杯冰水，低幽的声音掠过杀意，"没有必要再手下留情了。"

我看了一眼苏见摊在桌面上的笔记本，双脚发软跌坐在了地上。

上面写着不过是一些普通的阿拉伯数字和凌乱的字母符号。

可那是——周煜国任职期间的交易和受贿证据。

接下来的一周，劳通高层剧烈动荡，劳家卓撤去了首席财务顾问的职位，只负责亚洲区的行政工作，总部的几个部门也换上了新的经理。

公司里已有人提前跟劳家骏祝贺。

也许是公事烦乱，劳家卓这几天神思不属，情绪很差，有时下班回来就独自一人坐在书房沙发上直到深夜。我若是打扰他，比如坚持让他吃饭或者休息，有时吵得他烦了，他面露愠色已经是非常忍耐的口气："映映，让我自己待着。"

我只好无奈地走回房间去看效果图，前段时间爸爸要求我回江氏工作，并答应只要我回去帮忙，他会听取我的任何意见。

我身下的两个弟弟都还小，我实在拗不过一个父亲的低声下气。

我在一个底层的设计部门做事，刚刚开始工作要忙的事情也多，可能对劳家卓也有些疏忽，我试图和他沟通，但他总是轻描淡写将我敷衍而过。

一次夜里他不知梦到什么，骤然从噩梦中惊醒。

我也跟着醒来，给他擦去一头的冷汗，温柔地说："家卓，放手好不好，我们搬去香港。"

他无言以对。

我将手指放入他的掌心："家卓，只要我们在一起，不是哪里都可以好好生活吗？"

劳家卓沉默好久，终于低声说："映映，抱歉。"

我心头说不上是失望还是别的什么，只握住他的手："再睡一会儿吧。"

周末劳家卓去北京出差，苏见早上过来送他去机场。

我在楼下厨房煮早餐，苏见走了进来。

“要不要吃一点？”我问。

“吃过了。”苏见说。

我看了他一会儿，开口问：“你有事情要和我说？”

“嗯。”他露出赞赏的微笑，坐在餐桌旁。

我将煎好的蛋放在桌上，倒了一杯牛奶：“几点的飞机，他还没有下来吃早餐。”

“不急，还有时间，”苏见忽然说，“映映，他这段时间不太好照顾吧。”

“胃口极差，脾气极坏。”我直言不讳。

苏见缓缓地说：“映映，你知道有些人是这样的，他的人生为了一个目标而日夜不休地辛勤奋斗，而当这个目标即将达成的时候，却突然出现了一个人或是别的事情，令他对自己的原本确信不移并为之苦苦坚持的目标产生了怀疑。那么，他是不是会非常迷茫。”

“我的本意并非如此。”我想了想，轻轻说。

“但你令他动摇。坦白说我亦不明白他到底在困扰什么，但这段时间，他的情绪非常低落。”

“映映，他这几年非常隐忍，他没有任何理由在这个时候收手。”

我低着头想了想才轻轻说：“我明白，对不起。”

苏见诚挚地说：“谢谢你。”

劳家卓三天后从北京回来时，我去接机。

我们开车去吃饭，几十层的旋转餐厅上看得到城市流光溢彩的灯光，菜上到一半时他接电话。

“嗯，刚下飞机。”

“和映映在吃饭。”

“今晚直接回家了，有事电话说吧。”

那端苏见说：“北京的事情怎么样？”

劳家卓平和地说：“一切顺利。”

苏见问：“那周煜国……”

“不必再理会他，”劳家卓淡淡地说，“周某人不会在这个位子坐太久了。”

我捏着汤匙的手轻轻一颤，抬头着望劳家卓。

劳家卓对上我的视线，推开手边的玻璃杯起身离席。

我低头专心喝汤，安静之中听到苏见声音：“碧禅昨日递了离职申请。”

劳家卓微微惊讶：“是她？”

他走到玻璃窗边。

“这么说，账目的事，以及前几次，也是她？”

“她做事一向小心，若不是这一次大哥松懈，她也不会留下把柄。”

我怔怔地看着他挺拔修长的背影，白衬衣配黑西装长裤，玻璃窗外琉璃灯火，衬出他的身影如一幅秀美的光影素描。

劳家卓安静地思考几秒，然后说：“我给她签字，让她走吧。”他又静静听了一会，才低低说，“这人空有野心不足为惧，其他高管呢？”

过了几分钟，劳家卓说：“嗯，那先这样吧。”

他回到餐桌旁，对我歉意笑笑，以优雅姿态铺开餐巾。

我们吃完晚饭回到家，他坐在客厅对着手上的电脑。

我洗了澡出来已经很晚了，我依偎到他身旁：“家卓……”

他亲亲我脸颊：“先睡吧。”

“嗯。”我吻吻他，独自走进了睡房。

我听从苏见的话，不再过问他任何公事，每天按时下班，只关心他是否衣暖食好。

劳家卓却回得很晚，也很少和我说话，整夜待在书房。

一夜，他推开书房的门，我正好坐在客厅：“家卓，怎么了？”

他看到我，目光愣了一下，才说：“没什么。”然后转身走了回去。

就是在那时，我恍然意识到他在避开我。也许如苏见所说的，我变成他的麻烦，于是他不愿再应付我。

但我却没有任何办法，除了偷偷躲起来难过，我什么都不能做。

一日结束工作后，我去劳家卓的公司等他下班。

他从会议室出来见到我待在他的办公室，回头望了望隔间的助理室，张彼德正好走出来，朝他摊摊手。

他走了进来，关上门，脸上并无笑容。

“映映，怎么过来了？”

“我今天过来看样品房，刚好在这附近就过来等你，下班没有？”我问他，“一起吃饭好不好？”

“你等等。”他埋首签了几份文件，然后拨打电话：“丰年，请告诉曹先生明天再来，取消晚上的应酬。”

我有些局促地站起来：“你晚上还要事要忙吗？没有关系我先回家……”

“不要紧，”他脸上看不出什么情绪，“也不是什么重要的事情。”

他起身拿了外套，对我说：“走吧。”

劳家卓和我一起下楼，电梯直达底层车库。

他将车驶了出来，警卫刷开门卡，车子开出劳通大厦，直接转上了仕径大道。

劳家卓手搭在方向盘上，淡淡地问：“想去哪里吃？”

我想了想：“都好，我上了一天的班，饿死了。”

“海鲜好不好？”家卓说，语气带了点儿温柔。

“好。”我应了一声。

他转头专心开车。

我坐在位子上，忽然看到座椅的缝隙中有一个闪亮的物品，我一时好奇伸手进去将它掏了出来。

拿出来的瞬间我就后悔了。

我尴尬地看着它，金属外壳闪烁着水晶光泽，露出嫣然粉红色，一管迪奥的魅惑唇膏。

劳家卓转过头来，不动声色地伸手拿过，丢进了车前的置物箱。

我一时还未回过神来。

他的手已经回到方向盘上，修长手指熟练转动，车子流畅地右转，滑过繁华喧闹的街市，快速倒退着的林立商铺和熙攘行人，衬着车内的相对无言，如同一场彩色的默片。

我开始觉得心里有虫子在细细地啃噬，手不自觉地在膝盖上绞紧。

我鼓起勇气抬起头望了望他，劳家卓只专心注视前方路况。

这一顿晚饭吃得心绪万端，我实在没有心情，丢下汤匙站起来：“回家吧。”

他随着我起身，签单离开，并没有多余一句。

走进家里客厅时，我望着他身影，忽然觉得酸楚难当。

“家卓……”我喊住他，眼泪突然落了下来。

劳家卓看到我的泪水，不耐烦地皱皱眉：“只是一个客户不小心落下的，你究竟在想什么？”

我慌忙说：“抱歉，我不是那个意思……”

我冲进衣帽间关上门，扯了一件衣服捂住嘴巴，眼泪簌簌地流下来。

我知道自己不该多做猜疑，但无法避免灰色的情绪，还是觉得非常伤心。

第二日上班跟着设计师外出，春天的气候已经渐渐转暖，我穿了一件单薄的毛线开衫，谁知早春的野外寒风料峭，到半路开始飘起了细雨，我吹了半天冷风。下午回到办公室，觉得头有些疼，坐在我隔壁的安琪凑过来：“映映，你脸怎么这么红？”

她摸了摸我额头：“好烫，你发烧了啊？”

怪不得我觉得脑袋昏沉。

我向主管请了假回家，自己找点退烧药吃了然后躺在床上，一直等到深夜都不见劳家卓回来。

凌晨过后，我的意识就渐渐模糊了，我身体一向健康，但这次烧得很严重，我头痛欲裂地在床上不断地翻来覆去，四肢沉重似铅，浑身难受得要命，黑漆漆的巨大房子里死寂无人，我以为我要死在这里了，我受不了开始哭着叫劳家卓的名字，但一直没有人应我，我只好将头埋进枕头小声地啜泣，意识溃散地叫妈妈。

我觉得那么无助，一直哭一直哭。

不知过了多久我感觉有人按住我的手背，麻痹的刺痛感传入皮肤。

然后有人抱着我，清凉的唇一下一下地吻着我的额头。

我醒来时，门外的缝隙投进一点光亮，房间里很安静。

一个年轻的女孩子推门进来：“江小姐，有没有好一点？”

“烧已经退了，”她过来给我换药，“我是杨医生医院的护士，你要是还有不舒服的地方，我请杨医生过来。”

我摇摇头又睡了过去。

劳家卓晚上回来，抚摸我头发：“有没有好一点？”

“嗯。”我低声说，“我想洗澡。”

他柔声哄我：“等明天好一点洗。”

他拿来毛巾，解开我的睡衣，替我擦拭身体。

我安安静静地望着他，柔软的毛巾擦过我的额头、脖子，然后劳家卓伸手托住我的身体，将手伸进我黏湿的后背，房间里陡然开始发热。

我扯掉他的衬衣，搂住他的腰将他往下拉，开始吻他。

一分钟之后，家卓扔下毛巾，有力的手臂紧紧地抱起了我。

我请了两天假，接着又是周末休息，劳家卓每天都回来陪我。

他在楼下厨房煮白粥端上来，我们一起吃晚餐。我看着他挽着衬衣的袖子为我进进出出，连我打针的手背有些青肿，我稍稍抱怨有点痛他也紧张得要叫杨医生，我第一次觉得，原来生病也是一种幸福。

一个礼拜后，劳家卓直接换掉了那辆车。

那日他过来载我下班，我吓了一跳：“家卓，为什么要换车？”

“开得腻了，”他手撑着车门淡淡地说，“上来吧。”

我坐在他的身旁，左看看右看看车内的装置：“嗯，好新好漂亮。”

车经过江湾大桥时，劳家卓伸手握住我的手，他手心很温暖，将我的手放在手刹上。

“唔，趁着它这么新，这样好了……”我自言自语。

劳家卓分神看看我。

我从包包里摸出一张贴纸，利索地撕下胶布，把粉红的卡通贴纸贴在椅背上。我盯着贴纸看了几秒，又从包里摸出一支签字笔，大笔一挥，签上了我的名字。

劳家卓实在是忍不住伸手捏了捏我脸颊，笑出声来。

我指指椅背上的签名，说：“我的。”

他握着我的手说：“好。”

我们似乎恢复了平静的生活，但我每天见他的次数渐渐变少，他只说工作忙碌，一周里有两三天要出差，只是偶尔回家，他待我温柔如昔。

天气好转，四月风暖云清淡，他离我越来越远。

我每日朝九晚五，工作进展顺利，除去心底的惶惑，其实一切都好。

我已经准备好睁眼看命运光临。

四月下旬。

我办公桌的日历上，有一个日子被我用绘图笔画了一个小小的红心。

五点半我准时收工，主管和诸位同事还在加班，我抱头逃窜出门，直奔去艾薇坊定了一个蛋糕。

然后又拉着韦惠惠陪我行街，在世贸广场逛了很久，都不知道要给他买什么礼物，倘若真的是要给他买穿戴，真不是我这种薪水买得起的。最后我选择放弃，在专柜里买了一只我很喜欢的娃娃，有着脆弱天真的倔强神情，按下发条后会安静地旋转，转着转着突然用英文说我爱你。

韦惠惠捂着肚子笑了半天，夸张地说："劳通银行首席行政长官劳家卓先生？劳先生会玩这种小女孩的玩意儿？"

我瞪着她："我买来自己玩，你管我。"

韦惠惠一路欢畅和我聊着最新八卦，然后不忘拷问我："什么时候公布婚讯啊？"

我回复她："劳通正在筹备周年庆典，我们的事情不会这么快。"

韦惠惠在我耳边叮嘱："哦，要是真的打算，你可得第一个告诉我，给我们社发独家报道。"

我告别了韦惠惠，在卖场买了新鲜食材和水果，然后打车回家，下车时刚好艾薇坊的蛋糕送到了楼下，我提着蛋糕上楼。

在冰箱里放好蛋糕，我洗了澡换好衣服出来时，已经是晚上八点半，劳家卓还没有回来。

我坐在沙发上，又看看电话，没有来电显示。

我等了一会儿觉得饿，到楼下厨房随便吃了点东西，到晚上九点，终于忍不住给劳家卓打电话。

可能还在办公室，他那边很静，偶尔有键盘敲击的声音，我问："家卓，你什么时候回来？"

"嗯，"他答，"可能晚一点。"

"多晚？"我不死心地追问。

"快了，你先睡，不要等我。"他挂断了电话。

我望过去，餐厅留了一盏壁灯，灯光映射出一束花孤零零地立在餐桌上。

我倚在沙发上困倦地睡去了。

第二天早上醒来，发现我竟然和衣在沙发上睡了一个晚上，屋子里空荡荡的，劳家卓依旧没有回来。

我疲惫起身换衣去上班，走之前拿牛奶，看见冰箱里的蛋糕，拎出来将它狠狠地扔进了垃圾桶。

劳家卓在夜里回来："映映，为何我书房有一个玩偶？"

"哦，没什么，"我坐在电视前懒懒地按着遥控器，"我临时逛街，看到了很喜欢，客厅没地方摆了，借你书桌放放。"

他注视着我，脸色几度变化，但终于只是温和地说："很可爱。"

这竟然是我们的第二个结婚周年纪念日。

我进去浴室，将浴缸放满水，洒下香薰精油，将自己深深地沉下去。眼泪一直流出来，渗入了水中。

几天后在办公室的网络上闲逛看女性频道，上面有篇文章写的是《他不爱你的九种表现》，第三句就是：如果一个男人忘记你们重要或者特殊的纪念日，那证明，他根本不重视你们这段关系。

我情绪低落得无以复加，直接点了关闭，现在怎么这么多人热衷做男女情感分析专家。

我以前从来不看这些，真是越大越蠢。

六点钟我无精打采地回家，劳家卓照例不在家。

夜里听到楼下大门响动，我在二楼楼梯口看到他推门进来。

他脚步有些迟缓，看到我站在楼梯上，一时有些恍神。

走近了我才发现他喝醉了，一贯整洁的衬衣领口也略微凌乱。

他唤了我一声，直接走进来倒在沙发上。

我取来干净衣服要替他换，手刚刚碰到他的肩膀，劳家卓突然抬手，按住我的手背。

客厅只开了一盏台灯，他脸上是一片模糊不清的阴暗。

劳家卓低着头沉默了一会儿，忽然说："你的那位同学，对你可是真心？"

我心底莫名惊跳，但仍疑惑不解："谁？"

"唐氏小公子。"他声音沙哑低沉，"他母亲是唐氏财团最小的女儿，他深得外公的喜爱，如果自身肯上进，会是有前途的年轻人。"

我将手上的衣服丢在沙发上，站起来看着他问："你什么意思？"

劳家卓看着我，眼神清晰且镇定。

我忽然就爆发了："你到底什么意思？你到底把我当作什么？"

这段日子他莫名其妙的冷淡几乎将我逼到崩溃，我不禁痛哭出声："你如果不喜欢我，那何必勉强在一起。"

劳家卓冷笑一声，像是终于等到我发泄出来的这一刻："你也觉得受不了了？这样的生活我已经过了二十年。"

他看着我："从我母亲死去后，我在这样的家庭已经过了二十年。"

我被他身上流露出来的压抑悲伤的气氛吓住了。

他嘴角抿成深刻的纹路，咬着牙道："如果你受不了，我不妨给你自由。"

我猛地尖叫："劳家卓！"

"你醉了，"我哭着说，"你不知道你在说什么？"

"逃避是江家人的一贯作风？"他语带嘲讽。

"不，我不知道你在说什么……"我朝楼下跑去。

我不能再在这里待着，再待下去，不知道他会再说出什么话……

劳家卓隔了几秒钟匆匆奔过来，他猛地拽住我的手腕："你要去哪里？"

"我下楼去……"我意识混乱地说，"我下去散散步……"

"回来。"他将我往回拖，"我出去。"

他抓起外套和车钥匙，脚步虚浮，却快速地踉跄着走了出去。

时钟指向六点时，格子间里一片欢腾，经理今天不在，众人都趁早溜之大吉。

我慢吞吞地关掉电脑，收拾好桌面上的稿纸，还顺手确认了明天工作的流程，种种细节做足，仍拖拉着不愿下班。

我从未想到有一天我竟然会害怕面对劳家卓，因此不敢回家。

我打电话给韦惠惠："惠惠，出来陪我。"

韦惠惠那头依旧是办公室的喧哗："亲爱的，我要加班。"

我闷闷地说："那算了。"

"等一下。"韦惠惠叫，"映映，你怎么了？"

"我心情苦闷，你不来，我要跳楼。"我沮丧地说。

"不要啊！"韦惠惠怪叫。

我挂了电话，在大街上漫无目的地走，走了一会儿觉得累，我到经常跟韦惠惠去喝咖啡的点心店坐坐，半个小时后出现在门口是唐乐昌。

“你来干吗？”我没好气地说。

“喂喂，不识好人心，”唐乐昌笑得依旧没心没肺，“惠惠打电话给我。”

我耷拉着脸不愿理他。

唐乐昌径自坐下来，又跟过来点单的小女孩调了一会儿情，才转头问我：“你喝点什么？”

“不要。”我说。

唐乐昌替我点了饮料，又点了两大杯的起士森林蛋糕。

上了一天班也会饿，我终究不是不食烟火为爱憔悴的文艺片女主角，蛋糕送上来后被我不客气地乱吃一通。

唐乐昌这时才笑笑：“多吃点，下次不知何时了。”

我抬头不解地看他。

唐乐昌说：“我后天的飞机。”

我郁郁地说：“我不送你了，我不喜欢送别的场面。”

唐乐昌点点头：“我也不喜欢。”

达成共识，我笑了笑，却忽然觉得吃下去的奶油顷刻都融化了，心头涌上一阵悲伤。

“江意映……”唐乐昌仔细看着我脸。

“嗯，你最近……”他想了一下，终于含蓄地说，“瘦了。”

“我失眠，皮肤变差。”我拉拉脸颊边的头发，“头发太长，也需要打理。”

“怎么了？”唐乐昌关心地问。

我闭着眼摇摇头。

唐乐昌直接地问：“他待你不好？”

一直都有这种感觉，觉得劳家卓和我的生活，仿佛存在在这个世界之外的某个隐蔽空间，那些甜蜜或是忧伤，似乎都是悬在半空中般的不真实，那些默默忍耐压抑着的情绪，除开唐乐昌，我并无第二个人可以讲。

我眼泪流了出来：“我们大约要完了。”

泪水流出来便再也控制不住，我掩面饮泣起来。

唐乐昌默不作声地递纸巾给我。

我哭得真是夸张，眼泪鼻涕一起流，用掉了一堆面纸。

唐乐昌在我耳边说："好了好了，你再哭下去人家都以为我是负心薄幸郎了。"

我抽噎着吸气，低着头擦干净脸上的泪水，用纸巾捂着眼睛对唐乐昌说："对不起。"

唐乐昌笑着说："惠惠不来，真是错失千载好戏。"

我踹了他一脚。

宣泄过后舒服了一些，我靠在椅子上捂着脸："真想找个角落躲起来。"

"哪里躲得过自己的心。"唐乐昌摇摇头。

他这么哲理，我倒不知道说什么好。

"映映，其实我一直想说，你何必太早被婚姻束缚。"唐乐昌的手旋转着炼奶的勺子，缓缓地说，"如果你觉得幸福那还好，但如果是这样……"

我侧开头，低声说："可是我爱他，我爱他爱得不得了。"

唐乐昌微微皱眉看着我。

"江意映，"他忽然郑重其事，"如果你不幸福，我会考虑将你追过来。"

我瞪大眼看着他。

他回瞪我："我是说真的。"

"我要回家了。"我推开他站起来。

他无可奈何，起身去结账。

唐乐昌送我回家，计程车停在楼下时，迎面刚好一辆车子停下，车灯打出一束闪亮的光线。

我看了一眼停在我们身旁的汽车，慌忙推门下车，家卓正好从车上走下来。

他边走路边按了按手中的钥匙，抬头间忽然看到我。

我一时怔住了，还未来得及说话，身后忽然传来唐乐昌的声音："劳先生，你好。"

我头脑这一瞬间有些迟钝，闻声转头望唐乐昌。

"我是江意映的同学，我姓唐。"唐乐昌的声音非常冷静。

劳家卓只矜持地对他点点头。

唐乐昌并未理会我，只看着劳家卓，表情严肃，仿佛换了一个人："映映这段时间情绪不太好，请问你知道吗？"

劳家卓轻轻皱了皱眉，并没有说话。

唐乐昌的声音清清楚楚地传来：“我只是想跟你说一声，如果你不珍惜她，何必毁掉一个女孩子的大好前程。”

“唐乐昌！”我跳起来，一把拽起他，“回去，你！”

唐乐昌提高了声音：“喂，你怕他？他纵使千万般好，你也不必如此的低微……”他拉着我的手臂将我往前推，“跟他说！他怎可如此对你！既然已经结婚，就该有一点点为人夫的责任感！”

我拖着唐乐昌：“你走！”

劳家卓手上握着车钥匙，定定站着，一直维持着那个姿势冷淡地看着我们。

我急得又哭起来，哽咽着说：“唐乐昌，求求你……”

唐乐昌终于停下来：“对不起。”

劳家卓伸手将我手腕轻轻握住：“这是我和映映之间的事情，唐同学请适当控制一下你的关心。”

唐乐昌脸上一红，还要说话。

我用眼神死死瞪着他。

唐乐昌张了张嘴，还是说了一句：“劳先生，请好自为之。”

“多谢指点。”劳家卓淡漠点点头，右手揽过我的肩膀，往电梯走去。

二楼的客厅沉静得如黑夜的大海，只剩远处的高楼如灯塔一般地闪烁着零星灯光。

劳家卓坐在沙发上，手不自觉地按了按太阳穴，眉梢尽头是隐隐的疲倦。

我坐在他侧边的沙发上，局促不安，只敢偶尔抬头看一看他。

劳家卓按着额头沉默了许久，声音在黑暗中显得低沉无力：“我待你不够好？”

“不是，我不是这个意思……”我舔了舔干燥的嘴唇，“我只是觉得，家卓，你为什么不可以对我坦诚一点？”

“嗯，我对你虚与委蛇。”他眼眸低垂，不知道是什么神情。

“你明知道我……”我终究无法将耿耿于怀的情绪吞下去，“我们既然都已经结婚了，你还让我走！”

我眼泪涌了出来：“你又不是不知道我的心意！你叫我……你仍叫我去找别人！你怎么可以这样，你怎么说得出口！”

我已经控制不住自己的音量了。

劳家卓只冷冷地看着我大吼大叫。

过了好一会儿，他手撑着靠枕，低低地说："嗯，从今晚看来，你确实考虑了我的提议？"

我简直气得说不出话，忍耐着说："我没有这个意思，唐乐昌一时口快，你何必与他计较？"

劳家卓依然是那副置身事外的样子："嗯，是我不够大度，你又何必这么急着替他圆场？"

我绝望地倒在了沙发上，再说什么都是错。

劳家卓的声音依旧平和，只是再无感情的温度："我必须得哄着你，二十四小时陪着你，稍有松懈你就胡思乱想。映映，我也会累。"

我已经失去任何思考的能力，只麻木地顺着他的话问："你就是这样看我？我对你来说就是这么一个累赘？"

他淡淡地说："你说呢？"

我绝望地领悟："原来是我一厢情愿，你并没有爱上我。"

他手肘在沙发上动了动，将身体调整了一个姿势："谁告诉你的，唐家公子？"

我心底酸涩："他至少待我诚恳大方。"

"是吗？那听起来还不错。"劳家卓抬眸看看我，"我说的那个提议，你不妨考虑看看。"

我刚刚已经哭过一场，如今只觉得疲倦："家卓，在这一刻，我对你毫无爱意。"

"是吗？你应该感谢我帮助你看清了自己的心，"他露出淡淡嘲讽的笑容，"你幼稚的，理想主义中的爱情，原本脆弱得不堪一击。"

他目光有一种如锋芒般的凛冽光芒，交杂着某种急切的热烈："你总归会长大，或许回头再看，我并不是你原来期待的那个人。"

我被他的话刺得恨不得竖起全身的盔甲，抬起头咬着唇笑了笑："或许是这样的呢。"

劳家卓倏地抬头看着我，眼眸中怒火炽盛，他抬手狠狠地攥住手边的一个水杯，下一刻，玻璃杯在地毯上摔得粉碎。

他随即站起来要走开。

“家卓！”我觉得疼痛难忍，慌忙从背后抱住他。

他脊背僵硬如石地任由我抱着，随后拿开了我交缠在他胸口的双手。

“你一直为了那件事怪我对不对？”我望着他决然离去的背影，忽然大声喊了出来，“你怪我把那份资料拿了给大哥，害你失去劳通？”

劳家卓转身，面容无法控制地微微一震。

“我知道错了，可那已经发生了，我要如何弥补你？”我哭得声音都哑了，“求求你告诉我，我要如何，你才高兴？”

“江意映！”他面容冷硬如铁，暴怒地试图阻止我的嚷嚷，“你少无理取闹！”

我被他一喝，双腿一软无力地跌落在地毯上。

劳家卓站了几秒，慢慢走过来，他将我抱起来，放到了睡房的床上。

我侧过脸闭上眼。

他在我床边守了一会儿，却没有说一句话。

过了一刻钟，他起身走了出去。

我隔天再次在这个家里看到劳家卓时，他神色自若，我心情寡淡，我们没有提起那晚的争吵，我甚至还在周末陪他回劳家大宅吃了一顿饭。

按照老爷子旨意，目前的一切工作当以筹办劳通八十周年庆典为要，劳家卓调去香港的事情也暂时压后，庆典的一些前期宣传也已经开始，劳通总部大厦这段时间以来都洋溢着一种紧张而兴奋的气氛，连普通职员进出的步伐都快了许多。

金鳛花园中央的劳家大宅内，老爷子召集他们兄弟俩次数也比过去频繁许多。

劳家奶奶对我一贯疼爱，补了给我过生日的礼物，又替我添置了一套珠宝。

深受劳家如此恩宠，我挽着劳家卓的手臂离开时，觉得心底都是一阵惊颤。

劳家卓这段时间自然更为繁忙，通常深宵回来累得倒头就睡，完全无暇顾及我微不足道的细小情绪，我当然不敢再拿一些琐事去惹他。

日子就这么飞逝而过，四月反复的阴雨天气也终于结束。

五月十五日，劳通发布周年纪念金卡，旗下各个分行按照限等级限量发行，为了回馈贵宾客户，其中有一套是包括劳通首席专业理财顾问的庆典版奢豪白金卡，一卡难求，盛况空前，总部大厦的柜台前甚至提前一日有人来银行排队。

至于莅临当日庆典会场的嘉宾和客人的邀请函，早在两个礼拜之前就已经发了出去。

五月十八日，劳通银行成立八十周年。

那天一早醒来，窗外的阳光明媚而不热烈，气温是恰到好处的宜人，一大早仕径大道便已全线交通管制，只有持有邀请函的贵宾车辆和媒体采访车可以进入。劳通大厦前更是焕然一新，花团锦簇，红白两色的气球组合成公司的标志，将广场整整环绕了一圈。

八点整，穿着华贵礼服迎宾的小姐和先生已经整齐地立在台阶上。

早上九点，劳家卓主持了庆典的第一个流程——劳通集团的庆典展览揭幕仪式，展览馆设在劳通大厦顶部，是一个充满艺术风格和企业的巨大展厅。

劳家卓身穿黑色西装配洁白衬衣，他出席正式场合的衣服一贯中规中矩，没有丝毫花哨，只是他身上那种读书人的气质，总是能将西服穿得雍容清贵，领带是为了展示劳通的企业形象和文化寓意，特地选了红白相间的暗色条纹，庄重而又不失文雅。

他在礼仪小姐的引领下，笑容款款地按下一个发光的水晶球。

礼炮的彩屑飞舞，大红绸缎飘落，露出“流金劳通”四个飘逸大字。

记者按快门的咔嚓声和热烈的掌声持续不断地响起。

这是一道充满了时光印刻的历史长廊。

从黑白到彩色。

从上海到内地沿海。

从长青路上的小洋楼，到香港交易所挂牌上市。

从劳家第一位留洋归来在东亚洋行上班的曾祖，到今日毕业于世界知名学府金融管理系的后裔。

那位站立在白墙黑瓦下穿着绸衫长袍的男子，是一个耀眼的王朝的开创者和缔造者。

今日，这个王朝将承传下去。

劳家卓在那光华耀眼的一瞬间，微微低了头，阴影掩去了他脸上的神情。

没有人知道，他那一刻，在想些什么。

客人络绎不绝，劳家卓由几位公司的高层陪同，不断跟前来参观的宾客握手寒暄。

早上十点多时，银江集团的董事长秦君昊出现在劳通大厦的门口。

这位因为一宗上市案将本埠闹得沸沸扬扬的神秘人物，竟是一个带了几分邪气的俊美男子，媒体如获至宝涌上前，又是一番狂轰滥炸。

秦君昊身边随行人员都是人高马大的黑衣壮汉，他本人行色匆匆，只冷酷回应一句：“我来捧二少爷的场子。”

记者纷纷忙着将最新画面传送回电视台，又是一则炙手可热的新闻话题。

绮璇陪着劳家骏满场应酬，我被林宝荣安置在贵宾席前排，身旁都是商业大亨或是政界要员，我一个也不认识，坐在那里百无聊赖。

这时，张彼德过来，他亦忙得脚不沾地，一路上不断跟人打着招呼，他远远同我招手："小映映，过来。"

我站起来朝他走过去，张彼德对我说："你上去三十二层，我让秘书部给你安排了一间休息室，你可以过会儿再下来，你又不是来谈生意，坐在底下晒什么。"

难得他如此照顾我，我点点头，随他上去。

我在楼上看了一会儿电视转播，秘书小姐过来敲门："江小姐，时间差不多了，该下去了。"

我乘电梯到一楼宴会大堂时，正好是电视台某位著名女主持人和财经频道的某位资深评论员相携到来，又引起了现场一片骚动。

前面的几排贵宾席位上，是商界政要，知名企业家，劳通集团的合作机构，以及总部和各个分行行长悉数到场，后面坐着的是一千多名劳通优秀员工代表，现场高朋满座，欢声笑语充满了整个会场。

庆典于中午十二点正式开始。

典礼盛大烦琐不消细说，溢美之词不绝于耳，最后是老爷子发表祝贺词。

老爷子讲完后，掌声持久响起，然后是全体嘉宾共同举杯祝贺。

主持人又热情洋溢地邀请劳家骏和劳家卓上台。

劳通集团这两位新生代的掌权者都是业内金融巨子，向来盛名在外，如今难得聚首，台上的两人都是赏心悦目的英俊男子，笑容满满地朝着满场宾客共同举杯，惹得摄影记者又是一阵猛拍。

劳家骏放下杯子，主动跨前一步，对着劳家卓伸出手臂。

劳家卓笑盈盈地抱紧了大哥。

现场一片掌声雷动。

我处在这一片激昂兴奋的人群中，心情难免受到感染，但无论多么激动，总会下一刻，觉得心脏沉沉地坠下去。

我怎么会在此地。

此地又与我何干。

林宝荣是本次庆典的四位主持人之一，她一袭红色礼服配着千万钻饰，非常的优雅迷人。等到劳家骏兄弟两人走到台边时，她对着其他几位主持人略微示意，然后款款走到话筒前。

她面带笑容地望着全场，掌声平息下来。

林宝荣的声音干练中带一丝柔美："尊敬的各位来宾和各位亲爱的劳通同仁，我受劳通集团董事长劳金益先生的委托，与诸位贵宾分享一个非常重要的但也令人振奋的消息，劳通集团非常荣幸够邀请到诸位，见证劳通银行一个新时代的开启。"

林宝荣话语轻轻一顿，随即朗声说："劳通银行现任领导者，劳金益老先生，将会借此劳通庆祝八十周年庆典之际——宣布劳通银行下一任的全球行政总裁。"

全场响起一片骚动。

我的心怦怦地开始剧烈跳动。

前台的记者更是阵脚大乱，摄影师纷纷朝前拥挤。

林宝荣略微转身，对着老爷子伸出了手。老爷子红光满面地走上台来，轻轻握了握林宝荣的手，走到演讲台前。

会场现在已经过了最初一刻的喧哗，忽然变成了凝固一般的安静。我已无暇顾及四周，只定定地望着老爷子的一举一动。

老爷子声音声若洪钟，面带笑容地自我调侃："诸位都是我的老朋友了，我已经是快要退出历史舞台的老头子了。但劳通在这个日新月异的金融市场中却仍有巨大的发展空间，这个时代属于富有野心和创造力的年轻人，诸位想必都知道，劳通集团有两位非常优秀的年轻人，今日无论谁接任我的位子，劳通都不是一个人就能够管理好的，他们两位亦都是我最为骄傲和欣慰的儿孙……"

"我今天所宣布的决定，并不是我一个人的决定，而是经过了董事会的磋商和听取全球一百多间分行的意见，我们必须给劳通选择一位最合适的掌舵者和领航者。在这里，我正式宣布……"

劳家骏含笑着站在老爷子的身后。

老爷子停顿，迟疑了一秒，就在这时站在一旁的劳家卓忽然上前一步，含笑翩翩地将握在手中的一份文件无意地搁在了台面上，略微俯身笑着在老爷子耳边说了一句话。

我坐在台下，看着他口形，他应该是说："爷爷，您不再考虑一下？"

劳家卓随即轻轻退了一步，背部恰到好处地挡住了老爷子身后的一台摄像机。

一切不过是几秒之间的事情。

台下的人看不出有任何异常。

老爷子低头看了一眼，脸色骤变，他抬手翻了一页，脸上不可抑制地抽搐了几下，手紧紧地按在了桌面，随即将那份资料快速地翻了起来。

我眼睁睁地望着眼前——

我记得我拿给绮璇的那份调查资料。

我记得劳家卓这段时间再三忍让。

我记得劳家卓去北京出差。

我记得朱碧禅的离职。

他不过是利用我做了一个诱饵。

让劳家骏松懈，打蛇七寸，致命之地。

更借机肃清了整个劳通集团反对他的势力。

他从容优雅地立在老爷子身后，在千万目光注视下的这一刻，这简直已经是在逼宫。

老爷子此时威严端正的脸上看不出任何异常，只是声音透出了一丝苍哑："将继任劳通银行下一位总裁兼首席执行官，同时出任劳通控股公司总裁的是，现任劳通亚洲的行政总裁——劳家卓。"

现场寂静了几秒，然后不知是谁率先鼓掌，掌声才潮水般地涌起。

劳家卓轻巧无懈地一击即中，足以让对手溃败全场。

我一直剧烈跳动的心脏忽然停止，眼前一切都失去声音，我听不到人群的喧嚣，只看得到老爷子缓慢起身，拍了拍劳家卓的肩膀。

劳家骏先是目瞪口呆，然后是愤懑不甘，他大步走上前，老爷子怒目瞪他一眼，将他死死一拽，脸色是雷霆震怒般的阴沉："你跟我过来。"

老爷子回头朝劳家卓示意，随即拖着劳家骏走下了台。

劳家卓客气骄矜地笑望全场，还未来得及说话，秦君昊大步走上台，热情地拥抱劳家卓。

局势已经确然分明。

劳家骏回头看了一眼，瞬间瘫软了下去。

远处的人看来，莫不是一幕盛世流传之景。

这时林宝荣走上来，依旧是款款大方的笑容，她声音适景地带了几分激扬鼓舞："诸位，有请劳通银行新任执行官，劳家卓先生！"

掌声又一次热烈响起。

劳家卓拍了拍秦君昊的肩膀，返身走回台中间。

苏见替他递上一份演讲稿。

劳家卓、劳通集团全球行政总裁、首席执行官、劳通控股总裁，在满座数百宾朋和电视转播后的全球三十九万劳通员工面前，发表任职演讲。

我已经听不清他在说什么，却只清晰地看到他的自信笑容，优雅得仿佛已经在这个头衔尊位之下做了十年般的从容淡定，只是某一刻的低眉之间还是染上了一抹微微倦色。

劳家卓的发言非常简洁，几分钟之后，四位主持人一起上台，他由身畔的几位助理拥簇着往下走。

歌舞升平的节目表演开始。

翻手为云，覆手为雨之间，一个王朝的更迭已经结束。

老爷子离席去休息。

劳家卓下台来，有侍者送上香槟，不断有人上前和他握手。

劳家卓含笑一一同前排的贵宾致意，那些前一刻还神色各异的表情，莫不是瞬间调整成真情实意和同欣同喜，那些祝贺无论虚假或是真切都已经无关紧要，对于一个完胜千里的王者，他只需尽情享受这一刻胜利的甘醇美酒。

节目表演告一段落后是表彰优秀员工，劳家卓一直坐在台下，直到最高奖励的员工出来时，他复又上去给职员颁奖。

全场他一直笑容饱满、精神奕奕，在颁奖结束后，贵宾陆续离席休息，因为晚上在酒店还有一场高级管理层和嘉宾的宴会。

但劳通的内部员工和大批记者仍然逗留在会场，请来的各路明星和艺术家陆续登场，气氛越发的轻松热烈。

我坐在其中，仿佛看了一场荒谬的闹剧。

我悄悄起身上楼。

三十二的办公室一片安静，巨大的楼层隔开了歌舞的喧闹声，偶尔有遥远模糊的音乐声飘入。

秘书见到我进来，低声说："江小姐，副总……"她又改了称呼说，"劳先生有客人。"

"谁？"我问了一句。

秘书小姐也不多嘴，只微笑着走开了。

我走过富丽堂皇的长廊，尽头那间宽阔的办公室门并未关紧。

里边传出女子低低的抽泣声。

我隔着半尺长廊，看到里边的情景。

劳家卓坐在沙发上，外套已经脱去，他微微皱着眉头，一个穿着蓝色长裙的艳丽女子倚着他的肩头痛哭。

全场只有一个女子穿Jonathan Saunders（约翰森·桑德斯）蓝色印花礼服。那是绮璇从巴黎Maria Luisa（玛利亚·路易莎）的店铺提前一个月订制而得的一款裙子。

真是旖旎多情的一幕场景，最新即位的帝王，在取得天下之后，殊无喜色地在金粉浮华世界的背后，轻轻拥抱一个哀声哭泣的美丽女子。

我默然转身，独自下楼。

我回到家，换下衣服才觉得这一天下来有些累，倒在床上睡了过去，再醒来时已经是晚上八点多。

我最近不知为何特别嗜睡，以前一直都是不到深夜绝无睡意，这段时间却经常觉得困，不分任何时候都睡得着。

我起身下楼，一楼大厅有打扫过的痕迹，厨房里留有热汤，应该是用人来过。

留在客厅的手机在沙发上闪烁，里面有两通劳家卓的未接来电。

我再打过去，电话响了好一会他才接起。

"映映，"劳家卓的声音不见了白日的神采飞扬，显得低沉疲倦，"醒了？"

"嗯，"我仍有些睡眼惺忪，"你回来过吗？怎么知道我刚刚睡着了。"

"没有，一直没有空，见你不接电话，我让郭叔吩咐人过去看看，"他声音依旧是温柔的，"今天太累了？"

“有一点，”我莫名其妙问出口，“家卓，你还回家吗？”

他在那端沉默了几秒，然后轻笑一声：“不然我到哪里去？”

自从见到他站在万人仰视的云端，笑容优雅得仿若精美面具的那一刻，我甚至不太敢确认，那个人和曾倚在我身侧睡去姿容沉静的男子，究竟是不是同一个人。

劳家卓在那端沉默思索良久，然后说：“映映，我们可能需要谈一谈。”

“谈什么？”我心头突然觉得不好。

“以后。”他答。

“什么以后？”我追问。

他似乎还在应酬，又或许只是想逃避这个话题，匆匆地说：“先好好休息吧。”

我看着屏幕上显示的通话结束，放下电话，缓缓上楼去。

头发上还抹着发胶，我竟然睡得着，真是不可饶恕的邋遢。我进去浴室将自己浸入热水清洗一番，出来后下楼喝了碗汤，然后无所事事地在房子里走来走去。

我在客厅将弄乱的抱枕和杂物收拾干净，进去衣帽间将我的衣物清理整齐，把干洗店送来的衬衣和西裤挂好，又进去睡房换了一张干净床单，将换下的床单放入楼下的洗衣篮，然后推开了连着客厅的书房。

劳家卓的书桌一贯收拾得整洁，文件和公函都分门别类整理得一尘不染，我在他平时习惯坐的椅子上坐了下来。

我忽然抬头看到桌面上，我买来的那个娃娃被摆在书桌的正中央。

玩偶下面压着一张白色纸片。

我好奇地站起来，将纸片抽出，翻过来竟是一张旧照片。

我看了一眼，咦，是妈妈和一个娟秀女子的合照，这个女子我当然见过，妈妈有好几张照片是和她一起照的。

妈妈的照片怎么会在家卓的书房？

也许是我不小心遗落，劳家卓替我收了起来。我拿起照片，一边琢磨着一边走回我原来的房间，想要翻出妈妈留给我的照相簿子。

可还未打开相集，我骤然已想得分明。

这张照片我手上并没有。

这不是我的照片。

确切来说，这不是妈妈留给我的照片里的其中之一。

如果不是我的，那么在这个房子里面，唯一有可能的就是劳家卓的照片。

如果是像我一样，那照片中那名女子的身份，那应该是……那如果是……劳家卓为何从未和我提起，他明明见过我相册中她们的合影，却故意不和我提及……如果我妈妈和他妈妈是旧识……这究竟是怎么回事……我苦苦地回想着以前的细节，客厅内的电话铃声骤然大作。

我放下相册，走出客厅去接电话，郭嫂在电话那端焦急地叫着："映映小姐，你快过来吧！"

我被她吓了一跳："怎么了？"

"二少爷在家里，大少爷和绮璇小姐……唉，老爷气得唉……家里都天翻地覆了！"郭嫂语无伦次，说得又急又快，"老太太让你过来劝劝……"

我来不及仔细询问，只好说："我马上过去……"

郭嫂马上说："好的好的，我让老郭派司机过去接你。"

"不用，我打车过去快一些。"我简单地吩咐。

一路急得不停催促计程车司机快点，二十分钟后车子驶入金鳍花园时，远远就看到劳家的那幢大房子一片灯光通明。

汽车开进大门，我看到用人都立在廊下。

我从车上下来，郭嫂远远奔过来："映映小姐，你到了，这可好了……"

我迅速地掏钱包付车费，问郭嫂："发生什么事了？"

"他们两兄弟和老爷子不知道为了什么事情吵得很凶，"郭嫂摇摇头，"用人都被赶了出来，一家人好端端的，怎么会闹得如此厉害……"

劳家大宅，风雨飘摇。

我穿过走廊，转入玄关，走进豪华的前厅。

郭嫂规规矩矩地立在门前，轻声说："映映小姐过来了。"

奶奶闻言抬头，用手帕擦了擦眼泪，对我招手："映映，过来奶奶这里。"

我看了一眼家卓，他面无表情地端坐在沙发的一侧。

我忐忑地踌躇了一秒，方才走到了老太太身边坐下。

劳家骏在沙发前的地毯跪着，老爷子铁青着脸坐在椅子上，小哈早被用人抱开，绮璇哭得双眼红肿："爷爷，您不用劝我，我要离婚……"

劳家骏领带松了一半，衣衫凌乱不整，眼神里都是恼怒和惊慌："绮璇，那只是逢场作戏，你相信我好不好？"

绮璇冲着他大声嚷起来："照片都拍成这样了，还是逢场作戏？逢场作戏有必要做到这样吗？"

我叹息一声，我当时特地将那些不堪入目的照片全部删除，没想到最后仍是落到了她手中。

劳家骏狂乱地喊了起来："你是我老婆，儿子都生了，你跟我闹有什么用！这一切都是老二陷害我！他找来的酒家女，他安排的狗仔偷拍！是他费尽心机想要置我于死地！"

老爷子一个耳光甩到他脸上："你还有脸回嘴！你说说你什么生活作风！劳家的家门脸面都被你丢尽了！"

劳家骏摔倒在地上。

绮璇惨叫一声扑过去抱着劳家骏："爷爷，不要……"

老爷子颤巍巍地指着劳家骏："不肖子孙！"

郭叔站在沙发后低声劝道："老爷子，当心血压高。"

劳家卓好整以暇地坐在沙发上，手肘靠在扶手上，黑色衬衣配银灰色领结纹丝不乱，头发打理得一丝不苟，神情悲喜莫测地望着眼前。

劳家骏的嘴角肿了起来，他推开绮璇站起身，摇晃着上前几步，死死盯着沙发上坐着的劳家卓，目光急切愤怒："老爷子，你清醒点看清楚，这一切都是老二设计的！是他把那些照片弄到大庭广众之下去，是他为了坐上总裁位子不择手段！"

"都是老二！老二才是真正的卑鄙无耻！"劳家骏嘶吼着红了眼。

老爷子怒目圆睁："混账！怎么不见你弟弟去豪赌？怎么不见你弟弟去找酒家女！你看看你们两个！成什么样子！家卓和映映都比你们年轻，做事却都比你们稳重，人家互相扶持夫妻和睦，你却净干些混账事！今日绮璇坚持要离婚，我也无话可说，是我劳家家门不幸，出了你这样败家子孙！"

奶奶拉住老爷子的手："好了，别伤了自家人的心！"

老爷子深深吸了一口气，重重地坐了下来。

"他们夫妻和睦，他是丈夫楷模？"劳家骏冷冷地大笑一声，忽然指着我怪声怪气地道："你何不问问我那蒙在鼓里的可怜弟媳，老二待她究竟是不是举案齐眉？"

"还胡说八道！我看你大事不成，就是你这张嘴惹的祸，"老爷子怒火又冒起，"你也别怪今日劳通大权交给你弟弟，你哪里比得上老二！"

劳家骏死死瞪着劳家卓，然后转头看看我，嘴角浮起讥诮不屑的冷笑："我自然是比不上老二，我岂止比不上老二，我连老二的千万分之一都敌不过。我劳家骏娶老婆好歹还是诚诚恳恳、真心实意，他劳家卓为了今天，这得受了多少罪啊，连跟自己父亲通奸害死自己母亲的仇人的女儿都娶了，还有什么他做不出？"

我觉得脑中轰然炸出一声巨响。

劳家卓脸色瞬间一变，凝结成大理石一般的冷硬。

奶奶惊叫一声："家骏——"

劳家骏得意地看着满座人皆尽变色，对着劳家卓挑衅地笑笑："老二，对着这么纯洁的羔羊，你还真下得了手？"

劳家卓嘴角紧紧抿着，脸上只剩磨砺刀锋一般的冷漠。

我的脸一阵阵地发白。

劳家骏扳回一局，得意地提高了音量："你让老二自己说，他究竟是为了成家立业夫妻恩爱而娶江家长女，还是处心积虑地想要给他那冤死的母亲报仇？"

世界在我眼前不断旋转。

大厅内一片死寂。

我瞪大双眼怔怔地看着劳家骏，感觉自己喉咙中仿佛被死死扼住一般发出无声无息的哀号，整个人无法控制开始簌簌发抖，奶奶慌忙扶住我的肩膀，将我的头按入她的怀中，低声安慰我："映映，不是这样的，映映……"

劳家骏摇摇晃晃走了几步，脱力地倒在了沙发上。

奢华偌大的大厅，只剩下绮璇小声地哭泣。

我胸口泛起恶心，勉力地忍住阵阵晕眩。

奶奶转头低声吩咐道："唤郭嫂来带映映小姐上楼休息。"

奶奶看看我，声音苍老许多："别理大哥，他说的都是胡话，你脸色难看得很，上楼去休息一下。"

我全身的知觉仿佛被吸干，只知道拼命摇头，完全说不出话来。

“我的婚姻问题不劳大哥费心，”劳家卓看看我，终于缓缓开口：“大哥有空还是多关心自己的事吧。”

劳家骏只顾拉着绮璇，不断地吻她手背，神经质般的呢喃低语：“老婆，我爱你，老婆，我带你和儿子回美国……”

我看着老爷子，又看看奶奶，目光固执地徘徊不去。

奶奶握着我的手，悲哀地叹气看了一眼老爷子。

“老二，你老实说，”老爷子手撑了撑椅背，终于开口问，“你还为了过去的事情怪这个家？”

“我今日要不是做到如此地步，爷爷又怎舍得将劳通大任予我？”劳家卓淡淡地问。

“你什么意思？”老爷子皱眉。

“爸爸过世后，你何曾正眼看过我一眼？”劳家卓依旧声调平和镇定，“我难道不也是一样，在家门荣光之下被你急于清理干净的不肖子孙？”

“你哪里来的这般想法？”老爷子不悦地打断他，“我让你继任劳通，不是让你回来家里胡说八道的。”

“我妈妈难道不是一个先例？”他轻轻地噙着笑意，面容却冷酷得令人害怕。

“家卓……”奶奶开口说，“你母亲过世只是意外，她身体一直也……”

“为了你小儿子的风流丑事不被曝光，你们将她丢进医院请了精神科护士日夜守着，劳家家门……”他冷笑一声，“你们不接受一个被丈夫和好友联合背叛的弱女子提起的离婚，哪怕将她关起来也要保住家门名声。”

劳家卓面容如同覆上一层寒冰，他冷冷地问：“她独自在医院吞毒自杀的时候，你们在哪里？”

他声调慢慢平缓了下去，带了一种平静到刻骨的绝望：“你们不允许我去看她，我在这所大宅子里，看着你们举家欢庆操办长孙的婚事。”

劳家骏猛地抬起头来，他大声叫：“我就是这样说的！爷爷，他恨你，你没见他每次回个家跟要他命一样难受，老二恨透了这个家，他杀死了自己父亲，现在到我们了，等到劳家人全部死绝，就再也没人管得了他了！”

劳家骏凄厉的喊叫在耳边嗡嗡回荡。

我恨极了自己这一刻竟然还是清醒的。

"我原本还以为江家女儿多少能补偿你一点，"奶奶掩住脸长叹一声，"没想到你对这件事恨得这么深……"

"同江家联姻真是绝妙的主意，"劳家卓嘴角带着淡淡嘲讽，"你们既要保全劳家清誉，又想着减轻你们的罪恶感，我成全你们又何妨？"

劳家卓低下头按住眉头，声音带了一丝凄怆："我原本无意如此，今时今日，又怎怨得了我。"

整个大宅一片死寂，如一座华丽的坟墓。

暴风雨过后，只留下一片惨淡废墟。

我知道自己终究躲不过的命运于今夜光临。

"你打算待映映怎么办？"奶奶忽然开口问。

劳家卓脸色一凝，直觉地抬头寻我，却在接触到我视线的下一刻，侧开脸避开了我的目光。

我脑中一片空白，如同雪后茫茫的田野。

老爷子颓然倒在椅上，仿佛一夜之间苍老十岁："孽债啊……"

劳家卓姿态淡雅地站起来，伸手抚平了外套的一丝褶皱："爷爷，当心身体，要是有精力，留在下周的董事会上交接工作吧。"

他转过身对着我伸出手："走吧。"

我惊恐地望着他。

劳家卓眼底有隐隐的痛色，但脸上面无表情："起来。"

"奶奶……"我啜泣，迟疑不安，"这到底是怎么回事？"

"江意映！"劳家卓低喝一声，"回家。"

我恍惚地将手放在他的手掌里，感觉到他手一直在抖。

我们两个人的手都是汗涔涔的，如同生过一场大病般的冰冷透顶。

我全身几乎瘫软，完全没有力气站立，劳家卓大力将我拖着走出屋外，然后拉开车门，把我推了上去。

我趴倒在座位上。

劳家卓大力关上车门，绕到车子另外一边。

这时郭叔匆忙从屋子里追出来，拦在劳家卓的身前："二少爷……"

劳家卓厉声呵斥他："走开！"

郭叔喘了口气，口气仍然是谦卑有礼："老太太有话给二少爷。"

劳家卓动作停顿了一下，站定在车门前看着他。

郭叔站在他身前两步，恭敬地说："老太太说，映映小姐是劳家明媒正娶的媳妇，二少爷一向疼惜映映小姐，希望二少爷看清明白自己的心意，也要考虑到映映小姐的幸福，千万不要冲动行事。"

他听罢，脸色一再地惨淡下去，沉默良久，终于低声说："知道了，你回去吧。"

郭叔躬身离开了。

他站在车外，花园里树影憧憧，五月的微风吹过丁香的树枝。

一年之中最好的时节。

我们怎么会在这样的良辰美景，被命运从云端推下来，摔成支离破碎的万劫不复。

劳家卓站了一会儿，却并未进车子里来，而是倚在车门上，从西裤口袋中掏出烟盒。

我很少见他吸烟，诚然在应酬场合有时无可避免，但劳家卓对烟酒一向非常自律，我甚至未见过他在家里抽过烟。

我从车窗望出去，丝绒一般黯淡的深蓝夜空，他萧索的身影立在夜风中，拉成一道寂寞苍茫的影子。

他目光望着劳家大宅的上空，安静地吸完了一支烟。

指尖火光消散之后，劳家卓返身拉开车门，他看了我一眼，然后默默推过纸巾盒，我这时才察觉自己不知何时流了满脸的泪。

我沉默掩住脸抽泣，他沉默着一言不发。

我一遍一遍地回想这两年来的事，原来如此，原来如此。

他的无常反复，他的暧昧辗转。

一切终于有了解释。

街道光影在沿路变幻，仪表盘发出幽幽的光芒。

我们之间这一刻的沉默，竟然还算气氛良好。

我一直被莫名的焦灼折磨着，等待着判决最终抵达，直到这一刻，心底的空洞反而镇定下来，我慢慢止住了哭泣。

我们下车、上楼、开门、关门，一起走上二楼，安静地并肩走进客厅，家卓习惯性地顿住了脚步，我站在他的身旁。

我站在他身前，抬手温柔地替他解开领带。

劳家卓后退了一步，似乎想要抗拒，却最终只是站定在我身前。

我的手指轻轻握住他衬衣前柔软的丝质领带。

劳家卓微微仰着头配合我的动作，神情之中是无法抑制的痛楚。

一切默契得仿佛一场完美的煎熬。

我看不到他的脸，只专心看着他领口，下颌利落的线条。

我轻轻开口："你从一开始就知道我是谁的女儿？"

他无言以对。

我继续问："既然你知道谁是我妈妈，却还要娶我？"

他的呼吸在我额头轻轻漂浮："老爷子信命，奶奶更是喜欢你，我不得已而为之。"

我低低说："二少爷还未记得谢我一声，在这场完美战役中替你略尽了绵薄之力。"

他眉头一动："你知道，什么时候？"

"从那位劳通总裁室的高级助理先生送我去赴绮璇的约会的时候，不是你特地让我将资料拿给绮璇？"我温柔笑笑，"计程车司机的皮夹内有银行的上班卡，如果我没记错，他是叫——梁丰年？"

劳家卓点点头："你知道，那也好。"

我声音也是轻轻柔柔："二少爷费尽苦心，恭喜终于得偿所愿。"

他仿佛被蛰到一般，脸抽搐一下，沉默着抿紧了嘴唇。

我说："真是辛苦你，一直宠着我。"

他答："总算结束。"

我们这样说话，真是百上加斤，累上加累。

"每天面对着我，还要款款细语温柔相待，很不容易吧？"我刻薄地问。

"所幸价值不菲。"他麻木地挤出一句讥讽。

我狠狠地一巴掌甩到他脸上，他似乎早已做好准备接受，身子一动未动，连脸都未侧开。

我打得手指都疼了，崩溃痛哭："既然你要利用我，那就利用彻底好了，为什么你要对我这么好，为什么让我觉得你爱我？”

“总要投入一点，江家大小姐身价不低，我总不能太过敷衍，”家卓冷冷地说，“你现在应该看清楚了，我这样的人不配谈爱情。”

“你是有多恨我妈妈？她一样身败名裂，离婚远走异国，她也付出了代价！要怪只能怪你父亲风流成性！”

劳家卓一把推开我，咬着牙忍住怒火滔天：“所以跟你的荡妇般的母亲是绝配。”

我所有无处宣泄的不甘和愤懑都化成了尖利的言辞：“她不过坚强一点点，就因为她现时没有死，所以你要把一切的罪过算在她头上？”

劳家卓冷冷一笑：“是吗？她是坚强潇洒的现代女性？而且早已抛却前尘往事即将再嫁？不知道她唯一的女儿此刻的境况，对于她是不是一份大礼呢？”

我冲着他大声尖叫：“你这个魔鬼！”

劳家卓疲倦地坐在沙发上。

我绝望得一遍一遍轻喃：“不是这样的，家卓……不，我不会这么傻，你是爱我的，对不对……”

他声音平平地陈述：“我们有没有说过这只是一场交易，所多余的不过是一点感情，感情没有一点价值。”

他的话字字如针刺在我的心口上。

“让这一切结束吧，我受够了！我受够了！”我捂住痛得要爆炸的脑袋，“我认输，我退出，我受不了了！我是全天下彻头彻尾的傻瓜！”

我跌跌撞撞地冲进房间，摔上门放声痛哭，哭得声嘶力竭，泪水浸透的被褥冰凉，我失去了意识。

一夜梦魇，纷纷扰扰，一直没有办法醒来，直到早上闹铃响起。

我摇摇晃晃爬起来去浴室洗了脸，镜子里的人双眼红肿，憔悴不堪。

我推开房门，遮光窗帘拉得密密实实，客厅里仍然是一片黑暗。

劳家卓坐在客厅，依旧维持着昨晚上的姿势。

他听到声响动了动，抬起头望我。

他的脸庞在黑暗中，秀硬的侧脸发出瓷净般的微光，他的神情那么克制漠然，目光那么平静，仿佛我们不曾爱过一样。

过了许久，我听到他沙哑低沉的声音：“映映，我们离婚吧。”

我的大脑转得很慢，一句话也说不出来。

他恍然想要站起来，身子却狠狠一晃，他匆促抬手撑住了墙壁，侧过身背对着我站了好久，方才缓缓站直了身体。

我抬腿朝前走了一步，却没有再走过去。

劳家卓看了我一眼，终于还是从桌上拿起外套，转身直接走下楼。

我不记得我在房门口站了多久。

站到双腿发麻，大脑却是一片空白。

我抬脚走回房间，却抵挡不住眼前一阵阵晕眩，倒在地上昏了过去。

醒来时我发现我躺在房间的床上。

“感谢老天爷，映映小姐，你醒了。”中年妇女和蔼的声音。

“郭嫂，你怎么在这里？”我的声音又轻又飘。

“二少爷打电话去家里，让老郭派一个用人过来照顾你，老太太不放心就让我过来了，幸好我来了，你怎么晕倒在房间里……”郭嫂满脸关切地絮絮叨叨，“二少爷也真是，家里闹得都翻天覆地了，大少爷今天一大早要离家返回美国，绮璇小姐不肯走，两个人又吵了起来……”

我觉得脑袋分外沉重，呻吟出声：“我睡了多久？”

郭嫂过来替我垫起枕头：“都快一天了，我扶你到床上的。映映小姐，你太瘦了，轻得像根羽毛。”

我坐了起来：“郭嫂，你给我煮点粥。”

郭嫂答：“我煮好了，在锅里保温着呢。”

我对她勉强微笑：“谢谢，那你回去吧，我没什么事。”

郭嫂叮嘱：“映映小姐，多注意身体啊。”

我忽然想了起来：“郭嫂，我很好，别跟奶奶说什么事，惹得她担心。”

郭嫂应声走了。

这时厅外电话响了，我走出去接，是奶奶。

手机上有数十通未接来电，有江宅，有唐乐昌，连惠惠都来凑热闹，我头痛得很，勉强敷衍几句收了线。

最后是妈妈："映映，我刚刚才在网上看到，劳二将继任劳通集团？"

我打起精神："应该是的，妈妈。"

妈妈说："怎么声音不对，映映，你还好吧？"

我故作轻快地答："嗯，很好。"

妈妈说："二公子位居高位，你更加要谨慎言行，遇事多问问长辈。"

"我懂的。"我轻轻地答，却抵挡不住心头涌上来的一阵阵绝望。

妈妈似乎也情绪不高，只说："那就好，好好照顾自己。"

我转移话题："妈妈，婚礼筹备顺利吗？"

她迟疑了几秒，才说："映映，我打算暂时推迟婚礼。"

我心头升起不好的预感："为什么？"

她说："没什么，只是突然不太想结婚。"

妈妈和我聊了几句，挂了电话。

我一个人待在空荡荡的屋里，连什么时候天黑了都不知道。

屋子里安静得可怕，劳家卓依旧不见踪影。

我走到楼下厨房，保温盅里留着粥，散发着温热的香气。

我舀了一碗，坐在餐桌上吃了一口，却忽然泛起一股恶心，我冲到洗手间吐了出来，再回到餐厅时我倒掉了剩下的半碗粥，然后收拾干净厨房。

我走上楼，窝在沙发上开始流眼泪。

夜里西蒙尼给我打电话："映映，今日和你妈咪通过电话了？"

"嗯，你们之间可是吵架？"我鼻子都是塞住的，问他，"为何她说要暂停婚礼？"

"不，事情比这严重得多，"他声音沮丧，"她要同我分手。"

西蒙尼忧心忡忡："我也不知为何，我们感情一向和洽。"

"映映，我觉得你妈咪最近有些不寻常。"

"我敬请你过来一趟威尼斯。"

"我给你订票，我已让秘书致电汉莎，头等客舱还有票。"

现实已经将我压得喘不过气来，我不过是想找一个逃避的借口躲两天，和西蒙尼通完电话后，我走回房间收拾了几件衣服，然后翻出护照塞进了行李箱。

拖着箱子走下楼时，我想了想，拨了一个电话给劳家卓。

我看了一眼时钟，是凌晨五点。
他很快接起。
电话那头传来他低低的声音："有事？"
我问："你在哪里？"
"有事吗？"他并未回答我，只说，"我现在没有空，你没事就先休息吧。"
"你什么时候再回来，"我语气随意地问，一直以来我小心翼翼地讨他欢心，嘘寒问暖、掏心掏肺还觉得自己是全天下最幸福的人，只是此时他已绝情至此，我突然变得无所畏惧，"二少爷要打发我，就一句话也太轻便了吧。"
劳家卓平静地问："那你要如何？"
我尖酸地说："二少爷也太薄情了吧，转眼就不认人了？"
他声音在疲倦之中低弱了几分："好了，映映，你没有必要这样。"
我满心悲伤，忍不住胡言乱语来："家卓，我为什么要离婚，我如今已是劳通集团首席执行官的妻子，我们结婚照片拍得不知有多美，不如发布几张给媒体记者，助你风采更甚如何？"
劳家卓气息急促了几分："映映，别胡闹！"
对于我们之间的关系，他一直掌握着绝对的控制权，他要来就来要走就走，简直欺人太甚，我冷冷地说："你不是一直害怕承认我们的关系吗？二少爷岂能事事称心如意，我要做下堂妇，至少也要风光一点。"
"江意映！"他厉声截断我的话，"别意气用事！"
"不准，听到没有？！"他在那端训斥我，"我说不准！"
难得高高在上的二少爷也有如此气急败坏的时刻，我直接挂掉了电话，然后关机。
下楼拦了一辆车出发去机场。
飞机降落在 Venice Treviso（威尼斯特雷维索机场），西蒙尼亲自来机场接我。
司机将我们送到他位于岛上的房子，妈妈穿着丝绸长袍，从画室迎出来。
"你们母女好好聊聊。"西蒙尼将我引入楼上小客厅，又吻了吻妈妈的脸颊，下楼去了。
"妈妈。"我满心疲累，见到她只觉得倍加委屈。
"近十个小时长途飞行，去去去，将自己清洗干净再来见我。"她将我推进浴室。

我洗了澡清爽许多，换上了妈妈给我准备的舒适家居服。

她坐在画室的丝绒沙发上等我。

“妈妈，”我走过去握住她的手，“发生了什么事？”

“映映，”她声音非常温柔，“坐下来。你饿了吗？要不要先吃点东西？”

“给我一杯咖啡。”我说。

她拉铃叫用人。

用人很快将咖啡和甜点送上来。

“妈妈，怎么了？”我舒服地倚靠在沙发间，半杯热咖啡驱走了一身寒意，我开始问她，“你婚前恐惧？”

“映映，我有事情要同你说，”妈妈看着我，神色平和之中带了一点不舍，“我右侧乳房发现了肿块，已于前两周去医院检查身体……”

我睁大眼睛望着她。

她将手按在我的手背上，声音很镇静：“是坏消息。”

我听到自己的声音，是经历了太多苦难后的麻木安静：“可否治愈？”

“百分之五十，需全乳切除。”

“西蒙尼可知？”

“尚未。”

我的妈妈，她一辈子都是那么美的人。

我掩面，忍不住失声痛哭。

妈妈握住我的手，轻轻地吻了一下，然后将我抱入怀中。

“映映，也许是报应。”她轻声说。

我猛地抬起头来。

她径自抚摸我头发，自言自语地轻喃：“如果老天将这报应落在了我头上，我希望能让我唯一的宝贝从此获得幸福。”

我自柔软宽松的衣料中触摸她胸前的柔软，那是我幼时甘甜如蜜的眷恋，可是现在，恶魔一般的细菌正在里面疯狂滋长。

我咬着牙强硬地说：“妈妈，那就动手术，我留在这里陪你。”

她平淡地说：“映映，我对生死看得很开了。”

我哀求她：“不要，妈妈，不要丢下我。”

她笑笑："你都成家了，妈妈也老了，总有一天会走的。"

我拼命摇头："不……不是这个时候，妈妈，不是，会治得好的，妈妈……"

我疯了一般拽着她的衣角："答应我，好好治疗。"

"好了，我答应你……"她抱着我，柔声哄着。

我不敢在威尼斯逗留太久，依偎着妈妈睡了一夜，时差都还没倒过来便要回去。

司机载我去机场，妈妈这一次陪我去到机场："映映，西蒙尼不知道你在国内发生的事情，特地让你跑一趟。"

"应该来的，"我答，"好好和他沟通。"

临别之前，我深深地拥抱她。

"妈妈，我下次再来看你。"我反复地说。

她笑笑："这么大的女儿了，还像个小孩子。"

我换了登机牌，走入通道时，回头看她。

她穿着米色大领衬衣，黑色长裤，戴一款精致的珍珠项链，站在明亮的大厅，对我笑着挥挥手。

我从玻璃窗外看到她的影子，眼角有了细细的纹路，但依旧是那么优雅美丽的女子。

那是我们母女这辈子最后一次见面。

我走进机场的洗手间，拿出在商店买的一支验孕棒。

最近我食欲很差，经常觉得累，很容易困倦。

从洗手间出来的时候，一切已经分明，试纸上显示两道清晰的线条，我怀孕了。

可我心里没有任何喜悦，只是害怕，无法遏制涌起的颤抖和恐慌。

长途飞行中，我裹着毯子，仍不停地在颤抖。

空中小姐数次走过来，替我拉紧毯子，又送上热水："小姐，你生病了吗？"

我虚弱地摇摇头："没有。"

抵达北京的时候，我在转机的航站楼遇到了唐乐昌。

"你怎么回来了。"我疲倦地撑住额头，冷静地闪开突然凑到我面前的熟悉脸庞，我对任何变故都已经麻木不仁。

"我爸被抓了，案子移送法院准备开庭，他老婆女儿都跑了，我妈让我回来看看他。”他答。

我点点头，没有力气敷衍他。

“你脸色很坏，”他摸摸我头，“生病？”

我摇摇头坐在椅子上，拿出关机三日的手机开机。

电话立刻响起来，我接通后是苏见的声音：“映映，你终于开机了。稍等，劳先生要与你说话。”

那端先是敲门声，里面有几句轻声的交谈，然后恢复成安静。

劳家卓的声音传来，带着莫名的怒意：“你在何处？”

我已走过一番生死，他仍是那么咄咄逼人的口气，我忍不住冷冷地答：“有何贵干？”

他语气严肃得像似教训下属：“立刻回家来。”

这时大厅响起登机广播。

劳家卓听了几秒问：“你去北京做什么？”

“旅游散心。”我恼怒地答。

“好，很好，”他气得声音都不稳，“你果然好本事！”

我直接挂断了电话。

飞机在三个半小时后抵达，出来时唐乐昌替我拖行李箱，我心不在焉地跟在他身后。

走出国际出境口岸，来到一楼的大厅时，我听到耳边响起各种喊叫声：“出来了！出来了！”

然后是一片眼花缭乱的闪光灯，大批的记者朝着我们冲了过来，瞬间将我们包围得水泄不通。

我目瞪口呆地望着眼前的一切。

唐乐昌低声问我：“怎么回事？”

我摇头还来不及说话，已经有话筒伸到了我面前：“请问是不是江小姐？”

记者争先恐后地发问：“江小姐，请问你是不是和劳通新任首席执政总裁劳家卓已经成婚？”

“请问你们何时结的婚？”

“江氏亦是本市著名公司，请问是否有商业联姻的成分？”

“请问在何地举办的婚礼？”

“请问婚纱何处定制，可是哪家名店未公开销售的款式？本市许多名媛都甚为喜欢江小姐的礼服。”

“劳先生大约两年多前出席公开场合时有佩戴婚戒，请问你们是不是那时已经成婚？”

“之前江小姐一直选择站在劳先生背后，此时却在劳先生登上劳通总裁高位之际公布婚讯，请问其中是否有什么隐情？”

周围是一片汪洋大海般的吵闹声，我完全吓傻了。

记者又逮着唐乐昌穷追猛打：“这位先生请问你是否为江小姐家属？”

“请问是否知情？”

“江小姐，请说一下话。”

“江小姐……”

我呆若木鸡地站立着，唐乐昌伸手护着我的肩膀往外挤：“对不起，让一让。”

我被唐乐昌拖着走，记者们穷追不舍，我们被推搡着几乎跌倒，周围无数的嘴张张合合，我被堵得心烦气躁——劳先生，劳先生，他已经将我无情抛弃，你们口中的千金之子，再与我有何干系？

耳边依旧是一片嗡嗡的嘈杂声：“江小姐？江小姐亦算是本名门淑女，怎会同意秘密结婚？”

“两位有无打算在本地宴请宾客？”

“劳先生英俊多金一直是本市众多名媛钦慕的对象，江小姐折得高枝，可有浪漫史跟大家分享一下？”

“江小姐，你爱劳先生吗？”

我实在忍不住了，暴躁地冷冷道了一句：“我不认识劳家卓！”

唐乐昌拉住我，低声出言制止我：“映映！”

我闭上了嘴巴。

唐乐昌护着我，奋力拨开记者，冲到外面上了车。

我回到家推开大门，茶几上赫然摊着几分报纸。

我看到上面的耸动性新闻标题，财经版娱乐版，各大报刊、杂志，大幅刊登着我们婚礼上的照片。

洁白婚纱，才子佳人，华服美酒，宾客云集。

笑容漂亮得如此不真切。

我缓缓地软倒在地毯上。

我看着那些照片，迟钝混乱的大脑一遍又一遍地思索了很久，终于想到是谁。

我拿出手机拨电话给韦惠惠。

她没有接。

我机械地按着手机，持续地打，不停地打。

一直打到了十几通。

韦惠惠终于接起，嗫嚅着叫我："映映……"

"是你？"我问。

"你从我手机里拿走的照片？"

韦惠惠犹犹豫豫地道："你们感情不是一直都很好吗？趁劳家卓这一次上位，正是将你们结婚的消息发出来的最好时机……"

她见我不答，迟疑了一番，小心地问："我见到你今天在机场的新闻，你们怎么了吗？"

我已经不能描述我心底的疲倦万分之一。

"映映？"韦惠惠在那端唤我，"真的对不起，你很生气是吗？劳先生有没有怪我？"

"映映，对不起，"她哀哀恳求，"不要生气了，我给你们道歉……"

我疲乏不堪，只问结果："惠惠，他们是否给你一份长期稳定的合同？"

"嗯，这一次我们领导很满意……"她又重复，"映映，对不起。"

"没有关系，"我心灰意冷地张口，"现在已经没有关系了。"

我再打电话给劳家卓。

这一次再也无法接通。

我睡了一日，律师上门来。

"我是劳先生的律师，我姓郑，"他脑门依旧锃亮，笑容恭敬而客气，"江小姐，我们上次见过。"

"郑律师您好。"我拉开大门，将他引入，维持着礼数："郑律师，喝茶还是咖啡？"

"不、不用……"他摇摇头，"江小姐，请坐下，我有事。"

他从公文包中掏出几分文件："我受劳家卓先生的委托，来跟江小姐谈谈。"

"谈什么？"我问。

他尴尬笑了一下，将厚厚的文件推给我。

我接过他放在桌面的文件，一页一页地往下翻，在最后看到白纸黑字的一份——离婚协议书。

我只感到眼前一黑。

郑律师公事公办地将一份份文件摆在我面前："劳先生将现在你们居住的澜韵一品小区C幢的1018和1020号过户到江小姐名下，另外，劳先生早在一年前已经在森海豪庭顶级中央观澜平台预定了一幢别墅，当时是以江小姐的名字购入，面积大约是四万英尺，劳先生已付全款，一年后可交付，劳先生已签署所有房产转让文件，江小姐在上面签一个名字即可。除此之外劳先生将他名下的一部分基金和股份转到江小姐的名下，总计约合两亿美元，在五年之内，江小姐只可收息，不可变卖脱手，五年之后江小姐若有兴趣投资，劳通银行则负责聘请专门的理财顾问替你打理，如果还有什么条件，请江小姐同我谈。"

我要那么多钱做什么？

我已被他摧毁，还要钱做什么？

郑律师见我迟迟不应，又礼貌叫了一声："江小姐？"

我只想起来一句话："劳家卓呢，他在哪里？"

"江小姐，我不知道。"郑律师目光带了一丝怜悯。

"江小姐若签好了所有文件，请通知我过来拿。"他将一张名片放在了桌面上，"这是我的联系方式。"

他站起来："江小姐要是没有什么问题的话，那我先告辞了。"

我试图站起来，却发现完全没有力气，我竭力忍着情绪，轻声说："抱歉，我不送了。"

郑律师点点头，转身朝大门走去。

我将头埋入膝盖，觉得自己发出的悲号像濒临死亡的动物。

我一直拨劳家卓的电话。

我身体里面孕育着另外一个生命，我虽并不打算以此作要挟，但我想着无论如何，我需要让他知道。

他的私人电话关机，另外一个电话也无人接听。

一直到深夜。

他低沉的声音在浓深夜色之中显得分外疲累："喂……"

我握着手机对他轻声说："家卓，我要跟你说，照片不是我放出。"

他口气平淡，没有任何情绪："难道是我？"

我问："你不信我？"

他微微嘲讽："照片出处是新周刊韦记者之手，你们倒是同窗情深。"

他已查出是韦惠惠所做，我真是百口莫辩，只好说："家卓，你在哪里？我需要见一下你。"

他说："没有必要。"然后加了一句，"律师和你谈，有什么需要尽管提。"

他的口气像打发一条狗没什么区别。

我苦苦哀求他："我只要十分钟。"

"再说吧。"他在那端咳嗽起来，然后挂断了电话。

我进去房间里躺了一会儿，直到天亮，我起身换衣，洗了个冷水澡。

我逼着自己喝了一杯牛奶，然后下楼直接去劳通总部大楼。

我走进劳通大厦，光鉴可人的大理石地板，出入都是西服套裙的写字楼精英，我没有精力收拾自己，只随便套了一条牛仔裤。前台小姐看我的眼神都带了轻慢，她往三十二层打了电话，客气地回复我："小姐，对不起，上面说劳先生今天一早出去了。"

"嗯，我有急事。"我对着她微笑，"我可否在这里等他？"

"可以，那边有椅子，你可以休息一下。"她又多疑地盯着我的脸看了两眼，忽然眼前一亮忍不住问，"你是不是报纸上写的……"

我摇摇头走开了。

那位前台小姐可能也觉得不切实际，耸耸肩低头接电话了。

我坐在角落的椅子里，一直等到下午两点多。

我终于看到劳通典雅奢华的大门台阶外，一行穿着西装的数人步履匆忙地走进来。

为首的人正是劳家卓。

我揉了揉坐得发麻的双腿站起来，走了几步等候在电梯旁的走廊前。

劳家卓的目光投过来，神色有一瞬间的微微动容。

我迟疑了一下，还在想着这样上前会不会太冒失。但他已经目不斜视，径直走过我身旁。

我定定地望着他，看他迎面走来，留给我一道背影。

我一动不动地站着。

劳家卓在电梯前停住脚步，站了几秒，终于还是皱皱眉对着身边的苏见抬抬手比画了一下。

苏见点点头，寒暄着将身边的几位男人引进电梯。

劳家卓转身朝我走过来。

他口气并不好："你过来做什么？还嫌新闻不够轰动？"

我望着他脸色，苍白得有些惊人，事到如今我仍觉得心疼和担心，真是无可救药。面对着他我总是没出息地揣度他的心意，只恨不得用尽全身的法宝换他展颜一笑。

我放软了声音："我需要和你谈一谈。"

劳家卓避开我的目光："我现时没有空。"

我问："你几时有空？"

他皱着眉头："映映，我这段时间很忙，你不要添乱。"

我脱口："忙到有空离婚？"

他眉头一直没有展开："你过得不快乐，可以考虑出国读书，没有必要禁锢在一方小天地，婚姻注册记录是在国外，我甚至可以抹去你这一段历史，你现如今闹得满城风雨，对你又有什么益处。"

他已经考虑到如此周全地步，我还有什么话可说。

劳家卓低头看我，声音是极力压抑着的平静："你若跟着我，我太忙没空照顾到你小女儿的心思，你始终怨我怪我，到最后终究变成怨偶。"

"家卓……"我轻轻拉住他的衣袖，"不，我要的不是这样……"

他抬手拂开我的手："你先回家去。"

我不肯松开，继而紧紧拉住他的手："家卓，你听我说，我有事情同你说……"

他忍着不耐烦，低声喝我："映映，这里是公司，别任性！"

他推开我的手，力气很大，拧得我手腕剧痛。

我咬着牙深吸了一口气，只来得及说：“家卓……”

他已经转身朝电梯里走去。

我双腿发软，只好倚靠着墙上。

劳家卓背对着我决然离去，不曾回头看我一眼。

看来他是真的不管我的死活了。

我闭起眼，忍住泛滥的泪水。

这时，有一个人扶起我的胳膊，熟悉干净而爽利的声音传来：“映映，起来。”

我睁开眼，是林宝荣。

林宝荣将我扶入她的车中，抽出纸巾递给我。

我的眼泪已经干涸，擦了擦额头上的虚汗，对着她勉强微笑。

她问：“你跟老二怎么了？”

我看着她张张口，却没有说话，心里千头万绪却无从说起。

“你也别怪他，他这几天的确是忙，”林宝荣语气温和安慰我，“他这几天疯了一般，情绪差，工作多。老爷子不主事了，大少毫无责任地撒手不管，他初掌大权，为了稳定局势，几乎每日连续二十四小时工作，偏偏这时这样轰动的新闻出来，媒体又一直追着他问你们的事情。我这个旁边的人看着都替他心力交瘁，在公司高管面前他还克制一点，一回到三十二层，助理室的人几乎天天被他训得面无人色。”

“连张彼德有一日出来都气得跳脚，大骂他是暴君，”林宝荣无奈笑了笑，“也就苏见他们跟了他多年敢说他一两句，其他人还不是战战兢兢低头做事。”

“我聘人查出了那些照片的出处，这个记者也太胆大，这样隐私的照片都敢刊，家卓起初看到新闻时甚为恼火，这事经我的手处理下来，我看她以后都没有必要再在本港传媒界待下去了，我已经将电话打到新闻总署署长秘书处，可他又改口说，算了。”

我真是到处都是错：“大姐，这也是我惹的祸……”

“好了，我知道，也不是你的责任，不过……”林宝荣话锋一转，语气带了严肃，“映映，你在机场不该说那句话。”

我一直都为此后悔，此时更是愧疚万分：“对不起，我实在是气恼……”

林宝荣说：“你也了解他，性子看起来温文尔雅，但骨子里傲气得不得了，你无声无息消失几天，新闻出来他也找不到你，你回来时又和那个男孩子在一起……”

“你先回去休息一下，媒体的方面我来想办法处理这件事。”

“其实公布也不是什么坏事，男人成家立业是天经地义的事情。”

“你们总要好好过下去。”

“都结婚了，还有什么不能好好解决的。”

林宝荣温言款语，只是我渐渐听不见。

林宝荣叫司机将我送回了家，我累得衣服未脱直接倒在沙发上睡了过去。

回来好几天了，时差和恶劣的心情让我日夜颠倒混乱，我中途醒来过一次，走到房间又接着睡了，不知道睡了多久又模糊醒来，朦朦胧胧倚靠在床头，墙上的电视机不知道什么时候被我按开了。

屋子里窗帘拉紧，漆黑似深海。

我看了看时间，已经是次日中午。

财经频道上昨天夜里的新闻正在滚动播出。

我勉强爬起来喝了杯水，又躺回床上看了一会儿电视，头脑才渐渐恢复清明。

这时，电视屏幕上出现劳家卓的身影。

他代表劳通集团出席银江公司顺利上市的庆功宴会。

他穿一身银灰西服，黑色衬衣系温莎结，依旧是那么光彩照人。在经过采访区时，摄影镜头特写他的戒指，媒体一直追着他问结婚的事情。

他直视镜头，英俊瘦削的脸上尽是冷峻：“我想我个人佩戴饰物的习惯并不会影响劳通的投资决策和期货市场波动，请各位财经记者朋友问专业问题。”

我目不转睛地盯着屏幕，听到他的声音从话筒中一字一字地传来：“对不起，我对那些照片一无所知。”

他隔空回敬我一句，真是滴血不见的一记绝杀。

我低声笑出来。

是啊，劳家卓从来不会输，他聪敏绝伦，手腕过人，他怎么会输。

我傻瓜一样干巴巴笑了几声，然后奋力扯过被子，将自己裹住，我紧紧地将手指塞入嘴巴里，咬紧了牙关，痉挛的颤抖过去后，浑身的力气都被抽光，我深深窝在床褥间，再无一丝力气挣扎。

这两年我偷偷想过很多次，我可能会和他分开。

可真的到了这一刻，我竟痛得恨不得即刻死去。

没想到是这样的难过，我难受得几乎已经没有力气支撑下去了，真的没有力气了。

我在床上躺了整整一天，不吃不喝，一动不动。到夜里起来，像个鬼魅一般在屋子里走动，客厅的小圆桌上摊着那叠白得刺目的文件，我直接翻到最后一页，疾笔签下我的名字，用力很大，手又抖得厉害，笔尖几乎将那张纸戳烂。

我看了一眼未干的墨迹，将笔往桌上一丢，再痛也不过是一瞬间的事情。

桌上还摆着我们的合照，我们很少拍照，除了在婚礼上摄影师拍的，就是那次在大马离开的那一日，Gary 的伙计替我们拍的。用了黑白色调，家卓穿着一件亚麻格子衬衣，我微笑着站在他的身前，姿势并没有很亲密，但透着一股说不出的纯净幸福味道。

这张照片我和劳家卓都很喜欢，所以我特地冲洗出来，连相框都是我一手设计，背面镌刻有我们的名字。

我拿起它狠狠往墙壁摔去，木质相框激烈地撞击墙壁发出尖锐的一声巨响，然后是玻璃哗啦啦碎裂的声音，破碎的相框掉落在地毯上，我看了一会，走过去蹲在地上，拨开碎玻璃，用力撕扯出那张照片。

用力地将我的笑容扯碎，碎玻璃割破了我的手指，血珠沁了出来。

那一刻，我心底锥心刺骨的痛楚竟然有些减轻。

不知为何，我竟对这份松懈深深着迷。

我恍惚拾起了一块碎片，割开了手腕的皮肤。

鲜血流出来，我舒服得忍不住轻轻呻吟一声，原来真的是这样，痛到极致，只求解脱。

一小滩鲜血晕染开来，浸湿了我身下柔软的羊毛地毯。

我眼前渐渐模糊了，气力缓缓流失，我身体发软瘫倒在地上。

我觉得可能会死掉。

忽然，我感觉肚子里动了动。

我知道那是我产生的幻觉，才一个多月，还不过是子宫里一团血肉模糊的胚胎。

我突然有些难忍的辛酸和不舍，我挣扎着爬了起来，想找东西裹住伤口。

这时，楼下大门传来轰然巨响，然后有人朝楼上跑来，伴随着脚步声和大声地叫喊：“江意映！”

我看到唐乐昌冲进客厅来。

他站在门口看了一眼，随即惊呼一声朝我飞快奔过来：“映映！”

他一脚踹开了挡在我身前的椅子，俯身将我抱起。

唐乐昌将我放在沙发上，扯过一件衣服紧紧按住我的伤口，然后问：“医药箱呢？”

“唐乐昌，”我精神恍惚，还记得问他，“你怎么在这里？”

“家里有没有医药箱？”他捂住我的手腕。

“你怎么进来的？”我望着他。

“你那本书里夹着的电梯卡，是我留了下来。”他话说得又急又快，“江意映，该死，我问你医药箱在哪里？”

我张嘴答：“只割破表皮而已，伤口不是很深。”

“你流了很多血。”他不再理我，径自在客厅翻找，然后又冲进书房拎出一个箱子，他蹲在我身前，检查了一下我的伤口，快速地消毒后，敷上止血药粉，用纱布将我手腕层层包裹起来。

他扶起我：“我送你去医院。”

我极力反对：“不要去医院！”

唐乐昌这才回过神来，又怒又怕地说：“一直不接电话，幸好我过来……”

他将我从头到脚检查了一遍，目光转而变成悲伤和不舍，他伸手按住我的肩膀大声地骂：“你疯了是吗？就为了一个男人，你疯了是不是！值得吗？值得吗？！”

我哭起来：“唐乐昌，我痛得受不了。”

他不解地问：“你们到底发生什么事情了？”

“你不是要返回去读书吗？”我将头埋在膝盖上失声痛哭，“带我走好不好……”

“带我走！”我已经陷入了疯狂，“我再也不要留在这里了！带我走！我要去找妈妈……”

“哦……妈妈也不可以……”我痛苦地捂住脑袋，“只要离开这里，求求你……”

唐乐昌慌忙分开我的双手：“乖，别碰到伤口……”

“唐乐昌，求求你，”我哭得一塌糊涂，“再在这间屋子里多待一秒我就要死了，求求你，我要走……”

“好，我陪你过去你妈妈那边……”他问，“护照在哪里？”

唐乐昌走进房间，我从意大利回来时的行李箱还搁在房间里，他翻出护照、钱包，一股脑儿丢进我平时上班时用来装设计图的帆布包，然后找出了一件大衣将我裹住。

“你能走吗？”他问，随即自己又摇头，伸手将我一把抱起。

他的车停在楼下，我们上了车，一路风驰电掣地奔向机场。

走进机场的售票大厅，他将我扶在椅子上坐好，然后奔去售票处说：“给我两张最快一班去欧洲的机票。”

机场售票的工作人员问：“欧洲哪里？”

他大叫：“英法德！摩纳哥！Anywhere（随便哪里）！”

售票人员疯子一般地瞪着他。

唐乐昌深吸了口气，冷静下来说：“迪拜，我们需到迪拜中转。”

他买了机票，半个小时之后有一班飞往罗马的飞机。

“映映，”唐乐昌抚住我的肩膀说，“我身上现金和银行卡都有，你在飞机上睡一觉，到了迪拜之后我陪你去看医生。”

已经是五月底，我仍冷得发抖，唐乐昌替我穿好外套，一手提着袋子，一手搀着我站起。

我们顺利进了境外登机口岸。

我喝了半杯唐乐昌给我买的热牛奶，就蜷缩在座椅上一动不动。

这时，我口袋中的电话开始响，接着持续不断地响了很多次，唐乐昌拿起给我：“说一声吧。”

我接过按下接通键，劳家卓马上急切地唤我：“映映？”

我不说话。

他声音是竭力也压抑不住的慌乱：“映映，是不是你？”

他大声地问：“你在哪里？医院？”

“你有没有事？”

“跟谁在一起？”

我依旧不说话。

他斩钉截铁地问：“你在哪里？告诉我！”

我从喉咙中吐出轻微的气息：“我很好。”

我听到那端传来凌乱匆忙的脚步声，他气喘得很急促，然后是汽车引擎的发动声。

“你还能说话，感谢老天……”他声音开始发抖，“你有没有怎么样？哪里流血了？”

“映映，你要是生气……”他的恐惧那么明显，“可以找我发泄，不要伤害自己的身体。”

我听到他电话中尖锐的汽车喇叭声，然后是重物狠狠砸在方向盘上的声音。

他大喊：“听到没有！”

我终于开口说话：“我很好，劳先生不用费心。”

“映映！”他呛咳一声，急促地喘气，“我求求你，你要好好的，不要做傻事……”

这时，身后巨大玻璃窗外正有飞机起飞，低鸣的轰隆隆声音传来。

“你在机场？”他迟疑一声，“映映，你去机场做什么？”

我恢复沉默。

他强硬地说：“就在那里别动，我过去找你。”

“离婚协议书我已经签了，”我冷淡地说，“你不必来。”

“劳家卓，不用再惺惺作态。”我声音像淬毒的刀子那般又薄又轻，“一切已如你所愿。”

“映映……”他声音一直在抖，带了一丝哽咽，“你到底怎么样了，你要到哪里去？”

我听到自己的声音，低柔的宛转的，仿若对着眷恋多年情人最深刻的告白，又仿佛对着陪伴一生爱侣最难舍的辞别，只是语调冰冷得沁骨：“劳家卓，我唯愿，这辈子，不曾见过你。”

我手不稳，电话从掌心中滑落，跌在椅子上，又弹跳着掉在了光滑大理石地板上。

后壳摔开了，它仍一直在振动。

唐乐昌捡起来递给我，我颤抖得厉害，手指试了好几次，才按灭了电源。

手机终于安静下来。

我将它狠狠扔进了脚边的垃圾桶里。

然后闭上眼，瘫倒在椅子上。

登机的提示广播在候机大厅上空响起，唐乐昌拉着我站起来，我双腿瑟瑟发抖，完全站不起来。唐乐昌伸手扶我的胳膊将我整个人搀扶着，我们几乎是贴在一起走进了登机口。最后一瞬，我听到身后突然传来相机的咔嚓声。

我已经顾不了那么多了。

在万米高空，飞机遇上气流开始颠簸。

舱内的暖气温度是二十摄氏度，舱外的大气温度是零下五十五度，飞机摩擦产生热度下表面的温度为零下二十八度。

温度差是七十五度。

人体完全暴露在外最多有反应的时间为一分钟以内。

如果我能穿破机舱内壁抵达窗外触手可及的云端仙境，甚至不用往下落，就已必死无疑。

我仍然如此爱你，只让我恨不得死在这一刻。

请让我带着我所有的记忆，神魂俱灭地消失。

再见，劳家卓。

（未完待续）